D1013120

OLIVIER ET SES AMIS

Ouvrages de
ROBERT SABATIER
aux Éditions Albin Michel

Romans

OLIVIER ET SES AMIS.
LA SOURIS VERTE.
LES ANNÉES SECRÈTES DE LA VIE D'UN HOMME.
DAVID ET OLIVIER.
LES ALLUMETTES SUÉDOISES.
TROIS SUCETTES A LA MENTHE.
LES NOISETTES SAUVAGES.
LES FILLETTES CHANTANTES.
LES ENFANTS DE L'ÉTÉ.
ALAIN ET LE NÈGRE.
LE MARCHAND DE SABLE.
LE GOÛT DE LA CENDRE.
BOULEVARD.
CANARD AU SANG.
LA SAINTE FARCE.
LA MORT DU FIGUIER.
DESSIN SUR UN TROTTOIR.
LE CHINOIS D'AFRIQUE.

Poésie

LES FÊTES SOLAIRES.
DÉDICACE D'UN NAVIRE.
LES POISONS DÉLECTABLES.
LES CHÂTEAUX DE MILLIONS D'ANNÉES.
ICARE ET AUTRES POÈMES.
L'OISEAU DE DEMAIN.
LECTURE.

Essais

L'ÉTAT PRINCIER.
DICTIONNAIRE DE LA MORT.
LE LIVRE DE LA DÉRAISON SOURIANTE.
HISTOIRE DE LA POÉSIE FRANÇAISE (9 volumes) :
    1. La Poésie du Moyen Âge.
    2. La Poésie du XVIe siècle.
    3. La Poésie du XVIIe siècle.
    4. La Poésie du XVIIIe siècle.
    5. La Poésie du XIXe siècle :
        * *Les Romantismes.*
        ** *Naissance de la Poésie moderne*
    6. La Poésie du XXe siècle :
        * *Tradition et évolution.*
        ** *Révolutions et conquêtes.*
        *** *Métamorphoses et modernité.*

ROBERT SABATIER
de l'Académie Goncourt

OLIVIER ET SES AMIS

ROMAN

Albin Michel

IL A ÉTÉ TIRÉ DE CET OUVRAGE

Soixante exemplaires sur vergé blanc chiffon, filigrané,
des Papeteries Royales Van Gelder Zonen, de Hollande,
dont cinquante exemplaires numérotés de 1 à 50,
et dix exemplaires, hors commerce, numérotés de I à X.

© Éditions Albin Michel S.A., 1993
22, rue Huyghens, 75014 Paris

ISBN BROCHÉ 2-226-06221-1
ISBN RELIÉ 2-226-06279-3
ISBN LUXE 2-226-06280-7

*A*ux heures animées, la rue se métamorphose. Elle est théâtre, scène, représentation. Chacun devient acteur et spectateur. La comédie n'existe que pour repousser le drame. Nous vivons dans un village, nous formons une tribu. Les participants viennent de tous les lieux du monde. Certains sont nés là, oui, à Montmartre, rue Labat exactement.

Imaginons trois enfants déjà rencontrés : Olivier, Loulou, Capdeverre, puis dix, vingt, trente autres qui les rejoignent. Il s'agit d'inventer, d'imaginer, en bref, de jouer, c'est-à-dire de créer des jeux. Certes, il y a ceux qu'on pratique, osselets, billes, cartes et autres, mais les plus amusants surgissent de l'événement quotidien dont chaque page forme le Roman de la rue.

Les citadins n'ont pas perdu leur pittoresque. Pas encore. Ils ne vivent pas dans un monde fermé, à part. Les enfants côtoient les adultes, les observent, cherchent leur soutien ou leur dédient leurs farces. Bougras, Virginie, Mme Haque, Mado, le père Poulot, Fil de Fer, la belle Lucienne, Hortense,

Clémentine, Mme Clémence, Luigi et enfin un savant : M. Stanislas ; certains les reconnaîtront, d'autres les découvriront. Ils sont le peuple de la rue et chacun apporte sa part d'aventure ou de rêve.

Ces scènes, ces saynètes, ici recueillies, à qui les dédier sinon à qui les aimera, se reconnaîtra en elles ? Que recherchent-ils tous ceux-là qui courent dans ces lignes ? Le plaisir, leur bon plaisir, autrement dit la liberté.

La rue n'est pas seulement un lieu géographique. Elle est un corps vivant, une entité protectrice. Contre le malheur, la solitude, la pauvreté, elle fait surgir des armes : la gouaille, la gaieté, le rire s'opposent aux situations réalistes et pathétiques, avec pour alliés les enfants et leur grâce, la féerie, le merveilleux tout proche.

Car, c'est aussi cela, la rue. Avec Olivier et ses amis, le temps d'un livre, nous voulons vivre et revivre, peut-être aimer et respirer un autre air. Place à ce petit théâtre !

R. S.

Un

RIEN de plus facile que de jouer aux gendarmes et aux voleurs. Le jeu avait ses règles transmises de génération en génération. Ainsi savait-on que le voleur avait de bonnes chances d'être délivré par ses complices et le jeu reprenait. Mais rien ne distinguait les clans opposés tandis que, si on jouait aux cow-boys et aux Peaux-Rouges, le déguisement était de rigueur, poignets de force et grand chapeau pour les premiers, plume de poulet dans les cheveux pour les seconds. Aux arcs faits de baleines de parapluie répondaient pistolets à eau, à flèches ou à bouchons, à moins de tendre deux doigts en avant en faisant : « Pan ! Pan ! T'es mort ! » ou en pliant l'index à coups rapides : « Tah ! Tah ! Je t'ai eu ! »

Cependant, les copains de la rue Labat, dès lors qu'ils eurent découvert *Les Trois Mousquetaires* (qui, on le sait, étaient quatre) délaissèrent des jeux exotiques pour se mêler à l'histoire de France. La difficulté résida dans la distribution des rôles. Entre Olivier, Loulou, Capdeverre et Jack Schlack un conflit naquit : chacun voulait être le chevalier d'Artagnan. Comme s'il s'agissait de bouts d'essai pour un film futur, ils le furent tour à tour. Après bien des palabres, on reconnut que Capdeverre, le plus costaud, s'apparentait à Porthos ; le calme Jack Schlack montrait la sagesse d'un Athos ; Loulou, le beau brun au regard velouté, ferait un parfait Aramis. Par élimination, Olivier devint le célèbre cadet de Gascogne, le sieur d'Artagnan. Chacun confectionna une épée de bois qu'il glissa dans sa ceinture. Il n'était plus que de multiplier les aventures, de se défier ou de prêter serment, de provoquer en duel d'autres garçons ou de balayer le sol avec son béret en guise de révérence.

Après deux semaines de ce jeu, les enfants se lassèrent — comme cela avait été le cas pour Tarzan, Zorro et Tom Mix. Ils tentèrent d'imaginer d'autres distractions, les phrases commençant par « Moi, je serais... », des commentaires étant ajoutés et introduits par des « Même que... » :

— Même que je lui ressemble, à Maciste...

— Me fais pas rire, avec ta poitrine de vélo !

— Et toi avec ta bille de clown !

— Ta mère a fait un singe... Ce type, quel œuf, madame !

— Et toi, t'es un amphibie à roulettes. Va donc, eh ! Chinois d'Afrique !

Qui tenait ces propos ? L'un ou l'autre, selon le cas. Comme les rôles, les quolibets étaient interchangeables.

Ils recensaient les jeux possibles : les billes, la balle

au chasseur, les barres, les plumes, le jeu des métiers, l'épervier... Mais rien ne valait les réjouissances inventées. Quant à la guerre traditionnelle entre la rue Labat et la rue Bachelet, elle s'était essoufflée. Alors, quoi ?

Ce soir-là, au retour de la communale, les mousquetaires, assis au bord du trottoir, au coin des rues Labat et Bachelet, distribuaient aux oiseaux des miettes de pain, restes du goûter. Ils constatèrent que les pigeons, lorsque des moineaux se montraient trop entreprenants avec la pitance, leur donnaient de durs coups de bec. Loulou assimila les pigeons à de vilains rats et les moineaux à de gentilles souris. Aussitôt, parti fut pris pour les petits contre les gros. Capdeverre s'écria : « Guerre aux pigeons ! »

L'indignation fut à son comble quand l'aviation de ces derniers ouvrit les hostilités ou, du moins, le crut-on, sous la forme d'une fiente qui tomba sur le béret d'Olivier et glissa sur son épaule. Il se redressa indigné :

— Les gars, ils m'ont fait dessus ! Et c'est du caca tout blanc...

— Les salauds ! rugit Jack Schlack.

Quant à Loulou, il se tordait de rire. « Fais gaffe à ta poire ! » dit la victime, mais on l'aida à réparer les dégâts : l'eau du ruisseau coulait et le soleil ferait rapidement sécher béret et tablier noirs.

Des représailles s'imposaient. Les prisonniers, avant d'être mis en jugement, glisseraient dans le panier à chat en osier prêté par le petit Riri. Or, les chasseurs s'aperçurent que, en dépit de la familiarité des pigeons, il n'était guère facile de les capturer. Leur mettre du sel sous la queue ? Un truc idiot puisque pour cela il faut d'abord les attraper !

Après bien des vaines tentatives, Olivier plongea comme un gardien de but mais le prisonnier battit des ailes et s'échappa. Les croisés décidèrent d'employer les moyens d'une guerre à outrance. Il ne s'agissait pas de les tuer, ces ennemis, mais, comme dit Loulou, de « leur flanquer la pétoche ». On allait voir ce qu'on allait voir. La dictature des pigeons sur les piafs devait cesser.

L'arsenal de la bande ne fit pas merveille. Les pistolets à flèches envoyaient trop lentement leurs projectiles. Ceux à patates ne firent pas mieux, ceux à bouchons non plus. Il fallait trouver autre chose.

En attendant, Olivier regardait les pigeons. Plus il les observait, plus il les trouvait beaux avec leur plumage lisse, la perfection de leurs courbes, leurs teintes allant du gris au bleuâtre — à l'exception de l'un d'eux, de forte taille, non pas paré de tons ardoise, mais rose, roux, roussard par endroits. Olivier décréta aussitôt :

— Le pigeon rose, c'est leur chef ! C'est le roi des pigeons !

Un bracelet de caoutchouc étiré entre le pouce et l'index, avec pour projectile un papier plié serré en forme de V, lui parut l'arme idéale. Un petit coup sur le dos bien protégé par les plumes ne pouvait faire grand mal mais assez pour punir. Savaient-ils, les enfants, que leur nouvelle arme provoquerait un drame ?

Les pigeons ne prenaient pas trop mal la chose. Si un projectile les touchait, tout le groupe s'envolait mollement pour se poser un peu plus loin. La mère Grosmalard, la concierge moustachue du 78 rue Labat, celle qui rouspétait sans cesse, leur dit :

— Allez-y, les mômes, tuez-les tous ces sales zoziaux. Pour une fois, vous servirez à quelque chose, moutards ! Ces pigeons de malheur, ça dégrade les gouttières. Zigouillez ! Zigouillez !

De quoi se mêlait-elle, cette pipelette ? Capdeverre lui jeta :

— Peut-être qu'ils vous on fait caca sur la tête ?

— Et même que c'est resté..., dit Loulou.

Sans bien comprendre, elle ajouta :

— Allongez-en une paire. Je les plumerai et les ferai cuire avec des petits pois...

Manger des pigeons de la rue ! Les enfants indignés, en se tenant à distance, la qualifièrent de louftingue, de toc-toc, de maboule et autres « noms d'oiseaux », comme on dit improprement.

Cet incident fut en faveur des pigeons qu'on détesta un peu moins. Après tout, les moineaux entre eux n'étaient pas tendres : que de disputes, de bagarres, de coups de bec ! Si la nature les avait faits plus gros que les pigeons n'auraient-ils pas été pires ?

Toujours est-il que, par habitude, les enfants poursuivirent leurs tentatives d'exploits cynégétiques. En rentrant de l'école, chacun déposait son cartable, son havresac ou sa gibecière chez lui, prenait la tartine du goûter en affirmant à sa mère qu'il n'avait pas beaucoup de devoirs à faire et qu'il s'y mettrait après le dîner. Il fallait profiter des bonnes heures du jour.

Et ce qui devait arriver arriva.

Olivier plaça un ticket de métro replié plusieurs fois dans le sens de la largeur, puis en deux pour le glisser à cheval sur l'élastique. Il cligna de l'œil pour viser et pan ! sur le roi des pigeons, le célèbre pigeon rose. Dans un seul battement d'ailes, l'escadrille s'envola, à l'exception du roussard qui tituba, tenta de s'envoler et retomba sur le côté, immobile. Les enfants se regardèrent. Loulou tendit un doigt accusateur vers Olivier tout penaud : « Assassin ! Tu l'as zigouillé... »

Jack Schlack bouscula le petit Riri qui applaudissait et l'appela « Triple terrine de gelée de peau de fesse ! » Tout pâle, Olivier se pencha sur le pigeon, le saisit délicatement et lui dit qu'il ne l'avait pas fait exprès et aussi : « Réveille-toi, pigeon. T'es pas mort, hein ? Dis, t'es pas mort ? Seulement dans les pommes... »

Les copains partagèrent ses craintes et son émotion. Le projectile avait dû atteindre le pigeon rose derrière la tête. Olivier posa ses lèvres sur le cou de sa victime, serra contre sa joue le petit corps immobile et chaud. Loulou le prit à son tour, souffla légèrement sur ses plumes, posa son oreille contre sa poitrine. Il affirma : « L'est pas complètement clamsé. Son palpitant bat. Doit être knock-out... »

Le petit Riri se mit à ricaner. « C'est jamais qu'un pigeon ! » dit-il. Les autres le rabrouèrent en criant : « Caltez volaille ! » et il répondit par des pieds de nez et de vilains gestes. Les ex-mousquetaires restèrent silencieux. Avec le temps, le pigeon rose était devenu un copain. Le plus sombre était Olivier. Il murmura : « Je suis pas un assassin, quand même ! » Loulou tenta de donner de l'air au volatile en secouant son béret devant son bec. Capdeverre essaya de le faire boire. Des oiseaux morts, ils en avaient vu aux étalages du volailler de la rue Ramey, mais là, comment l'expliquer ? Ce n'était pas la même chose.

— Faut l'emmener chez le docteur ! décréta Olivier.

— Le toubib ? T'es louf ! objecta Jack Schlack.

— Avec quoi on le paierait ? demanda Capdeverre.

— Je le connais, affirma Olivier. Il me fera crédit.

Ils se dirigèrent vers la rue Caulaincourt où se tenait le cabinet du Dr Lehmann qui avait guéri la diphtérie d'Olivier.

A tour de rôle, chacun portait le pigeon avec des précautions de nourrice. Les autres s'étaient éloignés. Ils n'étaient plus que trois : Olivier, Loulou et Capdeverre.

Ils tirèrent le cordon de la sonnette. La bonne qui

leur ouvrit parut surprise mais les laissa pénétrer dans la salle d'attente. Là, se trouvait une dame ridée sous un chapeau de paille noire garni de cerises. Les enfants se serrèrent sur un canapé. La dame leur signala que le médecin avait autre chose à faire que de s'occuper des oiseaux. Ils auraient dû rendre visite à un vétérinaire. Elle dit :

— Pourquoi vous tracasser ? Ce n'est qu'un pigeon...

— C'est pas un pigeon comme les autres, expliqua Olivier. C'est le chef des pigeons, un copain à nous. Il habite rue Bachelet...

— Mais il fait partie de la bande de la rue Labat, ajouta Capdeverre.

Si incohérent que cela lui parût, la dame au chapeau rigolo sourit et dit qu'elle comprenait mieux. Aussi, quand le docteur, en blouse blanche, ouvrit la porte et dit : « Madame, c'est à vous ! » tout en regardant les enfants et le pigeon d'un air interrogateur, elle répondit :

— Oui, c'est à moi. Mais je crois que vous avez une urgence, docteur...

— Qu'est-ce que c'est encore que cette histoire ? Tiens ! le petit Chateauneuf..., s'exclama le médecin. Et un pigeon sur canapé ! Je n'en ai pas pour longtemps, madame Laurent. Venez, les enfants !

Dans le cabinet, après un silence gêné, Loulou se décida à parler :

— Voilà. C'est un pigeon qu'on connaît bien. Il

16

est du quartier. En s'envolant, il s'est cogné contre un bec de gaz et il est tombé dans les pommes...

— Eh bien ! j'aurai tout fait dans ma vie, dit le médecin en ajustant son lorgnon. Voyons cela...

Il posa le pigeon sur une serviette blanche et l'examina comme s'il s'agissait d'une personne. Les enfants retenaient leur souffle. Le médecin affirma que le pigeon vivait, qu'il n'avait rien de cassé. Alors, dans un élan, Olivier, parce qu'il pensait que la vérité serait bénéfique pour l'oiseau, s'accusa :

— En fait, heu... je l'ai visé avec mon élastique. Il a reçu un coup derrière la tête et...

— Confession publique ! dit en riant le médecin. Voyons, voyons... Je ne connais pas la médecine des pigeons et me voilà bien embarrassé. Je vais essayer un tonifiant cardiaque. On verra bien... Quoique je ne sois pas fou des pigeons...

— Celui-là, c'est un brave type ! plaida Loulou.

De nombreux flacons furent déplacés. Finalement, le praticien décapuchonna l'un d'eux.

— Voyons, voyons, murmura-t-il, trente gouttes pour un adulte, huit gouttes pour un enfant, mettons une goutte pour un pigeon. Qui sait ?

Cette goutte, il la fit couler dans le bec du pigeon rose, puis il entrouvrit la fenêtre pour donner de l'air. Les enfants étaient muets, immobiles, comme recueillis, comme s'ils priaient. Le médecin annonça :

— Je sens un frémissement de vie. Voyez : il bouge, mais oui ! il bouge...

17

— Il essaie d'ouvrir ses ailes, observa Olivier.

Miracle ! Le pigeon rose tenta de se dresser. On frappa à la porte.

— Vous ne m'oubliez pas, docteur, dit la dame au chapeau.

— Mais non ! Entrez donc ! Le pigeon va mieux...

— Ah bon ! dit la patiente comme si cela la soulageait de ses propres maux.

Le médecin remit le pigeon à Olivier, lui conseilla de ne pas trop le serrer et, un peu plus tard, de le laisser s'envoler.

Des remerciements, des mots de reconnaissance maladroitement exprimés sortirent de la bouche des enfants. Si Olivier restait inquiet, Loulou pensait déjà à autre chose, Capdeverre riait sous cape.

— C'est combien, la consultation ? demanda Olivier en fouillant ses poches. J'espère que j'ai pris assez...

— Combien ? demanda le médecin. Voyons, voyons. Je crois que ça risque de vous coûter très cher. Donnez-moi un sou.

— Un sou, rien qu'un sou ?

— Autrement dit : cinq centimes. Mes patients règlent selon leur poids. Allons ! je plaisante. C'est gratis. Je vais même vous offrir des bonbons, mais ne recommencez pas. Je risquerais d'avoir des ennuis avec les vétérinaires...

Les mercis n'en finissaient pas. le Dr Lehmann les reconduisit. En sortant, les enfants l'entendirent qui parlait à la dame aux cerises et tous les deux riaient.

Tout en suçant des pastilles *Vichy-État,* les trois garçons et le pigeon rose qu'Olivier tenait dans un pan de son tablier s'arrêtèrent aux escaliers Becquerel où Capdeverre fit des glissades. « Il arrête pas de remuer, dit Olivier, et dire qu'il était mort !... »

Il regarda la tête du pigeon, attentif à ce qui se passait autour de lui, amusant avec ses yeux ronds et son cou mobile. « Peut-être qu'il comprend ? » se demandait Olivier. Loulou parla à l'oiseau : « Regarde. Tes poteaux sont là-bas, au coin de la rue. Mme Papa leur donne à manger. Ça va faire râler la Grosmalard. »

En effet, la petite dame était entourée de ses meilleurs amis. L'un d'eux était perché sur son épaule. Il picorait un trognon de pain qu'elle tenait dans sa bouche comme s'il lui donnait des baisers.

Olivier la rejoignit, ouvrit son tablier. Le pigeon rose parut hésiter. Il resta immobile, comme s'il regrettait déjà la compagnie des enfants, puis, en quelques coups d'aile, il rejoignit la troupe. « Hourra ! Hip ! hip ! hip ! hourra ! » crièrent les enfants.

Entre eux et les pigeons, ce fut comme si un pacte avait été signé. Les oiseaux devinrent des amis, le correspondant de leur petite bande avec des ailes en plus.

Quant au pigeon rose, il les regardait de temps en temps. Olivier se demandait à quoi il pensait. Déjà Loulou songeait à autre chose. « A quoi on joue, les gars ? »

Mais vrai ! quelle histoire...

Deux

UNE après-midi d'été, au moment le plus fort du soleil, Olivier, assis sur une marche de pierre, en haut de la rue Labat, s'employait à tendre une cordelette entre deux clous plantés sur une plaque de bois : le jeune armateur construisait un navire. Lorsqu'il fut gréé, il le fit glisser sur sa cuisse pour une croisière imaginaire.

Le quartier semblait assoupi. « Où sont les gens ? » se demandait l'enfant. Il s'imagina être le seul habitant d'une ville, le rescapé d'une catastrophe. Seul au monde, il devrait assurer sa survie. Il inventa différents scénarios. Maître de Paris, il commencerait par visiter la pâtisserie et se gaverait de choux à la crème, puis il plongerait la main dans les bocaux de bonbons colorés et en emplirait ses poches. Aux magasins Dufayel, il choisirait un vélo de course. Il prendrait tous les livres d'Alexandre Dumas et de Jules Verne chez le libraire. Enfin, il se promènerait dans des logis inconnus et découvrirait plein de secrets. Le champ offert à son imagination était infini.

Quel silence ! Il ne percevait qu'un bruit assourdi de machine à coudre. Sa mère avait retiré le bec-de-cane de la mercerie. Elle devait sommeiller, à moins qu'elle ne fît l'inventaire de ses bobines de fil et de ses rubans. A quatre heures, elle l'appellerait : « Olivier, Olivier, ton goûter... » Elle lui tendrait une tartine de confitures d'oranges ou d'abricots.

Au rez-de-chaussée du 77 rue Labat, une fenêtre s'ouvrit. La mince Mademoiselle Hortense regarda à gauche, à droite, puis vers le ciel avant de s'asseoir et de s'affairer à son tricot. Une phrase maintes fois entendue vint à l'esprit d'Olivier :

Mademoiselle Hortense a des doigts de fée.

Il croisa les bras sur ses genoux, y laissa reposer sa tête en répétant : « Mademoiselle Hortense a des doigts de fée... » Dans la rue, les gens rêvaient beaucoup. Des rêves exprimés à voix haute où chacun imaginait un destin. Ainsi, la grosse Mme Haque, dont on disait que dans sa jeunesse elle avait été si belle, si elle l'avait voulu elle aurait épousé un millionnaire et vivrait sur la Côte d'Azur, entourée de chiens de luxe, au bord d'une piscine bleue, en pensant à sa Bugatti. Le travail à l'imprimerie avait empêché le cousin Jean de s'entraîner pour devenir un champion cycliste et gagner le Tour de France et les Six-Jours. Le beau Mac devenait le propriétaire d'une écurie de courses. Lucien, le sans-filiste, inventait une machine à voyager dans le temps...

Que de rêves avortés, mais aussi que d'espérances ! Chacun affirmait : « Plus tard, vous verrez... » en prenant un air entendu. Ceux qui ne comptaient sur rien, ou presque rien, avaient recours, comme à une drogue, au Pari mutuel urbain ou à la « poule au gibier », ces challenges disputés dans les cafés au cœur de l'hiver. En dépit des difficultés de la vie, des mises à pied, contre toutes les preuves, on espérait : « Tentez votre chance ! » comme on disait aux jeux de la fête foraine.

Mademoiselle Hortense, taille de guêpe et doigts de fée, était sans âge. Ou « hors d'âge » comme un bon alcool. D'où venait-elle ? Nul ne le savait. Elle semblait n'avoir jamais quitté sa chaise paillée, près de la fenêtre, pour capter toute la lumière. On disait que des personnes venues des beaux quartiers, des actrices lui donnaient de savants travaux de couture. Sans cesse, elle coupait, bâtissait, faufilait, assemblait, cousait, et, pour se reposer, tricotait des points difficiles, mailles à l'endroit ou mailles à l'envers, mais aussi croisés doubles, torsades, jetés mouches, point ajouré ou tunisien.

Son corps bien droit restait immobile. Seuls ses doigts, animés d'une vie indépendante, remuaient, dansaient, vifs et précis. Ses cheveux gris tirés en un épais chignon, comme une grosse pelote de laine, ses yeux bleus, ses lèvres pâles, son sourire à peine esquissé, son grand calme, sa politesse, les gens de la rue les connaissaient bien, mais on ne la remarquait pas comme si elle avait été un meuble ou un pot de plantes vertes. Elle appartenait au paysage le plus apaisant de la rue. Simplement, on disait : « Mademoiselle Hortense, c'est un ange ! Elle a des doigts de fée ! » De là, pour Olivier, à imaginer qu'elle était une bonne fée, comme dans les *Contes* de Perrault, il n'y avait pas loin.

Dans un rayon étroit de soleil, l'enfant la vit sortir dans la rue. Elle portait une robe gris-bleu ornée d'un col en dentelle. Elle tenait au bout des doigts une seule aiguille à tricoter. Plus que marcher, elle semblait flotter et ses pas étaient silencieux. Elle s'approcha de lui. Il la voyait, bien qu'il eût toujours la tête couchée entre ses bras et les yeux fermés. Elle lui parla d'une voix très douce, comme venue d'ailleurs :

— Olivier, tu es un gentil garçon, je le sais...

— Oh ! pas tellement !

Il pensait qu'au cours d'une bagarre, il avait flanqué un poche-œil à un type de la rue Lambert. Comme gentil garçon, on devait pouvoir trouver mieux.

— Pour te récompenser, continua Mademoiselle Hortense, je vais exaucer tous tes vœux.

Olivier ignorait la signification exacte du mot exaucer mais il la devina car il savait ce qu'est un vœu. « Tous mes meilleurs vœux ! » comme on lit sur les cartes de bonne année blanchies de neige.

— Parle, Olivier. Tu désires bien quelque chose ? reprit la voix douce et céleste.

— Moi, heu... je voudrais jouer de la mandoline.

Mademoiselle Hortense lui toucha l'épaule avec l'aiguille à tricoter qui était, en fait, une baguette de fée. Une lumière en jaillit et il vit sur ses cuisses, près du navire en bois, une mandoline.

Émerveillé, il prit délicatement cet instrument de musique aussi joli que son nom, effleura les cordes et se mit à jouer. Mais non ! c'était impossible puisqu'il n'avait jamais appris. Et pourtant, il entendait chanter les notes, s'assembler pour un air inconnu et exquis.

— Tu joues si bien ! dit Mademoiselle Hortense en penchant la tête pour mieux l'écouter. Veux-tu autre chose ?

— Non, merci, dit Olivier qui ne voulait pas abuser.

Mais il se reprit. Ce n'est pas tous les jours qu'on rencontre une fée. Devait-il l'appeler *Mademoiselle Hortense* ou *Madame la Fée* ? Il pensa qu'une fée, c'est bien mieux qu'un Père Noël.

— Je voudrais... heu ! plutôt : j'aimerais des albums de *Bicot*, de *Félix le Chat*, de *Zig et Puce*...

Aussitôt, une pile de livres se matérialisa près de lui. Il en était de toutes sortes, et même ceux qu'il n'avait pas demandés : *Gédéon, Les Pieds Nickelés, Pitche*... « Oh ! merci, merci. Ça alors !... »

Mademoiselle Hortense a des doigts de fée. Et une baguette. Et des étoiles dans les cheveux. Elle est devenue jeune, belle et blonde comme le sont les bonnes fées. Pas les mauvaises, comme Carabosse, la concierge du 78, nommée « la Grosmalard ». Quelle merveille ! Il suffit de demander une chose et elle apparaît. Il pourrait solliciter plein de cadeaux : pour sa mère, le costume tailleur dont elle rêvait ; pour Capdeverre, une panoplie de pompier ; pour Bougras, une pipe ; pour Mme Haque, des renards argentés ; pour Jean, un vélo de course tout neuf ; pour les copains, tous les jouets dont ils rêvaient...

Certes, en cela il pensait aux autres. Ce n'est pas tous les jours qu'on rencontre une fée mais quelle image de lui-même donnerait-il en se montrant trop avide ? Et lui, que pourrait-il faire pour la belle fée ? Toutes ces idées passaient très vite dans sa tête. Il chassa de son esprit les choses matérielles. Ce qui le tourmentait prit la priorité. Il dit :

— Je voudrais être premier de ma classe, puis, après réflexion : ... ou seulement deuxième, et même troisième...

— Je te le promets, mais pas à coup sûr, pour cela il faut que tu m'aides..., dit la fée Hortense.

— ... et plus tard, je voudrais être boxeur, ou alors marin, ou chanteur d'opéra...

— C'est beaucoup. Il faudra choisir.

— Alors, chanteur d'opéra, comme celui qui chante : *Je t'ai donné mon cœur...*

— Pour cela, nous verrons plus tard.

Alors, Olivier pensa qu'il demandait des choses trop lointaines ou impossibles. Par miracle, il voyait la fée sans ouvrir les yeux, sans avoir à la regarder, comme si elle vivait derrière ses paupières. Que demander ? Au fond, ce qui lui apporterait le plus de plaisir n'était qu'une tartine de confitures de fraises mais pour cela avait-il besoin d'une bonne fée ? Il songea que la vie peut être pleine de surprises agréables.

— Olivier ! Olivier ! Où es-tu, Olivier ?

Une voix connue l'appelait, traversait des zones d'ombre, de sommeil et de silence.

— Ah ! tu es là-haut... Tu pourrais répondre. Olivier ! Olivier !

Cette voix, cette si belle voix, dans des années et des années, Olivier l'entendrait encore, surgie d'un paradis lointain, par-delà les déchirures de la vie, l'abandon, la mort.

Il ouvrit les yeux. La fée Hortense avait disparu. On entendait le tic-tac de la machine à coudre de la couturière. Sa mère se tenait devant la mercerie, une tartine de confitures de fraises à la main.

Près de lui, il n'y avait ni mandoline ni livres illustrés. Seulement le jouet de sa fabrication : ce navire dont il ne savait pas s'il flotterait. Il courut vers sa mère :

— Tu t'étais endormi, Olivier ?

— Non, m'man, je rêvais...

Il remercia de la tartine, mordit le pain et regarda la trace de ses dents. La fée Hortense avait-elle répondu à sa dernière demande ? Cette confiture de fraises, que c'était bon ! Il leva les yeux sur sa mère. Elle aussi était douce et souriante. Il prononça lentement :

— M'man, Mademoiselle Hortense...

— Eh bien, quoi Mademoiselle Hortense ?...

— Approche...

Virginie se pencha. Il mit les bras autour de son cou et, sans qu'elle pût en comprendre la raison, il chuchota :

— *Mademoiselle Hortense a des doigts de fée.*

Trois

« **M**ES ciseaux ont encore disparu ! »
Mme Pocolle, la mère d'Anatole dit Pot
à Colle (sobriquet inspiré par son nom et aussi par la
réclame du dentrifrice *Dentol*), répétait souvent cette
phrase. Elle connaissait le coupable du détourne-
ment : son fils qui s'était pris d'amour pour les
ciseaux de toutes sortes. Lorsqu'elle les retrouvait,
elle découvrait les traces de leur utilisation. Le sol
était jonché de morceaux de papier découpés pour le
plaisir. Avec ses ciseaux, Anatole s'en prenait à tout
ce qui se trouvait à sa portée, ses ongles ou ses
cheveux roux, ce qui donnait à sa tignasse l'aspect
d'un jardin en friche. Mme Pocolle avait beau cacher
ses ciseaux, le chenapan les dénichait toujours.

S'il existait dans la rue un lieu où ces instruments
étaient nombreux, c'était chez la mère d'Olivier,
Virginie la mercière. Olivier échangea contre cent
billes une paire de grands ciseaux de couturière
usagés. Anatole se livra à un travail d'affûtage qui
rendit ces retraités flambant neufs et fort coupants.

Dès lors, les méfaits du jeune iconoclaste se

multiplièrent. Il coupa les cordes à sauter des petites filles, les fils tendus dans les cours pour le séchage du linge, les ficelles des Yo-yo, les cordons des sonnettes. Il alla jusqu'à couper la natte blonde de la gentille Yvette, ce qui lui valut une remarquable tisane de son grand frère Jojo.

Durant quelques jours, le temps que s'effaçât la trace d'un œil au beurre noir, Anatole se tint tranquille. En fait, il préparait un nouveau méfait. En ce temps-là, les pages des répertoires téléphoniques, partagées en deux, étaient suspendues dans les toilettes à un crochet, à des fins dites hygiéniques. Durant plusieurs jours, caché dans la cave de son immeuble de la rue Bachelet, près du lavoir désigné par son drapeau de fer, il coupa sans cesse, remplissant des sacs de minuscules morceaux de papier. Agile, il grimpa sur le toit de l'immeuble du 78 rue Labat et commença, telle la Semeuse dont on achetait les timbres, à jeter ses confettis improvisés qui neigèrent jusqu'à la rue Lambert. On se serait cru à New York un jour de grande parade. Les gens de la rue levèrent la tête sans apercevoir le galapiat dissimulé derrière une cheminée.

Les enfants devinèrent qui était le coupable. Tous étaient là, Riri, Capdeverre, Olivier, Loulou, David, Saint-Paul, Jack Schlack, Ramélie. Si cela les amusait, ils regrettaient de ne pas participer à la farce. Sur les trottoirs, les concierges jouaient du balai. « On n'a jamais vu ça, dit Mme Clémence, voilà qu'il pleut du papier ! »

Avec Virginie, Mme Haque, Mme Papa, La Cuistance et même Mme Pocolle, elles commentèrent l'événement. Certes, la mère d'Anatole dissimulait sa confusion car elle avait deviné que l'auteur du méfait était ce traîne-savates d'Anatole qui, le soir même, recevrait le martinet.

Les enfants de la rue portaient des bretelles. Ils adoraient glisser leurs pouces derrière le tissu élastique, le tendre et faire claquer *L'Extra-Souple* sur leur poitrine. Cela donna à Anatole des idées. Il s'approcha de Capdeverre, par-derrière, et, d'un seul coup de ciseaux, coupa la bretelle et fit perdre son pantalon à la victime. Ce ne fut là qu'un commencement. Auprès de cela, la tradition d'arracher les boutons comme dans le roman de Louis Pergaud pâlissait. Ce fut « la guerre des bretelles ». De plus, Anatole fit des émules et chacun se mêla de couper allégrement le support du pantalon ou de la culotte de son voisin. On ne vit bientôt plus que des bretelles lamentables rattachées par des épingles de nourrice. Certains adoptèrent la ceinture ou une simple ficelle. Ainsi vont les modes.

Alors qu'elle achetait de la talonnette, Mme Pocolle eut une conversation avec Virginie :

— Dites-moi, madame Virginie, je ne sais ce qu'a mon Anatole. Il joue sans cesse avec des ciseaux. On l'accuse de couper les bretelles, mais il n'y a pas que lui. C'est peut-être pour se venger d'être appelé « Pot à Colle ». Est-ce de sa faute si son père a un drôle de nom ?

— Vous savez, tous les Anatole, on les appelle « Pot à Colle » et tous les Arthur, « Fox à poil dur », c'est à cause de la chanson, et on dit aussi : « Un *Pernod* pour Arthur ! » et les Étienne, donc ! « Étienne, Étienne, mets ta paye avec la mienne... » Ils doivent en avoir assez d'entendre ces phrases !

— Votre Olivier, il joue aussi avec les ciseaux ?

— Il lui arrive de découper des images dans les magazines comme font tous les enfants...

— Il ne coupe pas les bretelles ?

— Il aurait affaire à moi ! S'il se mettait à couper n'importe quoi, je ferais bientôt faillite avec tout ce qu'il y a à couper dans cette boutique...

— Je ne sais pas de qui il tient ctte manie.

— Vous devriez en parler au Dr Lehmann. Il est de bon conseil.

Mme Pocolle ne tenait pas cela pour une maladie. Afin de ne pas avoir à payer une consultation, elle s'arrangea pour rencontrer le médecin qui, sacoche à la main, pince-nez de travers, allait faire ses visites. Il demanda distraitement des nouvelles de la « petite famille ». Elle répondit qu'elle avait bien du souci avec son aîné et parla de sa manie des ciseaux : « Il coupe, il coupe, il coupe, voilà, docteur, il ne sait que couper. Il coupe n'importe quoi, mais il coupe ! »

Le bon docteur caressa sa barbiche. Il aurait pu entretenir cette bonne dame des travaux du Dr Freud, exposer un désir inconscient de la part d'Anatole de couper le cordon ombilical, faire allusion au complexe de castration. Il préféra rester dans le domaine du simple bon sens.

— Vous savez, les enfants ont toujours quelque manie, un désir de jeu. Cela lui passera. Essayez donc de l'intéresser à autre chose. Comment vont ses études ?

— Justement, pas très bien. Il coupe aussi ses livres de classe et ses cahiers. Il quittera l'école en juillet et je le mettrai en apprentissage.

— Voilà, dit le docteur, c'est peut-être la solution. Les métiers où on se sert de ciseaux. Il pourrait être tailleur.

— Oh non ! il couperait le tissu en dépit du bon sens.

— Ou coiffeur. C'est un bon métier, coiffeur ! à condition que tout le monde ne soit pas comme moi...

Le médecin souleva son chapeau melon pour montrer sa calvitie et, sur ce salut, il quitta l'envahissante Mme Pocolle, mère du célèbre coupeur de bretelles.

A la suite de cette conversation, dès le mois d'août, Anatole fut placé en apprentissage chez M. Louis, coiffeur de son état, non pas en boutique, mais dans un logement, rue Lambert, une pièce étroite au-dessus du bistrot, ce dernier servant de salle d'attente.

Par l'escalier, le client qui venait d'être coiffé, tout parfumé de lotion, descendait et appelait : « Au premier de ces messieurs ! » Celui qui montait, après s'être rafraîchi le gosier sur le zinc, titubait parfois. Le premier travail d'Anatole consista à aider ces braves gens dans leur ascension périlleuse, à les installer en leur nouant une serviette autour du cou. Ensuite, il regardait avec envie M. Louis faisant claquer les ciseaux dans le vide avant de s'attaquer à la toison.

— Donne un coup de balai. Et regarde bien comme je m'y prends, disait M. Louis. Je dégage d'abord le cou et les tempes, ensuite... Dans un mois, je te confierai le premier client...

Cet apprentissage ravissait Anatole. Il entrait dans le monde des grands. Cela se voyait à sa démarche étudiée, à sa gravité soudaine, et aussi à un brin de condescendance à l'égard de ses camarades encore écoliers. Il écoutait les mots de la coiffure : « La raie à droite... Rafraîchis seulement ?... Bien dégagé sur les oreilles ?... Je vous fais une brosse ?... » Des parfums se mêlaient : eau de Cologne, eau *Gorlier*, *Pétrole Hahn*, lotions diverses, savon à barbe parfumé, et aussi des senteurs fortes de transpiration, de vin et d'alcool, de café. Pour imposer shampooing ou friction, la voix de M. Louis se faisait autoritaire. On entendait encore : « Serviette chaude ?... Je vous brûle les pointes ?... Je laisse les pattes ?... »

Par-delà les sons et les odeurs, par-delà les rites, Anatole prenait plus plaisir encore à regarder la danse des ciseaux. Dans la main experte de M. Louis, ils devenaient des oiseaux, des ciseaux-oiseaux qui volaient, virevoltaient, chantaient.

Anatole connut l'émerveillement. Il apprit que se servir des ciseaux confine à l'art. Peu à peu, le barbare devenait artiste. Désormais, à ses moments de liberté, plutôt que de couper n'importe quoi, papiers, chiffons, ficelles ou bretelles, il faisait cliqueter ses ciseaux à hauteur d'oreille, inventait des rythmes, écoutait les confidences d'une musique exquise, découvrait l'harmonie. Il s'exerça à précipiter le mouvement, à le ralentir, et devint un virtuose.

Cela ne veut pas dire que la première coupe de cheveux de l'apprenti coiffeur fut parfaite, mais c'était mieux que lorsqu'il s'exerçait sur sa propre chevelure. Et puis, pour ses débuts, M. Louis avait proposé à des clochards une coupe gratuite, ce qui écartait toute idée de réclamation. Le client repartait ravi, tout étonné de fleurer bon la gomina *Argentine* ou le *Bakerfix*, en attendant que ses amis se bouchent le nez en lui disant qu'il sentait la cocotte.

Un matin, Anatole inaugura une blouse blanche confectionnée par sa mère et qui se boutonnait en haut de l'épaule, à la russe, ce qui fit sensation. Recevant un client, il prenait des airs de praticien, observait la chevelure avant de commencer la coupe, réfléchissait comme un sculpteur devant un bloc d'argile. La diversité des matériaux proposés à son art lui plaisait. Il distinguait le touffu, le hérissé, l'ondulé, le crépu, le raide ou le souple. Il proposait au blond, au brun, au châtain ou au roux une nouvelle coupe qui lui semblait plus en rapport avec sa personnalité. Un nouvel Anatole était né dont les progrès constants étonnaient M. Louis.

Bientôt, les clients, et des vrais ceux-là ! exigèrent d'être traités par Anatole. M. Louis ne manifesta d'aucune jalousie, bien au contraire. Il était fier de son élève qui dépassait le maître. De plus, ce succès d'Anatole qui, dix ans plus tard, se ferait appeler capilliculteur et aurait son propre salon, arrangeait bien son patron qui se mit à fréquenter la « salle d'attente » plus que le salon, c'est-à-dire ce « rade » du rez-de-chaussée qui, plus tard, géré par le père Tricoche aurait une renommée de bon vin et obtiendrait le prix du Meilleur Pot. En attendant, on y consommait surtout du picolo, de l'absinthe de contrebande et divers picrates forts en tannin.

C'est ainsi que M. Louis devint le plus aimable et le plus disert des pochards tandis qu'Anatole, dit Pot à Colle, dit « le coupeur de bretelles », perdit peu à peu ses sobriquets, transforma sa manie en art, affirma qu'il était né des ciseaux à la main comme d'autres naissent coiffés. Passant de l'anarchie à la création, il alla de coupe en coupe vers la renommée et devint Monsieur Anatole, le coiffeur des stars.

Cela est une histoire vraie.

Quatre

LES VOLEURS DE BILLES

Dès la sortie de l'école, les enfants déposaient cartables et gibecières, musettes et boîtes à goûter pour jouer aux billes. L'espace de jeu s'étendait au long du mur de la communale donnant sur la rue Custine. Tous les deux mètres environ se tenait un « marchand ». Il avait posé une bille colorée, indiqué à la craie la limite dans laquelle devait se tenir le joueur pour lancer sa propre bille à l'assaut de la première. Le coup réussi rapportait cinq billes. Si l'on perdait, le trésor du marchand s'enrichissait de la bille jetée. Tant bien que mal, le jeu s'équilibrait. Au perdant, le marchand consentait un prêt. Quelques bons tireurs étaient redoutés et il fallait tenter de les éloigner du stand improvisé.

Cependant, l'esprit inventif de Loulou et de Capdeverre transforma cette économie. Dans un carton plat, ancien calendrier mural, ils percèrent des trous de dimensions variées, confectionnèrent un support permettant de donner un plan incliné. La bille devait monter, entrer dans un des orifices et c'était gagné. Les lots étaient alléchants : le trou le plus vaste permettait de gagner cinq billes, le moyen dix, le petit cinquante ! Cela paraissait facile mais il s'agissait d'une illusion. Personne jamais ne put atteindre le petit trou qui avait la dimension exacte de la circonférence d'une bille.

Comme chacun allait au plus difficile, le capital des deux compères augmenta. Ils fabriquèrent un second panneau pour doubler le bénéfice. A ce jeu, Olivier, quelque peu vexé de ne pas avoir été associé par ses deux meilleurs copains, perdit tout son avoir. Avec le sourire apitoyé de dames d'œuvre, les acolytes consentirent à lui faire l'aumône de dix billes qu'il perdit aussitôt. Il en fut de même pour la plupart des joueurs.

La rue Labat étant trop pentue, le jeu se poursuivit rue Bachelet où Anatole, l'apprenti coiffeur, durant ses loisirs et moyennant une rétribution de cinquante billes, apporta sa protection contre ses redoutables amis toujours prêts à attaquer ceux de la rue Labat. Des enfants vinrent des rues Hermel, Lécuyer, Ramey, Lambert, Nicolet, et de plus loin encore pour essayer leur adresse.

On arriva bientôt à ceci : la plupart n'ayant plus de billes, à l'exception des capitalistes Loulou et Capdeverre, plus personne ne pouvait jouer. Nos deux mercantis affichaient l'orgueil de leur réussite en portant, attachés à leur ceinture, arrimés à leurs épaules, d'énormes sacs ventrus, des chaussettes bondées qui prenaient la forme de grappes.

Ils ignoraient qu'une révolte se préparait.

Olivier et Jack Schlack en prirent la tête avec, parmi leurs troupes, Riri, la petite Chamignon, Giselle, Saint-Louis, Ramélie et une dizaine d'autres. Le mot d'ordre fut « Guerre aux marchands ! » Au cours de colloques, chacun apporta ses idées révolutionnaires de justice et de vengeance. Olivier se trouvait embarrassé. Après tout, Loulou et Capdeverre étaient ses proches, ses copains — mais ils commençaient à s'en croire et prenaient des airs supérieurs et arrogants.

— Il faut les faire prisonniers et les passer en jugement ! proposa Olivier.

— Y a qu'à leur faucher leurs billes ! décréta Riri, le plus petit d'entre eux.

— Ils doivent d'abord s'expliquer ! concéda Jack Schlack.

Ainsi, les deux complices, Loulou et Capdeverre, bousculés par les justiciers, furent conduits manu militari en haut de la rue Labat, sur les marches, devant la boucherie kascher, là où se tenaient les grands conseils. Ils n'opposèrent qu'un semblant de résistance et se contentèrent de prendre des airs finauds. Saint-Louis, le fils de la blanchisseuse de la rue Lambert, attaqua :

— Vous êtes rien que des voleurs !

— Répète un peu pour voir ! menaça Capdeverre en levant le poing.

— C'est pas de notre faute si vous ne savez pas viser, bande de cloches ! ajouta Loulou, le jeu c'est le jeu...

Les juges ne se sentirent plus très sûrs d'eux-mêmes. Ils ne savaient comment démontrer le vague soupçon qu'ils avaient d'un acte malhonnête. Ce fut Giselle, la plus grande, presque une adolescente, qui dénoua la situation :

— Vos cartons troués, dit-elle, je voudrais les examiner de plus près.

— Si les filles s'en mêlent..., grommela Loulou.

— En attendant, montrez vos cartons ! ordonna Jack Schlack.

Loulou sortit le sien de son cartable, le leva au-dessus de sa tête, le brandit comme un drapeau, s'en éventa le visage et se prépara à le ranger dans son cartable quand Ramélie l'attrapa au vol. Loulou et Capdeverre voulurent le reprendre mais les enfants firent un rempart. Et ce fut dans la stupeur, et bientôt l'indignation, la minute de vérité.

— Saint-Louis a raison, dit Jack Schlack, c'est rien que des voleurs, des apaches, des crapules. Regardez bien, les gars, vous voyez bien ?

Loulou et Capdeverre tentèrent de s'enfuir mais les juges leur firent des croche-pattes et les maîtrisèrent. La pièce à conviction fut passée de main en main.

— Ça alors ! s'écria Olivier. Ils sont pires que des gangsters...

— J'en suis comme deux ronds de flan ! dit Jack Schlack.

L'inspection apportait des résultats accablants. Si le trou à cinq billes présentait un caractère normal, les autres accusaient les deux garçons de fraude : un fil de crin blond, presque invisible, était tendu en travers de l'orifice, ce qui rendait impossible la pénétration d'une bille.

La honte ! Capdeverre et Loulou furent traités d'escrocs, de malandrins, de chenapans, de voyous, des traîtres et d'autres mots fleuris, à quoi ils répondirent par des expressions imagées comme « gueule de raie », « fesse d'huître », « peau d'hareng » ou « face de rat ». Puis, Loulou baissa la tête tandis que Capdeverre usait d'arguties à quoi on répondait : « Tu parles, Charles ! » ou « Chante, fifi ! » mais, avec une habileté de financier ou de diplomate, le garçon proposa une solution à l'amiable :

— Admettons, dit-il, qu'il y ait eu une erreur... Je vous file dix billes à chacun et on n'en parle plus !

— Des clous ! jeta Olivier.

— Des queues, Marie ! reprit Saint-Louis. Tu nous prends pour des billes ?

— Des billes de clown, oui ! jeta Loulou dans une ultime révolte.

Jack Schlack fit craquer une allumette suédoise et mit le feu aux cartons incriminés. Ainsi, Loulou et Capdeverre virent leur fonds de commerce disparaître en flammes.

— De quel droit ? hurla Loulou l'index en l'air.

— Du droit de justice ! dit gravement Olivier.

En fait, ce dernier était plutôt porté à l'indulgence. Si ses amis l'avaient convié à participer à leur association criminelle, ne serait-il pas lui aussi au pilori ?

Un personnage se taisait : le petit Riri, si agressif d'ordinaire. En attendant le jugement, il tournait autour des coupables en reluquant leurs sacs de billes. Ramélie invita chacun à dire le nombre de billes qu'il avait perdues. Il y eut, dans les réponses, quelques exagérations.

— Vous êtes condamnés à en rembourser le double. Vous êtes assez riches ! dit Anatole.

— Vous voulez notre ruine ! jeta Loulou.

— Si on le dit à ceux de la rue Hermel, dit Olivier, ce sera pire : ils vous flanqueront une raclée...

— Une dérouillée, oui ! précisa Ramélie.

— Ils vous passeront le cul au cirage ! ajouta Olivier.

— Et ceux de la rue Ramey, ils vous couperont en quatre ! conclut Giselle pour faire bon poids.

Ce fut l'occasion pour chacun d'évoquer punitions et supplices comme dans l'histoire de France, avec écartèlement, plomb fondu, guillotine et autres. Le goût des mots était commun aux enfants de la rue. On en discourait tant et tant que Loulou et Capdeverre, profitant de la distraction, songeaient à se carapater.

— Ils vont se tirer, attention ! dit Riri.

La surveillance fut renforcée. Si sérieuse que fût la situation, il s'y mêlait une part de jeu. Aujourd'hui, Loulou et Capdeverre étaient sur la sellette, demain ce seraient d'autres. Mais personne ne savait que l'astucieux Riri, ce microbe, ne prenant pas part au débat, avait déjà préparé son jugement. En tapinois, il était entré chez le boucher pour saisir un énorme couteau. Il se préparait au crime. Olivier le regarda avec effroi. Le sang coulerait-il ?

Ce ne fut pas du sang qui coula, mais des billes qui roulèrent. Avec des gestes rapides et précis, en moins de temps qu'il n'en faut pour le dire, Riri avait pris Loulou et Capdeverre par surprise. Largement fendus, les sacs de billes se vidèrent de leur trésor et rien ne put contenir l'hémorragie. Dans la rue Labat, ce fut une pluie de billes, un orage, une grêle qui roula parmi les pavés en direction de la rue Ramey. Tous, les coupables y compris, et même quelques grandes personnes, se précipitèrent à la poursuite des fugueuses. D'autres enfants profitèrent de cette manne et s'emplirent les poches à les faire craquer. Le lendemain on trouvait encore des billes dans les creux moussus séparant les pavés au dos rond.

— Tu peux numéroter tes abattis ! cria Capdeverre à Riri.

Mais ce dernier répondit par un pied de nez, tira la langue et « s'esbigna en loucedé » vers le logis maternel. Ainsi, le hasard, et non le commerce frauduleux, veilla à la distribution des biens. A la suite de cette aventure, pour un temps, les jeux de billes furent délaissés. Il fut bien question de mettre les deux coupables en quarantaine mais les jeux et l'insouciance firent oublier cet épisode dramatique.

Ainsi va la vie.

Cinq

Fil de Fer n'était pas tout à fait un clochard puisqu'il habitait ce qu'il appelait sa « carrée » ou, si vous préférez, sa turne, sa piaule, bref son chez-soi, une chambre en soupente — d'autres auraient dit : un placard, deux mètres sur deux mètres cinquante, la place d'un lit, d'une table et d'une chaise, pas plus. Au-dessus, une fenêtre à tabatière avait des joints à ce point décimés que, par temps de pluie, le locataire devait disposer une toile cirée sur son corps de telle manière que l'eau coulât dans un seau hygiénique. Quelle vie !

Et pourtant, le croirait-on ? Fil de Fer se disait heureux comme un coq en pâte et donnait l'apparence de son bonheur. En haut de ce corps maigre qui lui donnait son surnom, une tête de lune avec la bouche fendue sur un perpétuel sourire. Sa philosophie quotidienne, il la trouvait dans des chansons de Milton et de Maurice Chevalier : *T'en fais pas, Bouboule, te casse pas la boule, n'attrape pas d'ampoules...* ou : *Dans la vie faut pas s'en faire, moi je n' m'en fais pas...* car *toutes les p'tites misères ne*

sont qu' passagères, *tout ça s'arrang'ra !* Non, Fil de
Fer n'avait pas un caractère à se faire du tracas. Si on
lui demandait le secret de sa survivance dans ces
temps difficiles, il chantait encore : *J'ai ma combine.*
Jamais rien dans la vie ne me turlupine...

Sacré Fil de Fer ! Il se disait chômeur professionnel, ennemi du travail et prétendait réaliser des gains
en encourageant le sport hippique, ce qui laissait
sceptiques les turfistes de la rue.

En sa compagnie, tout paraissait facile. La vie
coulait tranquille comme l'eau du robinet, comme le
vin dans les verres, tranquille comme Baptiste. Une
tape sur l'épaule, un « Alors, mon pote ? » qui
devenait parfois : « Eh bien, cher ami ? » (ce qui
montre la dualité du personnage) et il répondait à la
place de son interlocuteur : « Et comment que ça
boume, que ça biche, que ça colle, que ça boulotte,
n'est-ce pas ? Tu es comme moi : père Peinard... »
Avec Fil de Fer, impossible de se plaindre. « Ce
garçon, c'est un rayon de soleil ! » disait Virginie la
mercière. Les enfants l'aimaient bien parce qu'il était
drôle, fendant, rigolo, marrant, au petit poil. Il jouait
la comédie, il imitait les gens, il dansait comme
naguère Valentin le Désossé. De plus, il savait
prendre des allures de gandin.

Ainsi, un jour, vers midi, sous le soleil d'été, le vit-
on monter la rue Labat, un chapeau haut de forme
sur la tête et à l'œil droit, tenez-vous bien ! un
monocle. Comme un noble, parfaitement ! Cela plut
tellement aux sieurs Olivier, Loulou, Capdeverre,

Jack Schlack, Ramélie et consorts qu'ils se mirent à la recherche de vieux verres de lunettes pour l'imiter. « Ho ! Fil de Fer, tu as fait la noce ? » demanda Mme Haque. Personne ne savait que ce couvre-chef et ce monocle avaient été trouvés dans le ruisseau, près de la place Pigalle, où un fêtard éméché les avait perdus. « Ah ! dit-il, je vais remettre mon vieux galure. J'ai oublié de me changer ce matin... »

« Changer, changer ? Que raconte-t-il ? Il devient bizarre, ce Fil de Fer. Ainsi, dès que viennent les beaux jours, il quitte sa soupente pour dormir ailleurs. N'aurait-il pas une liaison ? Quelque particulière en mal d'amour ? Il nous les fera bien toutes, ce Fil de Fer ! »

Quelques-unes de ces réflexions furent échangées entre les gens de la rue. Fil de Fer porta de plus en plus souvent chapeau de haute forme et monocle. Dès lors, il changea. La canaille et le gandin s'allièrent. La préciosité argotique s'unit à l'afféterie. Il s'exprima avec une politesse exagérée, fit des « manières », baisa la main de dames qui n'en revenaient pas. Le bruit courut qu'il menait une double vie.

— C'est un homme qui a du répondant, j'en suis sûre ! jugea Mme Chamignon.

— Un de ces jours, on le verra en Rolls Royce, affirma Irma la blanchisseuse.

— Mais non ! il se joue la comédie, comme pas mal de gens, dit Virginie.

— En attendant, il est quand même dans la purée !

observa Mme Klein la boulangère chez qui il avait une ardoise.

Les commères hochaient la tête : « Quand même, quand même... » Ainsi, Fil de Fer enchanta l'imagination de la rue. Il fut un fils de famille dévoyé, un gangster qui se cachait, un riche original qui tâtait de la vie des humbles, un gigolo, peut-être pire, et cela par la grâce d'un rond de verre, de ronds de jambe et d'un couvre-chef luisant !

Les enfants n'étaient pas les derniers intéressés, d'autant que Fil de Fer leur témoignait de la considération. Seuls, ils pouvaient forcer ses confidences et ils ne s'en privèrent pas. Cela au moyen de phrases interrogatives qui commençaient par « Alors, comme ça... ». Ainsi, Olivier :

— Alors, comme ça, m'sieur Fil de Fer, vous ne couchez pas toujours dans votre chambre ?

— Hum ! hum ! dit mystérieusement Fil de Fer.

— Y'en a qui disent que vous avez un château...

— J'en ai plusieurs, surtout en Espagne.

— En Espagne !

— Et quels châteaux !

L'Espagne ! Les enfants pensèrent aux toréadors dont le cœur n'est pas en or, aux castagnettes, à cette gravure sur le livre de lecture où Don Quichotte et Sancho Pança s'apparentaient à Laurel et Hardy, à Doublepatte et Patachon ou à Zig et Puce. Et voilà que, par assimilation, le célèbre Fil de Fer de la rue Bachelet devenait l'ingénieux hidalgo, Don Quichotte de la Manche !

Sans cesse l'apparence de celui que Bougras appelait le « brindezingue » ou le « zigomar » se modifiait. Il portait des gants presque blancs et des souliers vernis. Certes, beaucoup, comme Riri et Anatole, l'appelaient « décroche-bananes » ou « grand flandrin », parlaient de son poil dans la main et affirmaient qu'il avait « des chauves-souris dans le beffroi ». « En attendant, on se marre ! » observait Olivier. Et il poursuivait son enquête avec une habileté de commère :

— Alors, comme ça, m'sieur Fil de Fer, vous avez peut-être un autre logement à Paris ?

— Parce que je couche en ville, mon jeune ami ? Non, rien à Paris. Seulement une villa à Deauville, un chalet en Savoie, une gentilhommière en Touraine, un hôtel particulier à Biarritz, un château...

— Oh ! sans charres ?

— De vrai ! A Paris, quand je quitte la rue Bachelet, je loge au *Ritz*.

— C'est où ?

— Comment, tu ne connais pas ? C'est un palace, place Vendôme. Là où descendent les milliardaires et les princes.

— Oh là là ! Comme au cinéma.

Un débat se tint dans la cour de récréation de l'école communale de la rue de Clignancourt. Les avis furent divers. Capdeverre mit en doute les affirmations de Fil de Fer. Loulou et Olivier crurent en sa sincérité. Jack Schlack observa :

— Dans un palace, un client qui s'appellerait Fil

de Fer ! Non, je ne marche pas. Tout ça, c'est rien que des blagues.

— Il a peut-être un autre nom, suggéra Olivier.

— C'est à voir...

Olivier questionna sa mère. Réponse : « Encore des bêtises ! » Les parents des copains haussèrent les épaules. Une enquête s'imposait. Un dimanche matin, Fil de Fer étant installé sur un pliant sur le trottoir, les enfants l'entourèrent. Son haut-de-forme posé sur les genoux, les gants à la main, il voulut bien les écouter.

— Alors, comme ça, commença Olivier, à l'hôtel qu'il s'appelle *Ritz*, on vous connaît ?

— Et comment ! répondit Fil de Fer en fixant une Gauloise sur un long fume-cigarette. Quand je rapplique, c'est le branle-bas de combat. Ils se précipitent tous et je vous jure qu'ils font vinaigre : le concierge, le réceptionniste, les grooms, les liftiers, les femmes de chambre, le directeur, tous !

— Et ils vous disent : « Bien le bonjour, monsieur Fil de Fer ? » demanda Loulou.

— Hum ! Hum ! c'est-à-dire, pas exactement.

— Vous avez peut-être un autre nom ? suggéra Capdeverre.

— Tu as deviné, petit futé. Je donne mon vrai nom.

— Et c'est quoi ? demanda Olivier.

— Je tiens à garder le secret, dit Fil de Fer en frottant une allumette-tison. Si j'étais assuré de votre discrétion, je vous le dirais, mais...

— Je le jure ! Croix de bois, croix de fer, si je mens je vais en enfer ! jeta Capdeverre en tendant la main et en crachant de côté.

Tous les enfants firent le même serment. Fil de Fer soupira, fit quelques ronds de fumée et montra sa grandeur d'âme. Il fit signe à ses amis de se pencher vers lui et susurra :

— Vous avez devant vous le comte du Tertre.

— Du Tertre ? Comme la place du Tertre ? demanda Olivier.

— Parfaitement, les du Tertre étaient mes ancêtres. Il y avait un « du Tertre » à la bataille de Marignan.

— 1515, dit Loulou.

— Alors, vous êtes un noble ? demanda Olivier.

— Noblesse d'épée ! dit modestement Fil de Fer. Songeant qu'il était désormais pour ses amis le comte du Tertre, il déplaça son monocle le temps de leur faire un clin d'œil et montra son extrême délicatesse.

— Oubliez la chose, mes amis, oubliez le comte du Tertre. Pour vous, compagnons des mauvais jours, je serai toujours Fil de Fer.

Olivier le regarda émerveillé. C'était comme un roman de Paul Féval transposé dans la réalité.

Le dimanche suivant, sur la Butte, les enfants des rues participèrent à la fête des Poulbots. Ils avaient été mis en dimanche, et même en grand dimanche : Olivier en costume Jean Bart ; Capdeverre en culotte de golf ; Loulou revêtu d'un ensemble de velours noir à gros boutons blancs ; Jack Schlack, fils du tailleur, en costume trois-pièces avec une canne d'enfant.

Pour marquer leur appartenance à la république de Montmartre, ils étaient coiffés du fameux bonnet phrygien en papier orné d'une cocarde tricolore. Ils avaient expliqué aux parents que la fête se terminerait tard dans la soirée. Ainsi avaient-ils tout leur temps pour mener à bien l'aventure projetée.

Le soir, ils quittèrent la Butte pour se rendre au centre de Paris, place Vendôme. Bien que Fil de Fer, ou plutôt le comte du Tertre, ne les eût pas invités, ils se croyaient permis de lui faire une surprise. A la nuit tombante, ils partirent à quatre (Olivier, Loulou, Capdeverre et Jack Schlack), à pied en direction des beaux quartiers. Pour ces jeunes Montmartrois, il s'agissait d'une expédition en territoire étranger.

Ils réservèrent les sous du métro pour le voyage de retour. Au début du parcours, ils bavardèrent beaucoup, coururent, firent des blagues, la plus commune étant de saluer des gens inconnus pour jouir de leur étonnement. Ou bien, ils appuyèrent sur des boutons de sonnette en s'éloignant sans se presser pour prouver leur innocence.

C'était l'heure calme de l'après-dîner. Des gens, devant les portes cochères, attendaient la fraîcheur. Un vendeur criait : « *Paris-Soir, L'Intran. Un mari jaloux tue l'amant de sa femme...* » Les gens pensaient à la journée du lendemain, à ce lundi où il fallait reprendre le travail. Peu à peu, l'apaisement gagnait les enfants. Ils commençaient à se demander si leur projet n'était pas absurde. Ils furent tentés de rebrousser chemin mais la curiosité restait forte. Il n'est pas donné à tout le monde d'avoir un copain qui loge au *Ritz* quand ça lui chante.

A la Chaussée-d'Antin, près des « Galeries Farfouillette », comme disait Virginie, Capdeverre demanda leur chemin à un agent en pèlerine, une hirondelle, qui tenait sa bicyclette par le guidon :

— Je vous demande bien pardon, m'sieur l'agent, vu que mon père il est sergent de ville ou gardien de la paix comme on dit, je voudrais savoir par où qu'il faut passer, s'il vous plaît, pour aller à la place Vendôme...

— Bien facile, p'tit gars ! Tu vois, là-bas, c'est l'Opéra, pas l'apéro, ah ! ah ! Tu prends la rue de la Paix en face, rue de la Paix comme un gardien de la paix, ah ! ah ! Tu suis tout droit jusqu'à la place. Tu peux pas te tromper. Il y a une colonne au milieu. Comment il s'appelle, ton père ?

— Capdeverre. Et même qu'il est à La Chapelle.

— Connais pas ! Mais je te fais confiance. Au fait, les garnements, ce ne serait pas l'heure d'aller au plume ?

— C'est là qu'on va, dit Loulou, on couche au *Ritz*.

— Bande de rigolos. Au *Ritz* ! Je vous en ficherai du *Ritz*. Allez, circulez !

Une fois de plus, Olivier observa l'étrangeté des adultes. Ils sont aimables durant un temps et voilà qu'ils vous rabrouent sans raison. Loulou dit :

— Encore un alcoolique !

— Alcoolique toi-même ! riposta Capdeverre.

— Et ta sœur ?

Comme il se doit, son interlocuteur répondit : « Elle bat le beurre. Quand elle battra la merde... », et Olivier : « Elle pisse bleu. T'as rien à teindre ? »

Rue de la Paix, ils regardèrent les automobiles garées le long du trottoir, les bijoux dans les vitrines, les passants si différents de ceux de la rue Labat. Ils entraient dans un nouvel univers et affectaient des airs farauds, sifflotant les mains dans les poches pour se donner une contenance.

Ils s'arrêtèrent en face de la majestueuse entrée du *Ritz*. Quand les clients entraient ou sortaient, un portier en uniforme, habillé comme un général d'opérette, portait la main à sa casquette.

Les enfants hésitaient, passaient et repassaient à bonne distance de l'entrée. « On va se dégonfler ! » pensait Olivier quand Loulou, tel un chef de commando, dit : « On y va ! » Ce fut comme l'attaque d'une forteresse. Ils dépassèrent le portier en courant, se bousculèrent devant la porte tournante, atteignirent le hall, mais là, un groom, à peine plus âgé qu'eux, les chassa :

— Hé ! les marmots. A la porte ! Allez ouste ! du vent ! et que ça saute ! Ce n'est pas pour vous ici.

Le portier vint à la rescousse et les jeta dehors. Cela n'avait duré que quelques secondes.

— Les vaches ! jeta Olivier.

— Et ce morveux avec son galure à la gomme, pour qui il se prend ? jeta Capdeverre rouge de colère.

— On est pourtant bien sapés, remarqua Jack Schlack.

— On va attendre, proposa Loulou, et peut-être que Fil de Fer, il va sortir. Il leur dira deux mots à ces enflés !

Ils attendirent, mais pas plus de Fil de Fer que de comte du Tertre. Ils firent le tour de la place et revinrent en se dissimulant derrière des voitures. Alors, Loulou, le plus rusé, annonça qu'il avait une idée.

Un peu mieux vêtu que ses copains, il attendit le moment où des gandins, s'extrayant d'une limousine, entraient dans l'hôtel et se glissa entre un monsieur et une dame pour faire croire qu'il était leur enfant. Quel comédien, ce Loulou ! Tandis que le portier faisait des ronds de jambe et que les grooms portaient des valises, la manœuvre réussit. Loulou alla jusqu'au comptoir de la réception, se haussa sur la pointe des pieds et, d'une voix de tête, demanda :

— Bonsoir. J'ai rendez-vous avec M. le comte du Tertre.

Le réceptionniste était un bon bougre. Ses yeux pétillants de malice, sa grosse moustache grise et ses yeux bleus mettaient en confiance. Il gratta sa tête chauve, ajusta ses bésicles et demanda :

— Tu dis : le comte du Tertre, comme la place du Tertre ?

— C'est sa famille.

— Tiens donc ! Ce ne serait pas plutôt le duc de la Butte ou le baron de Montmartre ? J'ai l'impression qu'il s'agit d'une farce, jeune homme, et dont vous êtes la dupe.

— La quoi ?

— La dupe. La victime, quoi ! Il est comment ce prétendu comte ?

— Il est maigre comme tout. Il porte un chapeau haut de forme, des gants blancs...

— Je vois, je vois..., dit le bonhomme qui d'ailleurs ne voyait rien du tout.

— Et des souliers vernis.

Le réceptionniste regarda l'enfant d'un air paternel. D'un signe, il écarta le groom qui voulait s'interposer. Loulou précisa :

— Le comte... heu... il y en a qui... et même lui...

— Eh bien ?

— On l'appelle aussi Fil de Fer !

L'homme éclata de rire. Il regarda vers le caissier et lui annonça qu'il lui en raconterait une bien bonne, puis il dit à Loulou :

— Je vois, cette fois, je vois. Tu as raison. Il est bien ici. Tu peux même le rencontrer. Pour cela, tu devras contourner l'hôtel et tu le demanderas côté rue Saint-Honoré, mais tu auras peut-être une surprise...

— Ah bon ? Bien m'sieur. Merci m'sieur. Vous êtes bien aimable. C'est pas comme l'autre tartignolle avec son galure à la noix.

— A ton service, mon garçon !

Loulou sortit sans hâte. Il toisa le groom et le portier et attendit de se trouver à quelque distance pour leur offrir un pied de nez. Ses copains le rejoignirent. Pour se donner de l'importance, il fit le mystérieux.

— Et alors ? Tu accouches ? demanda Capdeverre.

— J'ai été reçu par le patron de l'hôtel lui-même en personne. Pas de doute, il habite bien là, les gars ! Mais de l'autre côté. Et même ici, il se fait appeler Fil de Fer. Il est pas prétentieux !

— C'est comment le palace, dedans ? demanda Olivier.

— C'est pas mal. Il y a plein de poules de luxe qu'elles ont de longs fume-cigarette et des diamants comme le poing, des richards qu'ils fument des cigares gros comme ça...

Et Loulou puisa des descriptions venues des images de films plus que de la réalité.

— C'est où, l'autre côté ? demanda Jack Schlack.

— Rue Cambon par Saint-Honoré !

Ce nom leur plut : c'était celui d'un gâteau. Ils finirent par trouver l'autre face du *Ritz*. Un homme en bleu de chauffe rangeait des poubelles. Ils lui demandèrent si Fil de Fer était là.

— Ouais, fut la réponse. Il était là y'a deux minutes, mais l'est toujours à traîner, cette grande bringue. Ho ! Fil de Fer, t'es là ? Je vais le chercher...

Quand Fil de Fer rejoignit ses amis, il ne portait ni haut-de-forme, ni gants blancs, ni souliers vernis. En salopette, il tenait en main un balai-brosse où pendait une serpillière. Contrarié et de mauvaise humeur, il dit pourtant :

— Les gosses, qu'est-ce que vous faites ici ? Vous voyez : de temps en temps, je donne un coup de main. J' suis pas fier, moi !

— Ben, on passait, dit Olivier. Alors, on s'est dit comme ça : si on allait dire bonjour au comte... heu... à Fil de Fer, alors...

— Bon, vous m'avez vu. Alors, maintenant, mettez les bouts. Moi, j'ai du turbin...

Les trois enfants quittèrent Fil de Fer et la rue Saint-Honoré. Dans le métro du retour, les commentaires fusaient :

— Il nous a bourré le mou ! dit Loulou.

— Il nous a raconté des craques ! confirma Capdeverre.

— Quel menteur ! ajouta Jack Schlack.

— On ne sais jamais..., remarqua Olivier plus confiant.

— Tu parles, répondit Loulou. C'est rien qu'un balayeur, ce crâneur !

Ils en discutèrent tout au long du parcours. Ils en

manquèrent la station Château-Rouge et durent faire un long trajet à pied pour rejoindre la rue Labat. Il était tard. Les parents feraient des reproches. Et demain, l'école. Rue Custine, Capdeverre jeta sa hargne :

— On va lui faire payer à ce tordu ! On le racontera à tout le monde.

— On s'est quand même bien marrés ! reconnut Olivier.

— Mais il s'est payé notre fiole à tous ! dit Jack Schlack.

— Il doit être bien embêté. C'est pas un mauvais type, dit Loulou.

— Gentil n'a qu'un œil, dit Capdeverre, et lui il en a deux, même qu'il louche...

Et les enfants se mirent à loucher. Capdeverre imita Fil de Fer occupé à balayer tandis que Loulou singeait le comte du Tertre ajustant son monocle.

Ainsi, Fil de Fer, accusé de tromperie, était mis en disgrâce. Comme il avait eu l'air penaud ! Il s'était mis à ressembler à la lamentable serpillière qui pendait au bout de son balai. Même si sa pensée se précisait mal, Olivier entrevoyait que Fil de Fer avait tenté d'imaginer quelque chose pour échapper à sa solitude, à sa misère. L'image de Don Quichotte lui apparut, un pauvre chevalier errant qui ne voulait pas être détruit par la réalité, et l'enfant eut l'impression que ce n'était pas le bonhomme qui les avait trahis mais bien eux qui, par leur curiosité, avaient été des traîtres. Alors, sans raison apparente, il bouscula ses copains et décréta que, malgré tous ses torts, Fil de Fer, c'était « un type ! », et il ajouta : « Pas une fleur de nave, comme vous ! »

*
**

L'affaire trouva sa conclusion la semaine suivante. Durant deux jours, Fil de Fer avait fait le mort, puis il était réapparu sans les accessoires du gandin, et même un peu plus fripé, un peu plus lamentable.

Il tenta d'éviter les enfants en s'asseyant à quelque distance sur les marches. Non loin de lui se trouvaient le père Poulot, Bougras, Lucien le sansfiliste, Lulu l'aveugle et la troupe des enfants. Parmi ces derniers, les uns jouaient à la bataille, les autres aux osselets. De temps en temps, Capdeverre se redressait, regardait vers Fil de Fer et ses copains savaient qu'il s'apprêtait à tout révéler du mensonge aristocratique. Olivier fit exprès de dire à voix haute : « Bien le bonsoir, m'sieur Fil de Fer, fait beau aujourd'hui ! » à quoi l'homme répondit par un signe désignant un nuage noir.

Olivier se pencha vers Capdeverre et lui demanda simplement de « fermer sa gueule ». Celui-ci, inflexible, jeta à la cantonade :

— Moi, je sais des choses sur certains !

— Il sait rien du tout ! affirma Olivier.

— Y'en a qui ont des visions de cinéma et...

— La ferme ! jeta Loulou venu au secours d'Olivier. Ferme ta boîte à sucre, les mouches vont rentrer dedans.

— Et toi, ferme ta cocotte, ça sent le ragoût.

— Vous dites des trucs qu'on n'y entrave que dalle, dit Riri.

— C'est des branques ! ajouta Anatole.

Cette passe d'armes fut suivie d'un silence. Loulou et Olivier fermèrent les poings pour menacer Capdeverre. Mais ce dernier ne s'en laisserait pas imposer. Il se leva pour préparer une fuite éventuelle. Il le dirait que Fil de Fer était un imposteur, que le faux comte était un balayeur. Il ignorait que les adultes le savaient mais qu'ils feignaient de le croire parce que cela ne coûtait rien, n'ennuyait personne, faisait plaisir à Fil de Fer et permettait à tous de rêver. Ainsi, lorsque le justicier Capdeverre parla, il ne fit pas même scandale. On entendit :

— Fil de Fer ici présent, il n'est pas le comte du Tertre. Le comte du Tertre, ça n'existe pas...

— Et alors ? demanda le père Poulot.

— Alors... alors..., répondit Capdeverre décontenancé, il n'a pas le droit de porter un haut-de-forme !

— De quoi ? De quoi ? rugit Bougras. Il a tous les droits. Même de se mettre à poil si ça lui chante. Chacun fait ce qu'il veut. Toi, le fils du flic, tu la fermes et vive la liberté !

— Vive la liberté ! jeta en écho un Olivier révolutionnaire.

— En attendant, il n'est pas noble ! protesta Capdeverre vexé.

Fil de Fer les regardait de côté. Il prenait peu à peu l'air rigolard de quelqu'un qui a fait une bonne farce à laquelle il ne croyait pas lui-même. Olivier alla s'asseoir près de lui.

Alors, Capdeverre descendit les marches et, dans une dernière tentative, jeta encore :

— N'empêche qu'il est pas comte...

— C'est vrai ! c'est vrai ! jeta Olivier pris d'une inspiration subite. Fil de Fer n'est pas comte...

— Tu vois..., dit Capdeverre étonné.

— Il est pas comte, reprit Olivier, il est... baron !

Et voilà comment Fil de Fer dont nul ne sut jamais le vrai nom devint « le Baron ». Dans la rue, on ne l'appela plus autrement. Personne ne le croyait vraiment mais feignait de le croire et il en naissait un petit doute qui faisait toute la poésie de la chose.

Un jour, Bougras avait dit à Olivier qu'il ne fallait jamais priver les gens de leurs rêves.

Six

LA belle Lucienne avait tué son mari. Du moins le disait-on dans la rue. « Oui, parfaitement, madame, elle l'a " zigouillé ". Peut-être pas tout à fait, mais presque, elle l'a " dessoudé ", elle lui a fait passer l'arme à gauche, quoi ! et vous savez comment ? D'un coup de couteau en pleine poitrine ! Pas un canif, tiens, mais un eustache, un surin d'apache, un cran d'arrêt. Il paraît qu'il courait le guilledou. Avec une femme aussi belle !... Si elle a fait de la prison ? On le dit mais personne n'en est sûr. Elle est restée trois mois absente et elle est revenue. Un crime passionnel. Je vous le dis : c'est quelqu'un de pas ordinaire, la belle Lucienne... » Et patati et patata.

Oui, la *belle* Lucienne. Grande et mince, sa bouche peinte rouge sang, ses cheveux noirs coupés à la garçonne, son teint pâle lui donnaient un aspect cruel et tendre. Sa robe noire bien moulante, son foulard rouge noué sur le côté, ses déhanchements... on aurait dit une chanteuse réaliste genre Damia. D'ailleurs, elle chantait d'une voix enrouée dans de petits cabarets de Montmartre où elle était aussi bien serveuse que marchande de cigarettes. « C'est un oiseau de nuit ! » disait-on. Les hommes la craignaient. Même le beau Mac n'osait l'approcher. Son regard noir décourageait, faisait peur, comme si de petits poignards dansaient dans ses prunelles.

Parfois, sans façon, elle s'asseyait sur les marches de la rue Bachelet. Les enfants l'entouraient. Elle offrait des bonbons à la menthe, elle racontait de belles histoires, elle incitait au jeu. Si une mère de famille inquiète (« Vous pensez... une femme qui joue du couteau... ») criait à son rejeton : « Rentre tout de suite à la maison ! » la belle Lucienne éclatait de rire et ripostait : « Je ne vais pas le manger tout cru votre moutard. Je zigouille seulement les adultes ! » Les enfants riaient avec elle. Ils étaient les seuls qu'elle n'effarouchait pas. Ils l'adoraient, la belle Lucienne.

— C'est vrai, m'sieur Bougras, que la belle Lucienne a tué son mari ? demandait Olivier.

— Va savoir ! répondait Bougras.

— M'man, c'est vrai que la belle Lucienne...

— On le dit, Olivier, on le dit. Moi, je n'y crois pas mais, au fond, je n'en sais rien.

— Dites, madame Haque, c'est vrai que la belle Lucienne...

— Elle l'a peut-être piqué. Les hommes le méritent souvent. On devrait les piquer plus souvent, mais c'est son affaire à la belle Lucienne. Nous, on n'est pas des juges !

Rien à faire pour savoir quoi que ce soit ! Les

enfants en discutaient. La belle Lucienne semblait porter tous les mystères des grandes personnes, tout ce qu'elles cachent aux enfants et dont ceux-ci ont une vague idée par des conversations surprises, des lectures interdites, des chansons réalistes et des films, une idée dont l'imprécision est porteuse de trouble. Et Olivier, ce curieux, ce bavard d'Olivier répétait sa question :

— Vous le croyez, vous, les gars, que la belle Lucienne a découpé son mari ?

— Sûr ! affirma Loulou. Mon père l'a dit à ma mère. Elle lui a répondu qu'elle est dangereuse comme un serpent.

— Mon père, dit Capdeverre, n'est pas au courant, et pourtant il est dans la police.

Des phrases venues des petites bouches fusèrent. On entendit : « Un serpent à sonnettes, ah ! ah !... Moi, mon père, il dit que c'est une poule... C'est pas toutes les bêtes à la fois, quand même !... On s'en tamponne le coquillard !... La femme de l'assassin, c'est une *assassine* ?... C'est des trucs de l'amour vache comme dans les javas... » Finalement, Jack dit à Olivier :

— T'as qu'à lui demander...

— A qui ?

— A la belle Lucienne, pardi !

— Chiche ! dirent tous les autres.

— Chiche ! répondit gravement Olivier.

Quand on a dit « Chiche ! » on n'a pas le droit de reculer. Ou alors, on risque de se faire traiter de dégonfleur ou de dégonflé, ce qui veut dire la même chose. Mais comment poser la question à l'intéressée elle-même ? Olivier mesura la difficulté de la chose. Il mijota ses diplomaties et le moment fatidique arriva.

Lucienne sortait de chez Mme Klein la boulangère. Elle montait la rue de sa démarche ondulante, comme si elle dansait. Sous son bras, elle tenait un pain fantaisie. Olivier, un peu rouge, l'aborda :

— Bonjour, *madame* Lucienne. Je dis *madame*, mais c'est peut-être *mademoiselle*, n'est-ce pas ?

— C'est *madame*, espèce de petit curieux, mais tu peux m'appeler Lucienne tout court, pas Lulu, je déteste.

— Non, je demandais comme ça... pour parler. Il y en a qui disent madame, d'autres mademoiselle, d'autres... madame veuve Lucienne... vous voyez...

Lucienne croqua le bout doré de la baguette. Elle détacha un morceau à l'autre extrémité et le tendit à Olivier. Tandis qu'il avait la bouche pleine, elle riait, elle se moquait de lui, elle lui dit qu'il était « trop mignon ». Elle alla jusqu'à lui offrir une grenadine au bar *Le Transatlantique*. Olivier n'était pas peu fier d'être assis à la terrasse, en face d'elle, d'autant que les copains, sur le trottoir d'en face, les observaient. Il n'osait plus l'interroger. Il regardait son cou si blanc, ses longues mains, ses ongles dont le vernis écarlate le fascinait. Il ressentait un trouble qui lui faisait avaler sans cesse sa salive.

— Vous voyez, dit Lucienne au garçon de café, je me suis trouvé un nouveau fiancé...

Olivier savait bien que c'était pour rire mais il se sentait agacé. Il joua alors à l'indifférent et regarda voler une mouche (ce que son instituteur M. Gambier lui reprochait toujours ; il était dans la lune, il regardait voler les mouches même quand il n'y en avait pas). Il entendit la voix rauque et chantante de la belle Lucienne :

— Vous êtes tous les mêmes. Vous voulez tous savoir si j'ai tué mon mari. Eh bien, je ne vous le dirai pas. C'est mon secret. Que les gens pensent ce qu'ils veulent. S'ils le croient, ça m'arrange. Au moins, je fais peur et on me laisse en paix. Les bonshommes se tiennent à distance et moi, je me marre...

— Ah bon ?

— Est-ce que je te demande, moi, si ta grand-mère fait du vélo ?

— Euh... non.

Olivier aurait voulu être ailleurs. Comme ses copains se relayaient pour passer devant eux et qu'ils le voyaient converser avec la belle Lucienne, même s'il n'avait rien appris, son honneur était sauf. Quand on dit « Chiche ! »...

Il accompagna la belle Lucienne jusqu'à son immeuble près du lavoir de la rue Bachelet. En le quittant, elle l'embrassa sur les deux joues, ce qui laissa des traces de rouge à lèvres. Dès qu'il fut seul, les copains se précipitèrent :

— Alors ? alors ? Tu sais maintenant ? Jacte ! dégoise !

— Je sais ! affirma ce menteur d'Olivier.

— Tu sais quoi ?

— Je sais ce que je sais. Je sais tout, mais c'est un secret. J'ai juré croix de bois, croix de fer. Je ne dirai rien !

Il résista à toutes les pressions, déjoua les pièges. Il ne parla pas. D'ailleurs, qu'aurait-il dit ? Comme il ne savait rien, cela ajoutait de la conviction à ses airs entendus. Donnant ainsi l'impression de la loyauté, il acquit même une certaine considération : on pouvait sans crainte lui confier un secret.

Et les jours passèrent : un automne, un hiver, un printemps. « Mars qui se rit des averses / Prépare en secret le printemps », récitaient les écoliers en ajoutant le nom de l'auteur du poème : Théophile Gautier.

Et ce fut Pâques avec la grosse Savoyarde qui s'envola du Sacré-Cœur vers Rome et revint pour sonner un peu plus fort. C'est à ce moment-là que se produisit un événement qui mit fin aux rumeurs.

Un matin, on vit la belle Lucienne quitter la rue, en robe fleurie, en chapeau de paille, une valise à la main.

— Où va-t-elle ? Où va-t-elle ? Tu le sais, toi, Olivier ?

— Et comment que je le sais ! répondit-il avec impudence.

Deux jours plus tard, un dimanche matin, alors que tout le monde était dehors, que vit-on ? La belle Lucienne, en robe blanche, toute riante et rose de bonheur, belle, de plus en plus belle, belle comme une fiancée, et qui montait la rue au bras d'un beau garçon en casquette, une mèche sur l'œil. Malgré ses vêtements fripés, il avait de l'allure et paraissait aussi heureux qu'elle. Vraiment, un beau couple !

Vers midi, ils s'installèrent à la terrasse du café. Chaque fois que quelqu'un passait, la belle Lucienne disait : « Mme Haque (ou Mme Grosmalard, Virginie, Mme Chamignon, Mme Papa...), je vous présente mon mari. Vous savez bien... Celui que j'ai tué... »

Les enfants ne furent pas les derniers à entourer le couple. Le mari ressuscité de la belle Lucienne leur adressait des clins d'œil rigolards. « Ce sont mes amis, disait-elle, et désignant Olivier : celui-là, c'était mon petit fiancé... »

Ainsi, Lucienne n'avait pas tué son mari. Olivier fit semblant de le savoir de longue date, mais il se troubla et dut avouer que la belle Lucienne ne lui avait pas fait de confidences.

Dans la rue, le bruit se répandit vite. Ainsi, la belle Lucienne n'avait pas tué son mari. Certains furent déçus : on leur retirait une légende : c'est si beau un fait divers. La belle Lucienne se contenterait d'être la belle Lucienne, une superbe fille, comme on les rêve. Mais qui avait fait courir cette rumeur ? On ne le sut jamais. Et maintenant, les gens affirmaient : « Moi, je ne l'ai pas cru une seconde qu'elle avait tué son mari... Elle n'a pas une tête à tuer quelqu'un... Voyez comme elle aime les enfants... Il paraît qu'elle en attend un... Son mari devait être en voyage... »

Mais la chose était plus subtile qu'on ne l'aurait cru. A défaut d'avoir obtenu une confidence, Olivier connut un jour la vérité. La belle Lucienne se trouvait à la mercerie en conversation avec Virginie, la mère d'Olivier. Elle demandait un conseil pour élargir ses robes car le bébé dans son ventre prenait de la place. Olivier, assis derrière le comptoir sur un banc, lisait les aventures du nommé Bibi Fricotin. Il surprit les propos qui lui apportèrent la lumière.

— Tout le monde croyait que vous l'aviez tué, disait Virginie.

— En fait, répondait la belle Lucienne, c'est le contraire, c'est mon mari qui a failli me tuer. Il faut dire que j'avais fait une bêtise. Vous pouvez comprendre ces choses-là... Alors, il n'a pas hésité. Un coup de couteau, rien que ça... C'est un coléreux, même s'il regrette après. Du coup, il a fait de la prison, et c'est à ce moment-là que nous nous sommes aperçus que nous ne pouvions pas vivre l'un sans l'autre. Ah ! mon bonhomme, c'est quelqu'un ! Regardez...

Et la belle Lucienne entrouvrant son corsage montra une cicatrice au-dessous de l'épaule.

— Il s'en est fallu de peu, dit la belle Lucienne, mais un homme qui vous fait ça, faut-il qu'il vous aime, faut-il qu'il vous aime !...

Olivier leva la tête. Décidément, les grandes personnes se montraient parfois bien étranges. Il soupira, prit un air indulgent, et se replongea dans sa lecture de Bibi Fricotin.

C'était bien plus rigolo.

Sept

L'IMPULSION DE BOUGRAS

— Hé ! la patronne ! Vous êtes là, la patronne ?
Celui qui appelait ainsi était Bougras en tenue de sortie : bourgeron de charpentier, foulard rouge noué au cou, chapeau à large bord à la main. Tel un gros ours, il se balançait d'un pied sur l'autre. Près de lui se tenait Olivier.

— Je suis là, répondit Virginie de l'arrière-boutique. J'ai reconnu votre voix, Bougras. Vous avez un bouton à coudre ?

— Je sais m'y prendre, dit Bougras, si ce n'était ce poison de fil à enfiler dans cette garce d'aiguille. Non, c'est pour autre chose.

La mère d'Olivier apparut, ses cheveux blonds noués en chignon. En s'essuyant les mains, elle dit :

— Je lavais des lainages. C'est délicat.

— Bien le bonjour. Comme je pars en balade sur les fortifs, je me suis dit que ça ferait peut-être du bien à votre Olivier de prendre l'air. Je l'emmène ?

— Certainement, Bougras, avec plaisir même. Il va enfiler son paletot et prendre un cache-nez. Il fait frisquet...

L'homme et l'enfant quittèrent la boutique. Ils marchèrent l'un près de l'autre : Bougras grand et fort, barbu et chevelu, Olivier son béret enfoncé sur les oreilles. Le ciel était clément, les rues calmes, un beau temps d'hiver précoce. Ils prirent la rue Ramey jusqu'à la place Jules-Joffrin, puis la rue Hermel et le boulevard Ornano jusqu'à la porte de Clignancourt. Ils dépassèrent les fortifications qui disparaîtraient un jour, longèrent les éventaires des camelots et des brocanteurs, firent des détours par des ruelles banlieusardes qui les conduisirent aux abords du grand cimetière de Saint-Ouen.

Olivier ignorait où l'entraînait Bougras mais ne s'en souciait guère : il aimait la flânerie. Il regarda un bidet famélique qui tirait une charrette de déménagement que suivait une famille misérable. Il aurait voulu connaître le nom du cheval mais n'osait le demander à l'homme qui le tenait par la bride. Bougras, comme toujours, marmonnait, grommelait, parlait dans sa barbe, s'expliquait avec un interlocuteur inconnu comme le font les êtres de solitude. Olivier l'entendit proclamer avec véhémence : « Je ne veux être rien d'autre que ce que je suis : un rien-du-tout pareil à d'autres rien-du-tout qui se prennent pour quelque chose... »

Il donna un coup de pied dans une boîte de conserve. Comme Olivier s'étonnait, il lui dit en riant que, lui aussi, avait été un petit garçon. Et il poursuivit son monologue : « L'Assistance publique, les fermiers, le travail, ah ! les vaches. Et celui-là qui trotte à côté de moi. Il tient au monde par un fil : sa mère. Si elle disparaissait, il serait comme moi... »

Il expliqua à Olivier qui n'y comprenait rien que c'était la faute à Voltaire ou à Rousseau.

Des passants les regardaient. Ce géant bourru et cet enfant étonné, se situant aux deux bouts de la chaîne des âges, apportaient un contraste. Qui pouvait savoir que jeunesse d'âge et jeunesse de cœur font bon ménage ? « On entre au cimetière, décida Bougras, on va voir les morts... »

Olivier ressentit un frisson. Il réfléchit : on n'allait pas *voir* les morts, ils étaient bien cachés, mais on verrait des tombes de toutes sortes, pierres, monuments, chapelles, statues et croix. Il gardait le souvenir horrifié de son père qu'il avait vu avant qu'on clouât le cercueil, livide, comme en cire, rapetissé semblait-il, les mains croisées sur la poitrine et d'une telle immobilité, d'un tel silence ! Bougras ne savait pas cela.

Ils errèrent dans les avenues, les rues, les allées de ce qu'Olivier tenait pour une ville en réduction, avec des demeures aux portes closes où il lisait des inscriptions. Certains noms de famille lui rappelaient un proche, certains prénoms aussi, et il se les répétait à voix basse. Tel copain de la rue, telle personne connue se nommait ainsi et il se demandait si quelqu'un de sa famille était là, sous la terre froide. Les dates de naissance et de mort lui faisaient effectuer des soustractions et il pensait aux leçons de calcul mental de son instituteur.

— Des tombes de riches, des tombes de gueux, des chapelles funéraires, des fosses communes, grognait Bougras, et on dit que les hommes naissent égaux entre eux, tu parles ! Même dans la mort, pas d'égalité, sauf qu'ils sont tous bouffés par les vers...

« Quel râleur, ce Bougras ! » pensait Olivier. Pourtant, Bougras paraissait de bonne humeur. Olivier s'aperçut qu'il tenait son chapeau à la main et il se demanda s'il ne devrait pas retirer son béret.

— Pour un beau jardin, c'est un beau jardin ! Avec du bon air et des oiseaux, reprit Bougras. Tu pourras dire à ta mère que je t'ai emmené à la campagne !

Les propos de l'homme étonnaient toujours l'enfant. Il attendait ses paroles et les écoutait avec surprise. Peut-être devrait-il parler, lui aussi ? Mais Bougras n'attendait pas de réponse : il s'adressait à lui-même. Dans ce cimetière, il paraissait sans tristesse et sans effroi. Lisant des « regrets éternels », des phrases de vénération, Bougras dit :

— Tu vois, mon lapin, une fois qu'on est mort, on a toutes les qualités. A croire que personne n'a fait le mal, qu'il n'y a pas de sales gens, d'exploiteurs, de voleurs, d'hypocrites et de cochons ! Quand je viens ici, c'est comme si je lisais un livre plein de mensonges...

Une femme en fichu emplissait un broc à la fontaine pour arroser les maigres plantations de la tombe du « cher disparu ». Un vieillard se promenait les mains derrière le dos ; on l'aurait dit échappé d'une tombe ; ses pensées mélancoliques se lisaient sur son visage. Sans oser se l'avouer, Olivier avait hâte de quitter ce lieu qu'il ne parvenait pas à envisager comme un jardin. Il éprouvait l'impression d'avoir pénétré dans une propriété étrangère. Il murmura : « Ben, c'est pas gai, tout ça... » Il voulait partir, rejoindre le marché aux puces plein de mouvement et de vie, même si on y vendait les objets des morts, comme disait Bougras. Alors, il avança : « Il y a peut-être des pissenlits sur les fortifs... », mais Bougras lui apprit que ce n'était pas la saison et que, en attendant, ceux-là (il désigna les tombes), les mangeaient par la racine.

Dans ces allées humides flottait une odeur de fleurs pourrissantes. Olivier n'osait pas jouer, courir, s'amuser. C'était comme dans une église. Enfin, il constata avec plaisir qu'ils se dirigeaient vers la sortie. Soudain, Bougras s'arrêta devant une pierre tombale. Olivier lut sur le marbre en lettres dorées : *Honorine Bougrat 1831-1902.* C'était donc cela : Bougras rendait visite à une parente. Pourquoi un *t* à la fin du nom alors que le nom de son ami se terminait par un *s* ? Et pourquoi Bougras paraissait-il surpris comme lorsqu'on rencontre quelqu'un perdu de vue depuis longtemps ? Était-ce une tante, une mère, une sœur. Bougras s'exclama :

— Ça, c'est pas ordinaire. Sacré Honorine ! C'était peut-être une joyeuse, une luronne. Ou bien une fille de fabrique. Ou une affreuse petite-bourgeoise. Et avare en plus. Ou une voleuse. Ou une faiseuse d'anges. Faisait-elle le trottoir ? Qu'est-ce

que je raconte ? Non, c'était une brave mère de
famille. D'ailleurs, sa tombe est bien entretenue. On
la regrette, cette Honorine ! Et depuis pas mal de
temps. Honorine, je te salue. Je vais même t'apporter des fleurs !

Olivier se demanda si Bougras ne devenait pas un
peu « toc-toc », s'il n'avait pas « des chauves-souris
dans le beffroi ». Il en parlerait à sa mère. Elle
saurait répondre à ses questions, à moins qu'elle ne
dise : « Les gens sont parfois bizarres. Il ne faut pas
faire attention. » Mais qui était cette Honorine
Bougrat ?

Bougras resta absent quelques minutes et revint
avec trois pots et des plantes en racine. Il demanda à
Olivier :

— Va chercher de la flotte. Près de la fontaine, il
y a toujours des récipients. Tu trouveras bien une
vieille boîte de conserve ou un arrosoir. Ou bien,
regarde derrière les tombes, il y en a toujours.

Lorsque la terre fut arrosée, Bougras y plongea
ses doigts pour faire des trous. Il y plaça les plantes,
tassa autour des racines et arrosa de nouveau.
Ensuite, il prit son grand mouchoir à carreaux et
frotta le marbre.

— Et voilà, dit-il, on rentre...

Auparavant, il resta un moment silencieux devant
la pierre tombale. Ses lèvres remuèrent comme s'il
murmurait une prière, mais Olivier savait que ce
n'en était pas une. Il entendit des bribes de phrases :
« Évidemment, tu aurais pu être... Nous nous

sommes connus trop tard... Je vais te quitter, ma vieille Honorine ! »

D'un coup de poing, il enfonça son chapeau sur sa tête et prit la main d'Olivier en disant :

— Sur ce, on met les voiles.

Les mains enfoncées dans les poches, ils revinrent vers Paris. Au comptoir d'un café au coin du boulevard Ornano, ils se réchauffèrent d'un verre de café crème. Olivier paraissait rêveur. Bougras essuya sa moustache avec un coin du mouchoir sali par l'entretien du marbre.

— A quoi que tu penses ? demanda-t-il.

— Heu... je me demandais...

— Quoi donc ?

— Honorine Bougrat, c'était votre mère ?

— Ma mère ? Non, mon gars. Ni ma frangine...

Comme ils remontaient le boulevard en direction de Château-Rouge et de la Maison Dorée, Bougras ajouta :

— Jamais eu de père, de mère, de famille. Un enfant trouvé comme dans les feuilletons. Et on ne saura jamais qui l'a perdu. Et l'Assistance. Et quand j'ai eu trente ans, j'ai eu une connaissance. Elle m'a quitté...

— Mais alors, la tombe ?

— Tu te demandes qui était cette Honorine Bougrat avec un *t*. Pour tout te dire, je n'en sais rien, pas ça (il fit claquer son ongle du pouce contre ses dents), que dalle, une inconnue.

— Mais... vous avez planté des fleurs.

— Pourquoi ? Ah çà, mon lapin, je n'en sais rien non plus. C'est vrai que j'ai planté. Ce doit être un souvenir de la cambrousse. A moins que... oui, ça m'a pris comme une envie de... c'est comme ça et pas autrement, c'est, comment qu'on dit, une... impulsion, oui, ça s'appelle une *impulsion*.

*
**

Le soir même, dans l'arrière-boutique, Olivier demanda à sa mère :

— M'man, c'est quoi une impulsion ?

Les idées de Virginie à ce sujet étaient vagues. Elle dut réfléchir : elle ne voulait pas décevoir Olivier. Elle finit par dire :

— Je crois, en quelque sorte, que c'est quand on a envie de faire quelque chose brusquement, sans trop y avoir pensé, quand on a une envie à laquelle on ne peut pas résister. Il n'y a pas de raison de le faire, mais on se sent poussé à le faire quand même. Comme si ça partait tout seul, tu vois ?

— Je vois, dit Olivier, c'est comme quand j'ai envie de voler un roudoudou chez la boulangère.

— Tu ne fais pas ça, j'espère !

— Oh non ! bien sûr. Je suis pas un voleur, mais j'en ai quand même envie, c'est comme une...

— ... *impulsion*.

— Oui, m'man. Je vais te raconter...

Olivier parla de sa promenade avec Bougras, du cimetière et de son impulsion. Ainsi, il avait orné de plantes la tombe d'une morte qu'il ne connaissait pas, même si elle avait à peu près le même nom que lui à une lettre près. Non, vraiment, il ne connaissait pas cette Honorine, et pourtant...

Virginie écouta son enfant avec attention. Comme elle le faisait toujours, elle médita longuement avant de parler. Elle avait le regard fixé sur sa broderie. Il sembla à Olivier que ses beaux yeux se mouillaient. Elle dit doucement :

— Ce que tu me racontes est un peu fou. Quel original ! Aller porter des fleurs à une morte inconnue, ça ne viendrait à l'idée de personne...

Elle se pencha sur son ouvrage, tira quelques points, réfléchit encore et parut tout émue. Elle regarda Olivier et poursuivit :

— ... et, en même temps, je pense que fleurir la tombe d'une inconnue, c'est quelque chose de bien. Comme s'il fleurissait toutes les tombes, et même... c'est quelque chose de très bien. C'est beau, c'est beau à pleurer.

Entraînée par ses propres paroles, Virginie se troubla. Olivier, voyant couler une larme sur sa joue, resta stupéfait. Quand sa mère eut, du bout des doigts, effacé sa larme, il demanda :

— Alors, c'est bien d'avoir fait ça ?

— Non, dit Virginie, c'est plus que bien, c'est... autre chose ! Pauvre, pauvre Bougras, comme il doit se sentir seul ! Et je n'ose pas l'inviter. Il est tellement ours...

Oui, Bougras faisait penser à un gros ours. Il

bougonnait, rouspétait, rouscaillait. Il disait toujours ce qu'il pensait, ce qui ne faisait pas plaisir à tout le monde. Ou alors, il parlait pour lui et on ne comprenait pas bien...

— Tu comprends, expliqua Virginie, Bougras, c'est quelqu'un, c'est un homme, un vrai, et alors, quand il a des impulsions, elles viennent toujours du cœur...

Huit

S I l'unique cheveu du professeur Nimbus avait la forme d'un point d'interrogation, il aurait dû s'en dresser cent et cent tout pareils sur la tête d'Olivier qui ne cessait de poser des questions, toutes sortes de « pourquoi ? » auxquels les grandes personnes répondaient : « Parce que », ce qui ne veut rien dire.

Par exemple : pourquoi suce-t-on une plume neuve avant de la tremper dans l'encre ? Pourquoi, la bouche arrondie, souffle-t-on sur la pointe d'un avion en papier avant de le lancer dans l'air ? Pourquoi les garçons portent-ils les cheveux courts et les fillettes les cheveux longs ? Pourquoi Loulou mordille-t-il le manche de son porte-plume alors que la peinture en s'écaillant laisse un goût amer dans la bouche ? « Dis-moi pourquoi les oiseaux ont des plumes ? » dit la chanson.

Certes, Olivier obtenait quelques réponses. Ainsi, sa mère taillait les crayons des deux bouts pour avoir la sécurité d'une mine toujours prête à l'emploi. Si les aéroplanes avaient des ailes, c'était pour imiter les oiseaux, mais pourquoi des monoplans et des

83

biplans ? Pourquoi les gens mangent-ils, dorment-ils toujours aux mêmes heures ? « Oh ! celui-là, avec ses pourquoi, s'exclamait Virginie, il veut tout savoir et rien payer ! » Encore une phrase qui aurait nécessité une explication.

Seul Bougras tentait de lui répondre mais le résultat restait incertain. Il disait : « A mon humble avis, tout bien réfléchi, je pense que c'est parce que... », et il se reprenait : « Après tout, je ne sais pas grand-chose et encore je n'en suis pas sûr, je ne suis sûr de rien, sauf que mes reins me font mal quand j'ai trop frotté un parquet ! »

Ou encore, il se lamentait : « Vingt dieux ! quand j'avais ton âge, Olivier, j'étais comme toi. Je voulais tout connaître, savoir le pourquoi des choses, et je m'aperçois que je n'ai rien appris. Je suis un vieil ignorant ! »

Un autre ami d'Olivier, Lucien, le sans-filiste, comme on l'appelait, le constructeur de postes à galène, l'inventeur, le roi du système D, parce qu'il avait l'esprit scientifique, disait : « Mon cher Olivier, tout a une explication, mais il faut parfois des siècles pour la trouver. Alors, tu as le temps d'attendre... » Ainsi, il avait fallu des centaines d'années pour découvrir que la terre tournait, et encore, Olivier ne se l'expliquait pas :

— Pourquoi, disait-il, si la Terre tourne, les maisons ne se renversent pas ?

— Je vais t'expliquer..., commençait Lucien, sans pour autant convaincre Olivier.

A ses questions, ses copains répondaient : « C'est comme ça et c'est tout ! » ou : « On n'en a rien à chiquer ! » ou encore : « Laisse courir... » Philosophe, Lulu l'aveugle disait : « Ça ne sert à rien de savoir. Quand on sait, on n'en sait pas plus ! » Certes, il restait le recours à M. Gambier, dit « Bibiche », mais Olivier n'osait pas l'interroger car si les écoliers interrogeaient le maître, c'était le monde renversé.

Il existait aussi des choses qu'il aurait préféré ne pas connaître. Ainsi, ce qu'il avait appris du Père Noël (qui, pour certains, n'existe pas) lui avait déplu. Il en était de même pour les mystères de la naissance. Que les filles naissent dans les roses et les garçons dans les choux lui plaisait bien, mais voilà qu'Anatole Pot à Colle et Capdeverre lui avaient expliqué de manière imagée comment les papas et les mamans s'y prennent pour fabriquer des enfants et il avait trouvé l'opération dégoûtante — cela bien avant qu'on lui expliquât les mystères et les beautés de la conception.

Une après-midi, Mme Rosenthal avait réuni dans son logement du 78 rue Labat quelques enfants du quartier pour les régaler de chocolat chaud et de crêpes au sucre. Assis autour d'une table, ils jouaient. Loulou faisait tourner une punaise par la pointe et la projetait habilement sur la toile cirée où elle continuait sa course. Jack Schlack inventait une automobile en piquant des punaises pour figurer les roues. Capdeverre taillait ses initiales dans une gomme pour en faire un tampon. Giselle et Ramélie jouaient à la bataille avec des cartes minuscules.

Olivier qui lisait un illustré levait la tête avec un air méditatif. Il regarda chacun de ses copains et commença : « Pourquoi... », et Capdeverre dit : « Ça recommence ! » Olivier reprit : « Pourquoi nous ne sommes pas tous pareils ? » Loulou répondit qu'il ne manquerait plus que ça et qu'il n'aimerait pas avoir une « face de rat » comme son interlocuteur. Ce fut une occasion d'échanger des vannes et de rire. Loulou annonça qu'il avait une belle tête et Giselle lui dit qu'elle était vide alors que celle d'Olivier était pleine de questions. Et toc !

Olivier fit semblant de se replonger dans sa lecture. Il pensa qu'il avait mal formulé sa question. Il reprit : « Nous habitons tous Montmartre. Ma mère dit que c'est célèbre dans le monde entier. Alors, pourquoi nous sommes nés à Montmartre et pas ailleurs ? » La grande Giselle dit : « C'est une faveur du ciel ! » et Olivier fit entendre son célèbre « Pourquoi ? ». Alors, ses copains se moquèrent : « Pourquoi, pourquoua ! Couâ ! couâ ! couâ ! » Olivier cessa de poser des questions et se réfugia dans une attitude boudeuse. Il ne parvenait pas à exprimer sa pensée. Alors qu'on s'y attendait le moins, il reprit en parlant vite pour ne pas être interrompu :

— Et s'il n'y avait pas la Terre qui est ronde comme une boule, pas les étoiles, pas la lune, pas le soleil, rien ?

— Alors il y aurait que dalle ! dit Loulou.

— Et nous, on ne serait pas là, on n'existerait pas, constata Jack Schlack.

— Oh ! la barbe..., dit Capdeverre.

— Alors, ce serait du tout noir ? demanda Olivier.

— Le néant, dit la grande Giselle sur un ton lugubre.

— Mais ce « tout noir », reprit Olivier, ce serait quand même quelque chose et il faudrait bien qu'il soit quelque part...

— Ta bouche, bébé, t'auras une frite ! dit Capde-verre.

— Mange plutôt cette crêpe, conseilla Giselle.

Olivier comprit qu'il lui fallait se taire. Ils le prenaient pour un idiot. Il se demanda s'il l'était vraiment. En attendant, cette crêpe dorée, quel délice !

*
**

Dans les jours qui suivirent, il lui vint une idée. Il connaissait un peu M. Stanislas, un savant qui travaillait au Muséum. Un soir, il guetta son retour. Il dit : « Bonsoir, monsieur Stanislas, je voudrais vous parler... » Le long M. Stanislas ajusta son lorgnon et dit : « Me parler ? Tu m'as l'air bien sérieux, mon garçon. Monte chez moi. Je t'offrirai de la citronnade. »

Assis sur un fauteuil en rotin, bien à l'aise dans ce grenier curieusement meublé, Olivier se sentit à la fois heureux de pénétrer dans cette intimité et quelque peu mal à l'aise. Il ignorait que sa compagnie plaisait au vieil homme solitaire qui deviendrait plus tard son grand ami (ceci est une autre histoire). Pour tenter de se rassurer, il se mit à parler :

— Ça va, la santé, m'sieur Stanislas ? Elles vont bien vos bêtes au Jardin des Plantes ? Tiens, ils ont l'air gentils vos poissons dans le bocal...

M. Stanislas le laissa parler. Sans doute Olivier ignorait-il sa véritable fonction. Il répondit par de courtes phrases où perçait son humour. Il offrit des gaufrettes à l'enfant, mais, à sa surprise, Olivier dit : « Non merci ! » Alors, M. Stanislas choisit d'orienter la conversation :

— Mon garçon, j'ai l'impression très nette que tu te perds en préambules. Tu as voulu me parler. Je suppose qu'il s'agit de quelque chose de sérieux. Alors, veux-tu quitter l'antichambre pour pénétrer dans la salle du Conseil...

— Justement, dit Olivier, c'est pour vous en demander un de conseil. Je ne sais pas ce que j'ai : je pense tout le temps, j'arrête pas de penser.

— Et tu penses quoi ou à quoi ?

— Je pense à des tas de trucs. Alors, je demande aux autres et tout le monde se moque de moi.

— Tu sais, mon garçon, les gens n'aiment pas toujours qu'on les questionne. Cela leur rappelle la police ou tout au moins le conseil de révision. Et puis, cela risque de les amener à s'interroger eux-mêmes et ils ont peur des réponses. Ce n'est pas toujours qu'ils ne veulent pas te répondre, mais il se peut qu'ils craignent tes questions. Tu demandes quoi, par exemple ?

— Je ne sais pas moi. Heu... pourquoi on est là.

— Il est difficile de répondre. Les uns te diraient que c'est parce que le bon Dieu l'a voulu, les autres parce que c'est le miracle de la matière. Est-on sûr de quoi que ce soit ? Mais tu as raison de t'interroger. Le monde avance à force de questions. De temps en temps, il y a une réponse ou plutôt un commencement de réponse. Même s'il n'y en a pas, la question reste importante. N'hésite pas à questionner, interroger, demander, mais dis-toi bien, sans illusions, que c'est toi qui as le plus de chances de répondre à ta propre question. La réponse est en toi. Il faut que tu la trouves.

— Pourquoi ?

— Parce que ta tête est pleine de choses : des questions, des réponses, en vrac. Il faut seulement qu'elles se rejoignent. Il y faut du temps et de l'étude. Es-tu bon écolier ?

— Hum... non, reconnut Olivier. Je suis vingt-deuxième sur quarante-deux.

— Es-tu étourdi ?

— Oui, et « tête en l'air » et bavard et dissipé, et...

— C'est cela, je vois, je vois. Tu penses toujours à autre chose ?

— J'apprends quand même. En histoire et en rédac, je me défends pas mal. Je lis plein de livres le soir mais c'est pas sur eux qu'on m'interroge. J'ai toujours envie de demander à l'instituteur des choses dont il ne parle jamais : pourquoi si la Terre tourne, on ne se renverse pas, pourquoi les oiseaux volent et pas nous, pourquoi c'est comme ça et pas autrement, pourquoi il est né et pourquoi je suis né, qu'est-ce qu'on fait là...

M. Stanislas éclata de rire. Il dit : « Mais, c'est une tête métaphysique que tu as sous ta tignasse ! » et Olivier demanda : « C'est quoi, métaphysique ? » M. Stanislas lui promit de lui en parler plus tard. Il faudrait des heures et des heures. Ils reprendraient cette conversation. Il ajouta :

— Ne sois pas trop pressé. Et surtout, n'oublie pas de jouer avec tes copains. C'est très important le jeu. Peut-être qu'en lançant une bille contre une autre bille, tu découvriras une loi de l'univers. Reviens me voir un autre jour. Va, maintenant. Il ne faut pas que ta maman s'inquiète...

Olivier descendit dans la rue. Il fit rouler entre ses doigts les quatre billes qu'il gardait dans sa poche. L'insouciance le reprenait. Quand il passa devant les escaliers où ses copains étaient réunis, il entendit : « Voilà Couâ-Couâ ! » Il répondit par un pied de nez tout en tirant la langue. Anatole se mit à chanter pour se moquer de lui : « Je ne suis pas curieux... Mais j' voudrais bien savoir... Pourquoi les femmes blondes... Ont les poils du... » Il ne put aller plus loin. La Grosmalard, concierge du 78, lui cria : « Mal élevé, malhonnête, malpoli. Je vais le dire à ta mère. Je vais t'apprendre, moi, à dire des grossièretés ! » Elle courut derrière lui en lui donnant des coups de son balai de branches dans les jambes.

A sa croisée, Bougras rigolait. Les copains aussi s'amusaient au spectacle. Ainsi, l'attention se détourna d'Olivier. Il refit un pied de nez en direction d'Anatole en jetant : « Bien fait pour ta poire ! » et il courut vers la mercerie en gambadant.

Neuf

QUELLE intéressante conversation ! Le père Poulot était assis sur une chaise paillée, les jambes
reposant sur un tabouret. Près de lui, Mac, en trench-
coat et chapeau mou, sur une chaise pliante, se
reposait. Ah ! il n'était pas beau à voir celui qu'on
appelait « le beau Mac ». Son visage tuméfié offrait
du rouge au violet toute une palette de couleurs. Ses
lèvres avaient éclaté, son œil gauche était à demi
fermé. Et pourtant, il souriait, il prenait des airs de
matamore, il étalait un contentement béat de soi-même.
Les garçons, assis au bord du trottoir ou appuyés
contre le mur écoutaient de toutes leurs oreilles.

— En 1931, quand Al Brown a battu Young Pérez
aux points..., commença Mac.

— Non, c'était en 1932, rectifia le père Poulot, et
ce n'était pas Al Brown mais Jackie Brown, à
Manchester, par K.O. à la troisième reprise.

— Vous croyez ?

— Mais Al Brown a aussi battu Young Pérez,
deux fois en 1934, la première aux points, la seconde
par knock-out.

Décidément, le père Poulot était incollable. Il pouvait vous citer tous les gagnants du Tour de France et des Six-Jours depuis leurs débuts. Il parla des victoires d'Al Brown : contre Eugène Huat, Nick Bensa, Kid Francis, Émile Pladner dit Milou.

— C'était dans les poids mouche, précisa Mac.

— Non, mon cher, dans les poids coq !

— Vous voulez tout savoir ! jeta Mac agacé.

— Non, simplement, je sais tout, dit Poulot.

Et la conversation se poursuivit. Des noms furent jetés : Frankie Gennaro, Eugène Criqui, Marcel Thil, Battling Battalino, Gorilla Jones, Battling Siki... Ces noms bizarres plaisaient aux enfants.

— Il y en a un que vous oubliez, signala Mac.

— J'en oublie sans doute beaucoup.

— C'est Cyclone Mac !

— Connais pas, dit Poulot.

— Cyclone Mac, c'est moi ! indiqua superbement Mac.

Les enfants se rapprochèrent. Ils avaient devant eux un vrai boxeur. Capdeverre demanda : « Alors, c'est vous, Cyclone Mac ? » En fait, il n'avait jamais entendu ce nom mais il sonnait bien. Mac fit tâter ses biceps à chacun des garçons de la rue. « Oh ! là ! là ! ça c'est des biscotos ! » et chacun tenta de gonfler les siens comme sur les photographies de boxeurs épinglées au bar *Le Transatlantique*.

Mais pourquoi le père Poulot prenait-il un air entendu ? Pourquoi ce sourire railleur ? Était-il vexé que le beau Mac lui retirât la vedette ? Non, cela semblait l'amuser. Il échangea un clin d'œil complice avec Olivier. Ils savaient des choses ignorées de tous les autres.

Lorsque la conversation reprit, il fut question de Georges Carpentier. Avec Rigoulot dit « l'homme le plus fort du monde » et Blériot l'aviateur, celui qui portait sa casquette à l'envers, il faisait partie des mythes populaires.

— Georges Carpentier a débuté à quatorze ans, dit le père Poulot. Il était poids plume. Il a passé par toutes les catégories : léger, welter, moyen, mi-lourd... De plus, le grand Georges, c'était un gentleman !

— Il a eu tort de s'attaquer à un lourd comme Jack Dempsey, observa Mac. S'il était resté mi-lourd, il serait resté le champion du titre jusqu'à la fin de sa carrière.

— La classe, mon cher, le panache, la classe !

Jack Schlack et Ramélie montaient la rue en chantant à tue-tête : *Toréador, ton cœur n'est pas en or...*, et tous les garçons poursuivirent : *Ni en argent, ni en fer-blanc !*

— Au fond, dit Mac, j'ai fait comme Carpentier. Poids moyen, je viens de combattre un mi-lourd. En quinze rounds, et pas de cadeau !

— Vous avez pris la pâtée ? demanda Loulou sans méchanceté.

— La pâtée, ah ! ah ! c'est lui qui l'a prise. Et comment que je l'ai dérouillé. Au septième round, il ne tenait déjà plus en l'air. Il s'est effondré au neuvième.

— Il était cacao ? demanda Olivier qui aimait les jeux de mots.

— Oui, K.O. debout. Je reconnais son courage, dit Mac avec sportivité.

Le père Poulot émit un ricanement. Capdeverre et Loulou prirent des attitudes de boxeurs et mimèrent un combat.

— Plus haut la garde ! conseilla Mac.

— Et c'était où, ce fameux combat ? demanda Poulot.

— Où ? Quoi où ?

— Oui, où ? A l'*Élysée-Montmartre*, aux *Agriculteurs*, au *Lutèce*, à Belleville, à *Buffalo* ? Des combats, il y en a tous les jours. J'ai pas entendu parler du tien.

— C'était à Londres ! dit le beau Mac.

Cela impressionna les enfants. Mac avait pris l'avion au Bourget. Les questions fusèrent. Le boxeur victorieux se parait de nouveaux prestiges. Prendre l'avion, à l'époque, c'était rare.

— Oui, dit Mac, je fais quelques matches internationaux...

— Le nom de l'adversaire ? demanda Poulot.

— C'était un Irlandais. Ces gens-là ont la tête dure.

— C'était pas plutôt..., commença le père Poulot mais il ne poursuivit pas sa phrase.

A la demande des gosses, Mac raconta son combat.

L'Irlandais l'avait cueilli à froid avant même que le gong retentît ! Malgré cette déloyauté, Mac avait tenu grâce à son fameux jeu de jambes. A la troisième reprise, amoché, il avait limité les dégâts. Il savait encaisser. Puis la forme lui était revenue.

— La boxe est un art, précisa-t-il. Mon adversaire n'avait pour lui que son poids et sa brutalité. Moi, en scientifique, j'ai compris ce qui n'allait pas chez lui : rien dans la tête et rien dans les jambes...

Tout le vocabulaire de la boxe fut sollicité : et v'lan ! un crochet, et paf ! un uppercut, et floc ! un gauche, et bang ! une droite, etc. Les yeux grands ouverts, les bras agités, les enfants écoutaient. Mac racontait bien. On s'y serait cru. Seul, le père Poulot secouait la tête avec une sorte de commisération, et ce qu'on appelle « l'air d'en avoir deux ».

— ... L'Irlandais (curieux que Mac ait oublié son nom !) faisait des services au corps. J'esquivais, je jetais quelques gauches. Je l'agaçais en reprenant toujours une garde impeccable. Il continua son travail au buffet. Une vraie tricoteuse ! En attendant, je le fatiguais. Mes gauches le sonnaient. Quand il a compris le danger, il a tenu la garde haute. Alors, j'ai changé de tactique. En avant, les uppercuts ! J'ai compris que je le tenais...

Quand l'Irlandais s'écroula, les enfants à grands coups du bras droit comptèrent : « un, deux, trois, quatre... out ! » et ils applaudirent le beau Mac qui prit un air faussement modeste.

— Alors, ça, bravo ! dit froidement le père Poulot.

Au moins, c'est bien raconté, mais, au fait... il s'appelle comment, l'Irlandais ?

— Heu... c'est Mac Brady.

— Les « Mac » sont plutôt écossais, dit Poulot. Ce n'est pas plutôt O'Brady ?

— C'est ça, dit le beau Mac, en se tapant sur le front, j'oubliais : oui, O'Brady.

— Comme le passage Brady, précisa Olivier.

Ceux qui l'auraient observé auraient distingué qu'il avait le même regard railleur que le père Poulot. L'un et l'autre semblaient avoir des révélations à faire, et, en même temps, ils hésitaient.

Le beau Mac se leva et annonça qu'il devait se rendre au gymnase pour s'entraîner, sauter à la corde et taper dans des sacs de sable. Les enfants se dispersèrent. Resté seul avec le père Poulot, Olivier lui dit :

— Vous n'avez rien dit, m'sieur Poulot.

— Bah ! il raconte si bien qu'on avait presque envie de le croire ! Et puis, tes copains avaient l'air content...

***

Oui, tous les deux, ils savaient. Le boxeur irlandais O'Brady n'existait pas, le combat outre-Manche non plus. Il ne restait que des traces de coups de poing sur le visage de Mac. Quelle en était l'origine ?

La semaine précédente, Olivier avait présenté à sa mère un livret scolaire pas trop désastreux. Il avait gagné trois places. Pour l'encourager, Virginie l'avait emmené au *Marcadet-Palace* où, après un Laurel et Hardy, un documentaire sur la montagne et les Actualités Pathé, ils avaient vu *Le Roi du cirage,* un film avec Georges Milton dit Bouboule. Là, ils avaient rencontré le père Poulot et ils étaient revenus ensemble par la rue Ramey, avec un arrêt au café Pierroz pour se rafraîchir le gosier avant d'aller dormir.

Virginie et Poulot consommaient un bock de bière en mangeant des cacahuètes. Olivier soufflait dans une paille pour faire monter des bulles à la surface de son diabolo fraise. Poulot était ravi de se trouver en compagnie d'une jolie femme et d'un petit garçon : il se rêvait père et mari. L'air était doux. Un de ces soirs où l'on n'a plus envie de dormir. De l'intérieur du café venaient des bruits de percolateur, de vaisselle et de verres choqués, de machines à jeux. « Comme on est bien à cette terrasse ! » dit Virginie et le père Poulot hocha la tête en signe d'assentiment.

Des bruits de lutte leur firent tourner la tête. Ils reconnurent le beau Mac qu'un géant tenait par le col de sa veste et le fond de son pantalon, le poussant devant lui pour ce que les enfants appelaient « une course à l'échalote ». Quelle humiliation pour un boxeur ! Son tortionnaire, c'était Mimile, le déménageur, un ancien catcheur. Le beau Mac s'étala, tenta de se relever, de jeter les poings en avant mais il reçut une manchette au cou suivie de deux coups en pleine face. On entendit : « Remets les pieds chez moi en mon absence, gigolo à la manque, et je te fais la peau. Non, mais sans blague, non mais sans blague ! »

Mac s'éloigna en courant et en titubant. Mimile alors entra dans le café pour se réconforter avec un Mandarin-citron. Pierroz en le servant lui dit : « Faut pas t'énerver comme ça ! Tu ne connais pas ta force... », et Mimile expliqua : « Ce salopard faisait du rentre-dedans à ma bourgeoise. Il voulait me faire cornard, c't' andouille ! » On approuva. Mimile défendait son honneur.

Quand les trois compagnons, Poulot, Virginie et Olivier, reprirent le chemin du retour, la femme dit : « Ah ! ces histoires d'adultère ! » Olivier ne comprit pas pourquoi elle disait « adultère » car il ne connaissait pas ce mot. Sans doute voulait-elle dire « adulte ». En attendant, il avait pris une de ces dérouilles, le pauvre Mac !...

Voilà comment et pourquoi le père Poulot et Olivier connaissaient l'origine de la face tuméfiée de Mac. Ils l'avaient écouté avec stupéfaction inventer ses vantardises. Pour un peu, ils l'auraient cru ! Un combat à Londres, tu parles !

— Il se vante si bien, ce menteur, qu'on lui pardonne ! dit le père Poulot.

— Quand même, quel culot ! jeta Olivier.

— Bah ! reprit le père Poulot, ses fables, il finit lui-même par y croire. J'allais l'interrompre, et je me suis aperçu qu'il faisait rêver tes copains, alors, on la ferme, non ?

— Ouais, on la ferme, consentit Olivier.

Le plus curieux fut que, trois mois plus tard, le beau Mac gagna un vrai combat. C'était à l'*Élysée-Montmartre* et des gens de la rue en furent témoins. Et pourtant, quand il raconta son match aux enfants, il ne le fit pas si bien que pour celui qu'il avait inventé.

Olivier et le père Poulot échangèrent un nouveau clin d'œil.

Dix

LA JAMBE DU PÈRE LAPIN

Dans la rue, les nouvelles se propageaient vite. Un jeudi matin, une phrase se propagea de bouche en bouche : « Le père Lapin s'est cassé la jambe ! » et les commentaires suivaient : « Oui, parfaitement, il a la jambe cassée, en miettes... Comment je le sais ?... Mais tout le monde le sait ! Moi, on me l'a dit et je n'ai pas de raison de ne pas le croire. C'est la vérité vraie : le père Lapin s'est cassé la jambe ! »

Tout le monde le savait bien : le père Lapin n'avait qu'une jambe. Il avait perdu l'autre à la guerre de 14 et il portait à son emplacement un pilon de bois retenu au moignon par des lanières de cuir.

Comment l'information était-elle parvenue ? Mystère. D'autant que le père Lapin se trouvait loin de la rue. Il était parti pour quelques jours en vacances, comme un riche, auprès de sa nièce, Justine Lapin, fermière à Arnouville-lès-Gonesse, bourg proche de Paris mais qui, alors, semblait fort loin.

Le père Lapin, horloger, était une des figures populaires du quartier. Grâce à Lapin, les montres malades étaient bientôt guéries. Une horloge qui avait tant et tant mesuré le temps qu'elle en avait elle-même subi les épreuves, réparée, bonne pour le service, restait de taille à grignoter encore bien des secondes, des minutes, des heures. Grâce au ciel, et il l'affirmait volontiers, il n'avait perdu que sa jambe. S'il avait laissé les bras, il aurait été obligé d'abandonner son métier.

— Il va être cul-de-jatte ! observa Olivier.

— Ouais, dit Loulou tristement, il aura une caisse à roulettes et il fera tac-tac sur le trottoir avec des fers à repasser, un à chaque main...

— Il ira drôlement vite, dit Capdeverre.

— Pauvre père Lapin ! conclut Olivier.

Tout ça, c'était « la faute à pas de chance ». D'une manière générale, le père Lapin ne s'était jamais plaint de ses malheurs. Il plaisantait même sur son infirmité : « Ça me fait une belle jambe ! » Ou bien, désignant sa jambe valide, son pilon et ses béquilles : « Moi, je marche à quatre pattes. Vous, vous n'en avez que deux ! » Il prétendait même qu'il sentait, comme une présence invisible, celle qu'il avait laissée en Argonne. Il disait aussi : « Je me demande ce qu'elle est devenue. Quelqu'un a dû la prendre. » Il ne savait pas que cela s'appelle de l'humour noir.

« Le père Lapin s'est cassé la jambe... » Cette fois, il n'aurait pas le cœur à plaisanter. L'accident frappait les enfants. Ils ne cessaient pas d'en parler. Combien de fois le père Lapin les avait reçus dans son atelier ! Il leur avait montré ce qu'une montre a dans le ventre : ces rouages, ces ressorts, ces aiguilles minuscules... Il possédait plusieurs horloges : à poids, à cadrans multiples, pneumatiques, et même un coucou, et les enfants, le nez en l'air, attendaient le moment où l'oiseau mécanique sortait pour chanter l'heure, en même temps que l'atelier s'emplissait de chants de carillons et de sonneries. Sa pince au bout des doigts, l'artisan montrait des miracles aux enfants médusés. On l'aimait bien, le pauvre unijambiste qui venait de perdre sa seule jambe !

Les enfants se rendirent chez sa voisine de palier. Elle avait reçu une carte postale d'Arnouville-lès-Gonesse. Lapin y resterait encore une quinzaine de jours avant de rejoindre son domicile montmartrois. « Comment va-t-il faire ? » se demandèrent les enfants. La voisine n'était pas une bavarde. Elle dit qu'elle ne s'occupait pas des affaires des autres, qu'elle avait ses propres soucis, que le père Lapin était un malin : il s'en tirerait toujours tandis qu'elle tirerait la langue. Les enfants la quittèrent sans rien dire. Ils n'en pensaient pas moins. Quelle égoïste !

Qui en eut le premier l'idée ? On ne le sait. Par la suite, un débat ne put départager Olivier, Loulou, Capdeverre et tous les autres, mais, peut-être, comme certaines inventions qui naissent simultanément dans plusieurs pays, l'idée était-elle née chez tous les enfants en même temps. Voilà de quoi il retournait : puisque le père Lapin était devenu cul-de-jatte (quel drôle de mot !) il lui faudrait une caisse à roulettes. Pourquoi ne pas la lui préparer pour lui faire une surprise à son retour ?

Les enfants se métamorphosèrent en ingénieurs. Une caisse à roulettes, cela paraît facile à construire, mais encore faut-il posséder les matériaux. Olivier pensa au traîneau de Riri. Porté par trois roulements à billes, il suffirait d'en ajouter un quatrième et de remplacer la planche par un habitacle garni de coussins. Mais voilà : il y tenait, Riri, à son traîneau. Ils tentèrent de l'amadouer en lui offrant des bonbons. Peu dupe de cet intérêt soudain, le marmot demanda d'un ton revêche :

— Vous voulez quoi, à la fin ?

— Ton traîneau ! dit Loulou.

— C'est pour fabriquer une caisse à roulettes pour le père Lapin qui n'a plus de jambe, précisa Olivier.

— C'est pour faire..., commença Capdeverre.

— ... une bonne action, précisa Loulou.

Riri arbora un sourire goguenard. Sa réponse vint en deux mots : « Des clous ! » Olivier employa la diplomatie :

— D'abord, ton traîneau, il n'en fiche pas une rame. Il est tout déglingué.

— Justement, dit Riri.

— Justement quoi ?

— Justement rien.

Quelle conversation de sourds ! Ils allaient quitter ce têtu de Riri, quand ils entendirent : « A moins que... » Il fallut demander : « A moins que quoi ? » C'était fatigant de parler avec ce môme. Après bien des paroles inutiles, ils apprirent que Riri consentirait, le cas échéant, à certaines conditions, à la vente du traîneau. Il eut le toupet de dire : « Faites-moi une proposition ! » et Olivier répondit : « Parle le premier ! » Comme dans les marchandages aux Puces de Saint-Ouen. Après des départs feints, des retours, Riri exigea la somme de vingt francs et cinquante billes. Loulou annonça qu'ils réfléchiraient mais qu'ils pourraient changer d'idée. Riri répliqua : « Moi aussi, je peux changer d'idée... » Ce Riri, c'est haut comme trois pommes et ça discute comme un brocanteur.

Olivier eut une idée : « On va faire la quête ! » Ayant souvent vendu des timbres antituberculeux, ils savaient qui était généreux dans le quartier. Ils firent la tournée des commerçants. Il n'était pas question de parler de la caisse puisque c'était une surprise. Ils dirent : « C'est pour le père Lapin qui n'a plus de jambe. »

La plus belle recette fut au bar *Le Transatlantique* où tous les clients aimaient bien Lapin. Virginie, Mme Klein, Mme Papa, le boucher Kascher, les blanchisseuses furent généreux. La vilaine Grosmalard les chassa : « Caltez, sales gosses, bande de mendigots ! » Un autre dit que ça ne lui rendrait pas ses jambes. Ils ne demandèrent rien à Bougras qui était pauvre, mais celui-ci y alla de ses deux francs.

Les enfants réunirent la somme fabuleuse de trente-neuf francs cinquante centimes. Forts de cet argent, ils tinrent la dragée haute à Riri : « Quinze balles, pas plus, on a les moyens d'acheter du neuf. »

Après deux heures de discussion, on se mit d'accord sur la somme de dix-sept francs et quarante billes.

Le traîneau était en piteux état. Le père Lapin, même sans jambes, était lourd. Il fallait du solide et non des planchettes de cageots mal arrimées. Que faire ?

Capdeverre se souvint que le père Lapin était lié d'amitié avec un menuisier de la rue Lambert. Ils entrèrent dans l'atelier du bonhomme fier de sa moustache en guidon de vélo ornée de sciure de bois. L'atelier sentait bon la résine. Les copeaux ressemblaient aux anglaises qui parfois dansent sur les joues des jeunes filles. Ils présentèrent les roulements à billes à l'artisan et dirent disposer de vingt-cinq francs.

— Z'êtes sûrs qu'il s'est cassé la patte, mon copain ? demanda le menuisier.

— Oui, m'sieur, tout le monde le sait.

— Une jambe, ça se répare.

— Elle est en petits morceaux.

— Pauvre Lapin ! Ah ! sacré Lapin ! je suis sûr que même sans ses jambes, il trouvera le moyen de me faire rire. Il raconte des histoires à se tordre, mais ce n'est pas toujours pour les enfants.

— On l'aime bien, le père Lapin, alors on s'est dit...

Le menuisier s'attrista encore. Perdre une jambe à

la guerre et l'autre en temps de paix ! Misère de misère ! Malheur de malheur ! Il annonça qu'il trouverait un autre roulement à billes et qu'il construirait la caisse gratuitement. Les enfants se confondirent en remerciements.

L'argent servirait à l'achat des deux fers à repasser qui, bien en main, assureraient la marche du véhicule. Là encore, ils connurent la chance. Les blanchisseuses disposaient de fers aux plats usagés dont elles ne se servaient plus. Alors, l'argent ? On verrait. Peut-être le père Lapin en aurait-il besoin.

La caisse, passée au brou de noix, superbe, fut entreposée à la mercerie. Virginie la capitonna et mit de jolis clous à tête dorée, ajouta un coussin. Il ne resta bientôt plus qu'à attendre le retour du père Lapin. Sans doute une automobile ou une ambulance le ramènerait-elle chez lui. Pauvre Lapin !

Durant trois jours, ils ne cessèrent de guetter le retour de leur vieil ami. Quand cela arriva, Olivier, Capdeverre, Loulou, Anatole, Jack Schlack, les filles, tous ceux des rues Labat et Bachelet se trouvaient réunis quand ils virent arriver — ô surprise ! — le fantôme du père Lapin car ce ne pouvait être qu'un fantôme. Comment était-ce possible ?

Un sac tyrolien au dos, il avançait, comme à l'ordinaire, sur ses quatre jambes, celle en bois, celle valide, les deux béquilles, mais alors, mais alors ?

— Les gars, avait dit Loulou, v'là l' père Lapin.

— C'est pas possible, je rêve, il a sa jambe.

— Ou alors, il a un frère jumeau.

Ils descendirent lentement la rue à la rencontre non d'une apparition, mais d'un père Lapin bien réel, en bonne forme, hilare comme toujours. Timidement, ils avancèrent des paroles prudentes :

— B'jour, m'sieur Lapin... Quoi de neuf, m'sieur Lapin ?... C'était chouette, la cambrousse, m'sieur Lapin ?... Et vous allez bien, m'sieur Lapin ?...

— Content de vous retrouver, les petits gars, dit Lapin en clignant de l'œil.

— Mais..., finit par demander Olivier, et votre jambe ?

— Qu'est-ce qu'elle a, ma jambe ?

— On nous a dit qu'elle était cassée...

— Et comment qu'elle était cassée ! affirma Lapin en s'appuyant contre le mur du boulanger. Et drôlement cassée. Tout net, en deux morceaux...

— Mais alors ?...

— Alors, le charpentier du village m'en a fait une toute neuve, plus solide, en chêne. Regardez donc...

Et le père Lapin tendit son pilon à l'horizontale. Il était magnifique, bien lisse et ciré, terminé par un embout de caoutchouc. Les lanières de cuir étaient neuves. Devant l'air surpris des enfants, il quêta une explication.

— Nous, on croyait que c'était l'autre qui était cassée, l'autre, la vraie, dit Olivier.

— Qu'est-ce que tu dégoises ? Elles sont vraies

110

toutes les deux. Il y a la vraie en chair et la vraie en bois.

— Quand même..., fit Loulou.

— Ça alors, ça alors..., murmurèrent les enfants.

Vraiment, les grandes personnes disent n'importe quoi. Tout ce souci pour rien ! Pour un peu, les enfants auraient été déçus. Des sentiments divers s'agitaient dans leur tête. Capdeverre finit par dire :

— Ben, m'sieur Lapin, on est quand même bien contents pour vous !

— Ah ! oui. Pour ça, oui ! Drôlement contents ! Vachement contents, c'est au poil..., affirmèrent tous les enfants.

Ils escortèrent le père Lapin jusqu'à son immeuble. Entouré de la grappe d'enfants, le pilon bien assuré, un peu étonné tout de même d'une telle popularité, l'homme saluait les gens : « Salut, Bougras ! Bien le bonjour, madame Haque ! Ça ira, madame Papa ! Lucien, je te salue bien ! Lulu, je t'en serre cinq !... » Les enfants chuchotaient : « Il a une jambe toute neuve... »

Quand ils se retrouvèrent entre eux, la surprise passée, ils se mirent à rire, à faire des farces, à se moquer les uns des autres.

La caisse roulante devint l'objet de jeux collectifs. Ils s'y mettaient à deux, à trois, à quatre, et les autres tiraient. On promena aussi des chiens enrubannés. Elle servit à toutes sortes de transports.

Les gens qui avaient donné pour la quête ne réclamèrent pas. Ils avaient oublié. Là encore, il y eut des débats. Donner de l'argent au père Lapin ? Il ne comprendrait pas. Le temps passa. Puis, le pécule fut consacré à des œuvres de bouche : il y eut l'achat de choux à la crème, de glaces à la framboise, de roudoudous, de sem-sem-gum, de fouets et de rouleaux de réglisse, de coco, de petits biberons pleins de bonbons ronds.

Si le menuisier mit le père Lapin au courant de l'initiative enfantine, il fit semblant de l'ignorer. Mais quand il voyait les enfants de la rue, il manifestait sa sympathie de mille manières, il blaguait, il leur tapait sur les épaules, il leur caressait la tête, leur racontait des histoires, s'exclamait : « Ah ! vous êtes de solides flambards ! de fameux citoyens ! de sacrés artilleurs ! » et, en aparté, il murmurait : « Ces mômes, tout de même, ils sont en or ! »

Onze

DANS la classe de M. Alonzo, cet instituteur venu du midi de la France et dont l'accent ensoleillé retenait l'attention au même titre que son physique de Don Quichotte, il y avait de « drôles de numéros ».

Certes, Olivier, Loulou, Capdeverre, par exemple, avaient leur personnalité : on les disait bons, passables ou médiocres écoliers mais d'autres possédaient le pittoresque. Ainsi, tel petit gros qui engloutissait des friandises et qui était affublé, selon la tradition, du sobriquet de Bouboule. Un garçon de ce genre, on en trouvait un dans chaque école, rond, jovial, paresseux, mais qu'on aimait bien.

Mais nous nous arrêtons ici sur le nommé Valentin, dit « Tête d'Âne » car il avait un visage allongé qui évoquait la tête du plus doux des animaux et aussi parce que le bonnet d'âne réservé aux cancres lui seyait. Tête d'Âne avait quatre ans de plus que ses condisciples. On le disait attardé. Fort comme un Turc, les écoliers l'auraient volontiers pris comme « tête de Turc » mais il était, comme le chien de la fable, « bien fourré gros et gras » et les jeunes loups se méfiaient de ses muscles.

Car Tête d'Âne était ce qu'on appelle un costaud, un type dans le genre de Rigoulot ou de Maciste avec des muscles partout comme les lutteurs des fêtes foraines. Les garçons lui demandaient de faire saillir ses biceps et ensuite tâtaient les leurs avec désolation. « Tout dans les muscles, rien dans la tête ! » disait M. Alonzo. Cela posé, Tête d'Âne était le plus pacifique des copains. A la récré, dans les jeux, il n'abusait jamais de sa force. Simplement, si on se heurtait à lui, on croyait avoir cogné un mur.

Quand on lui demandait ce qu'il ferait plus tard (nul n'aurait songé à dire « quand tu seras grand » car il l'était déjà), il répondait que, plus tard, il ferait exactement ce qu'il faisait maintenant.

— Et tu fais quoi, maintenant ? demanda Olivier.

— Ça, c'est mon secret.

Rien n'agaçait plus Olivier qu'un secret qu'il ne partageait pas. Il posa dix fois la question, promit des bonbons, des illustrés, des billes en échange d'une réponse qui ne vint pas. Il n'admit pas sa défaite et mijota un interrogatoire comme l'aurait fait Socrate (mais, en fait de Socrate, Olivier ne connaissait qu'un marchand d'olives de la rue Ramey qui se prénommait ainsi) de manière à atteindre son but : connaître le secret de Tête d'Âne.

Cet obstiné était le fils d'un homme qui habitait rue Lambert un ancien atelier aménagé en lieu d'habitation (qu'on appellerait aujourd'hui un *loft*).

Ce père de Tête d'Âne ne ressemblait guère à son rejeton. Dans la rue, on l'appelait « le Zigoto ». Il était coiffé d'une casquette de marin à visière de cuir, vêtu d'un pantalon de golf et d'un maillot à rayures jaunes et noires (« Sacré Zèbre ! » disait-on encore). Son état était triple : marchand de lacets le matin sur les marchés, crieur de journaux en fin d'après-midi, le soir, ouvreur de portes : devant les boîtes de nuit, il se précipitait pour ouvrir les portes des automobiles et des taxis qui amenaient fêtards et noceurs. « Gontran, donnez donc deux francs à cet homme ! » disait la belle de nuit et le galant faisait le généreux, mais, dans ce métier, il y avait de la concurrence : ils étaient parfois plusieurs à se disputer la poignée d'une portière.

La mère de Tête d'Âne, de qui il tenait sa stature, était originaire du Luxembourg. Les enfants ne savaient pas qu'il s'agissait de l'État voisin. Ils pensaient qu'elle était originaire des jardins du Luxembourg en haut du boulevard Saint-Michel, comme on serait né près du parc Monceau ou des Buttes-Chaumont.

Quand la famille se promenait, Tête d'Âne dépassait ses parents d'une tête. Ils allaient au cinéma une fois par semaine, le vendredi soir. Ils n'aimaient que les comédies mettant en scène des gens de la haute, des « richards » ayant des automobiles de soixante chevaux, les hommes fumant des cigares longs comme le bras et les dames des cigarettes au bout d'un interminable fume-cigarette. Ces gens-là buvaient du champagne, possédaient un bataillon de domestiques dirigés par un majordome anglais raide comme la justice. Cela les faisait rêver à un monde inaccessible dont ils ne soupçonnaient pas la vanité. Au retour, le Zigoto regardait fièrement son fils bien-aimé, Tête d'Âne pour les autres, mais Valentin pour lui, et lui disait : « Toi aussi, tu seras quelqu'un ! » car il était sûr du destin exceptionnel de ce gentil cancre.

Olivier aimait bien Tête d'Âne. Il était fasciné par le personnage du « géant débonnaire ». Il lui donna des conseils pour réussir en calcul mental, lui montra comme il est facile de se souvenir des chefs-lieux des départements. Il se dit que Tête d'Âne était peut-être moins bête qu'il en avait l'air. Il semblait dire : « J'apprends ces trucs pour te faire plaisir, mais quelle importance de savoir que Cette (et pas encore Sète) est dans l'Hérault et que Draguignan (et pas encore Toulon) est la préfecture du Var ? » Il fondait devant la gentillesse d'Olivier sans savoir qu'elle n'était pas exempte de calculs bien mentaux.

Olivier l'appelait par son prénom : Valentin, bien que le costaud lui eût affirmé qu'on pouvait l'affubler de tous les sobriquets du monde car il s'en moquait bien. Son air entendu signifiait que sa vie était ailleurs, dans son secret, ce secret que voulait percer Olivier.

Las de questionner, il employa une autre méthode, celle du refus des confidences :

— Écoute, Valentin, tu as raison. Moi aussi, j'ai un secret. Nous pourrions faire un échange, mais non ! un secret, c'est pour soi tout seul (bien qu'entre nous, ce ne soit pas la même chose). Non, Valentin, ne me dis rien, même si avec moi tu peux être sûr que ça restera entre nous. Non, non, je ne veux pas savoir... surtout si tu n'as pas confiance en moi... (ici Olivier prit un air attristé).

— Si, si, j'ai confiance en toi, dit Tête d'Âne, et si je confiais mon secret à quelqu'un, ce serait à toi, je te le jure !

« Un pas en avant », se dit ce « ficelle » d'Olivier. Le lendemain, il développa une argumentation digne de Machiavel :

— Remarque bien, Valentin, qu'un secret, c'est comme un prisonnier, comme qui dirait le Masque de Fer ou le comte de Monte-Cristo, et un prisonnier, il lui faut un gardien. Et même parfois, deux gardiens...

Valentin écoutait avec attention. Il ne comprenait pas bien ces paroles. Il tentait de raisonner mais ses idées s'échappaient comme l'air d'un pneu crevé. Il tenta de mettre en cause l'argument de son copain :

— Mais quand plusieurs personnes connaissent le secret, c'est plus un secret, plus besoin de le garder...

— Tu vois bien, dit Olivier.

— J'y comprends plus rien, avoua Tête d'Âne.

Ils se promenèrent rue Ramey en direction du

boulevard. Ils connaissaient chaque vitrine, chaque étal, les commerçants, les marchandes des quatre-saisons mais ils s'arrêtaient quand même pour regarder, pour écouter. Là, on ne s'ennuyait jamais. Au retour, Olivier dit :

— Eh bien, si tu n'es pas d'accord avec ce que j'ai voulu te faire entraver, si t'as rien compris, tu dis rien. Je ne veux rien savoir. Ton secret, tu te le gardes. Je croyais que j'étais ton ami, Valentin. C'est pas le cas, tant pis pour moi. Alors, on se quitte. A la revoyure, mon pote...

— Non, attends ! jeta Valentin. Si tu me jures, mais sur la tête, sur la tête...

Olivier jura sur sa propre tête, étendit la main et cracha devant lui. Dès lors qu'il avait la certitude de connaître le secret, il s'aperçut qu'il l'intéressait beaucoup moins.

Tête d'Âne regarda autour de lui, se pencha et parla contre l'oreille d'Olivier qui, tout d'abord, ne comprit rien à ce qu'il disait. Ce secret contenait dans un mot qu'il fit répéter trois fois : « Je suis, je suis... », et suivait ce mot incompréhensible. Olivier pensa que ce n'était vraiment pas la peine de s'être donné tout ce mal.

Le soir, Olivier dit à sa mère qui piquait à la machine Singer :

— M'man, j'ai pas de secrets pour toi. J'en ai un à te dire, mais il faut jurer de ne le répéter à personne...

— Je ne jure pas. Je promets et cela doit suffire,

dit Virginie avec autorité. Mais si c'est un secret, il faut le garder. Je ne tiens pas à le connaître.

— C'est parce qu'il y a quelque chose que je ne comprends pas et...

— Que d'embarras ! et sans doute pour rien. Parle.

— Tu sais, Valentin, le fils du Zigoto de la rue Lambert.

— Ah oui ! Tête d'Âne...

— Oui, Valentin. Il me l'a dit à l'oreille : il est *artérophile*.

— Oh ! pauvre enfant. Il a pourtant l'air en bonne santé.

— C'est quoi *artérophile* ?

— C'est une maladie. Je ne sais pas bien. Une maladie du sang, je crois. J'espère que ce n'est pas contagieux... Saigne-t-il parfois du nez ?

— Oui, mais pas plus que les autres.

Dans les jours qui suivirent, Olivier fit tout pour apporter un peu de joie à son ami. Il demanda à Loulou et Capdeverre de le faire entrer dans la bande de la rue Labat. Cela agaça Capdeverre qui y perdrait sa suprématie de costaud, mais il accepta.

Valentin se montra bon compagnon de jeux comme les osselets, les plumes, les billes, la balle au chasseur, etc. Pour les jeux intellectuels, comme le pendu ou les noms de métiers, il n'était guère futé, mais qu'importait ! Et plus, auprès de cette grande bringue, de ce décroche-bananes, de ce déménageur, les enfants avaient l'impression de prendre de la taille. Les gens se demandaient comment un gars aussi grand pouvait jouer avec les gosses, mais on expliquait qu'il n'était pas très avancé.

Parfois, Olivier, détenteur du secret tragique, le regardait à la dérobée avec l'inquiétude d'une mère pour son enfant qui couve un rhume. Dire qu'il était *artérophile* ! Qui l'eût cru ? Cette maladie insidieuse, cachée, quelle tristesse !

Au contact de la bande, Tête d'Âne semblait se dégourdir comme si un papillon agile allait naître d'une grosse chenille molle. Le Zigoto lorsqu'il rentrait du turbin disait à son fils que c'était une chose de jouer dans la rue mais qu'il ne fallait pas oublier l'*artérophilie*. Il le disait joyeusement et Olivier ne comprenait pas ce que le lecteur sagace a déjà compris.

La grande Luxembourgeoise, la mère de Tête d'Âne, invita les copains de son fils à goûter. Ainsi, la jeune troupe se retrouva-t-elle dans le curieux logement qui ressemblait à un campement de bohémiens. Ils mangèrent des gâteaux au fromage et des tartes aux cerises. Une partie du local restait fermé. Sans doute la chambre.

Lorsque les enfants furent repus de bonnes choses, le Zigoto annonça :

— Nous n'en avons jamais parlé à personne, mais maintenant que vous êtes les potes de Valentin, il faut que vous sachiez à qui vous avez affaire...

Ainsi, Olivier ne serait plus le seul dépositaire du secret. Il prit l'air entendu de ceux qui savent. Mais pourquoi le Zigoto semblait-il si réjoui ? Il entendit :

— ... et dans cette branche honorable, Valentin sera un des meilleurs, le meilleur peut-être...

Il tira une porte à glissière qui dissimulait... une salle de gymnastique, de gym-boum-boum, comme disaient les enfants. Il y avait là une barre fixe, un cheval d'arçon, un trapèze, des anneaux, des poids et des haltères de toutes dimensions.

— Regardez, les enfants, ce que j'ai construit avec mes éconocroques, dit le Zigoto. Une salle d'entraînement pour mon poulain. Valentin, c'est pas seulement une graine de champion, c'en est un, un des maîtres des poids et haltères, un de nos plus grands *haltérophiles* !

Soudain, Olivier comprit sa bévue : *artérophile* pour *haltérophile*. Son ami était le contraire d'un malade. Il le regarda cracher dans ses mains, se mettre en position et, en trois temps, soulever la charge au-dessus de sa tête avant de la reposer en souplesse.

Loulou et Capdeverre regardèrent Olivier qui semblait faire le pitre. Ils le virent se donner deux claques à lui-même, tirer ses propres oreilles et se tordre le nez. Ils crurent que, jaloux, il voulait détourner l'attention des exploits de Tête d'Âne. S'ils avaient su ! Et Olivier répéta : « Je suis bête, qu'est-ce que je suis bête ! Ah ! ce type, quel œuf, madame ! »

Et, comme dit La Fontaine, tout alla de façon que, l'année suivante, on lut le nom de Valentin, fils du Zigoto et de la Luxembourgeoise, dans *L'Auto* et dans *Le Miroir des sports*. Il avait remporté un championnat junior. Jamais un élève de l'école primaire communale de la rue de Clignancourt (à part le président Paul Doumer) n'avait connu une telle gloire.

— Ça alors, j'aurais jamais cru, avoua Olivier à ses copains.

Douze

Assis selon leur habitude au bord du trottoir, en culotte courte et en chemisette, pieds nus dans des sandales en caoutchouc, Olivier, Loulou et Capdeverre jouaient aux osselets. Pour profiter de ce beau soir d'été, les gens se tenaient devant les immeubles. Dans les rues, on ne voyait que des groupes paisibles ou animés, l'ensemble donnant un air de fête. Tous se connaissaient, tous aimaient la conversation, les échanges, et cela faisait oublier les ennuis quotidiens.

Près des garçons, devant l'immeuble du 74, trois hommes s'entretenaient de leurs préférences gastronomiques. Ce qu'ils disaient intéressait les enfants, même s'ils faisaient mine de ne pas écouter. De temps en temps, ils s'adressaient un signe de connivence, échangeant ainsi des impressions allant de l'étonnement à la gouaille.

— Ils me feraient venir l'eau à la bouche ! chuchota Capdeverre.

— C'est tous des goinfres. Ils pensent qu'à s'empiffrer, répondit Loulou.

123

Ces trois bonshommes ne songeaient qu'à se caler les joues. Cependant, les enfants n'avaient pas faim de tout. Mme Klein, la boulangère, pour les remercier de l'avoir aidée à livrer du pain, leur avait offert à chacun une bouchée-rocher dont ils avaient gardé le papier d'étain pour l'aide aux petits Chinois.

— Moi, ce que je préfère, dit Lulu l'aveugle, c'est un bon plat bien chaud de purée de pois cassés, avec une belle côtelette de porc. Tu n'oublies pas la sauce tomate, les câpres, les cornichons coupés en fines lamelles. Ah ! mes amis, ça se moule dans l' « estomaque » comme un corps dans un bon fauteuil. Le paradis...

— Parle-moi plutôt d'un bon ragoût de mouton, jeta le père Poulot. J'en mangerais sur la tête d'un teigneux ! Si tu as des haricots blancs bien frais, des petits musiciens, quoi ! ça fond dans la bouche. Tu crains plus l'hiver...

— Rien ne vaut un plat de lentilles, soutint Fil de Fer. Avec une belle tranche de lard rose. Les lentilles, c'est du caviar qui sent pas le poisson. Plein le cornet ! Ras la gargamelle ! Et faut pas oublier la moutarde de Dijon, celle qui monte au nez...

Bougras les écoutait de sa fenêtre en fumant sa bizarre pipe dont le tuyau était un os de lapin. Il se pencha à la croisée et demanda :

— Ce serait-il ce que vous avez boulotté ce soir ?

— Malheureusement pas, dit Lulu. Je me suis contenté d'un hareng saur et de pain trempé dans du vin. Quand on est célibataire, on ne fait pas de cuisine.

— Moi, j'ai mangé des rillettes, directement dans le papier du charcutier, avoua le père Poulot, même que j'ai partagé avec mon matou... Quand on est seul...

— Pour ce qui est de moi, dit ce menteur de Fil de Fer, quand j'étais plein aux as, j'ai goûté tout ce qu'il y a de meilleur, et pas qu'un peu mon neveu, le foie gras, les truffes, le caviar, les ortolans...

— Et allez donc ! jeta Bougras.

— Et même, reprit Fil de Fer, des plats dont vous auriez pas l'idée.

— Et ce soir ? demanda Lulu l'aveugle.

— Filets de hareng pommes à l'huile achetés au « légumes cuits » de la rue Ramey. Ah ! misère de misère...

La conversation se poursuivit avec des débauches de fricassées, de ragoûts, de frichtis, de rôtis, et le pot-au-feu, la blanquette de veau, le bœuf mode ou bourguignon, la potée, les tripes...

— Ils pensent qu'à bouffer, dit Olivier. Moi, ils me couperaient l'appétit.

— Tiens, observa Capdeverre, moi ça me donne faim. J'ai la dent.

— Je mangerais bien un éclair au chocolat, avoua Loulou.

Et les enfants se mirent à évoquer toutes sortes de gâteaux, les mille-feuilles, les religieuses, les conversations, les frangipanes, les allumettes, les paris-brest et autres saint-honoré.

— On va pas faire comme eux, s'indigna Olivier. Ils parlent que de boustifaille...

— C'est parce qu'ils bectent que des clopinettes, dit Capdeverre.

— Alors, ils rêvent, conclut Loulou, les yeux au ciel.

Les trois hommes en étaient à l'inventaire des fromages. Comme, de la pâte cuite à la pâte crue, du dur au moelleux, ils sont légion, cela promettait d'être long. On discuta du meilleur : était-ce ce bon vieux calendot, le brie ou le roquefort ? On rappela le reblochon, le cantal, le saint-nectaire, la fourme d'Ambert, le Port-Salut, le comté, le puant de Lille, la tomme de Savoie, le munster. Quel défilé !

Soudain, Olivier qui venait de louper sa « tête de mort » aux osselets, déclara qu'il avait une idée. « Manquait plus que ça ! » dit Capdeverre. Les copains écoutèrent sans enthousiasme. Olivier plaida : « Ce serait marrant ! » Les autres restant en retrait, il jeta le défi :

— Peuh ! c'est parce que vous êtes pas chiches.

— Pas chiche, moi ? jeta Capdeverre déjà pris au piège.

— Je suis plus capable d'être chiche que toi ! dit à son tour Loulou.

— N'empêche que vous êtes des dégonfleurs !

— La preuve que non, c'est que je vais le faire ! affirma Capdeverre.

— Et moi, je vais en parler à ma maternelle, déclara Loulou.

Olivier émit un petit rire muet : c'était gagné. Ils se prirent par les épaules comme pour une mêlée de rugby et parlèrent à voix basse pour établir une stratégie et se distribuer les tâches. Des surprises se préparaient.

— Finalement, c'est marrant ! admit Capdeverre.

Olivier, lorsqu'il eut fini ses devoirs et appris ses leçons, leva la tête et dit à sa mère :

— Dis, m'man, je mangerais bien du ragoût de mouton, avec des petits fayots bien frais. Je les écosserais...

— Je croyais que tu n'aimais pas ça...

— Justement. C'est pour voir si j'ai changé... Tu en feras beaucoup, beaucoup...

— Tant que ça ? S'il en reste, je ferai réchauffer pour le soir.

— Je voudrais te demander quelque chose. Voilà...

Virginie donna bien vite son accord. Elle aussi avait une idée. Le lendemain, en fin de matinée, à sa demande, le père Poulot vint resserrer la courroie de la machine à coudre. Il en profita pour nettoyer et graisser les rouages. Heureux de rendre service, il ne ferait pas payer, un passe-temps pour lui, en somme. Lorsqu'il eut terminé et qu'il se lavait les mains au-dessus de la pierre à évier, après un sourire complice en direction d'Olivier, elle proposa :

— Puisque c'est l'heure du repas, si vous restiez avec nous, monsieur Poulot ? J'ai du ragoût de mouton. A moins que vous n'aimiez pas ?

— Ah ! madame... Ah ! madame... Mais je ne l'aime pas le ragoût de mouton, je ne l'aime pas, je l'adore, c'est mon plat préféré. Et comme ça sent bon, hmm ! Ah ! madame...

— Imaginez-vous que c'est Olivier qui a eu une envie de ragoût de mouton, lui qui n'aimait pas ce plat !

— Tiens, tiens ! fit M. Poulot en caressant la tête de l'enfant. Puisque c'est proposé si gentiment, j'accepte cette généreuse invitation.

— A la fortune du pot, vous savez, et sans manières comme on dit chez nous. Je vous laisse ouvrir la bouteille de Postillon.

Olivier murmura : « C'est à la bonne franquette... », et il pensa à Mme Haque qui disait « à la bonne flanquette ».

— Ah ! madame..., jeta le père Poulot dès la première bouchée. Rien de meilleur que le ragoût de mouton, rien ! Je le disais à des amis. C'est du velours ! Ça sent bon la campagne. Un plat bien de chez nous. Et préparé par un cordon-bleu, mais oui, ne vous défendez pas...

Que d'échanges de politesses ! Le fumet, le goût, l'aspect, hmm ! Et dire qu'il y en a qui ne cherchent que des mets compliqués ! Parlez-moi d'un plat bien mijoté, plein d'amour. Son assiette terminée, malgré de fausses protestations, Virginie servit de nouveau son invité.

Tandis que le père Poulot se régalait, Lulu l'aveugle en faisait autant. Mme Capdeverre lui avait apporté une assiette creuse recouverte d'une autre assiette à l'envers, avec, entre les deux, une odorante purée de pois cassés aux oignons dorés, avec plantée au milieu une belle côtelette de porc, ni trop sèche, ni trop grasse, comme un joyau dans son écrin.

— J'ai appris, lui avait dit Mme Capdeverre, que vous aimiez les pois cassés. Figurez-vous que j'en avais fait beaucoup trop. Et mon mari m'annonce qu'il ne déjeune pas à la maison. C'est ça, la police : ils n'ont pas d'heures...

— Mais comment avez-vous su que j'aime les pois cassés ?

— C'est un bruit qui court. Dans la rue, tout le monde dit que c'est votre plat préféré.

— Et c'est bien vrai, ma petite dame. Je ne sais pas comment vous remercier.

— Je vous laisse. Mangez pendant que c'est chaud !

Ainsi, l'idée d'Olivier avait fait son chemin. Pour Fil de Fer, le cadeau resta anonyme. La mère de Loulou qui était jolie femme avait bien préparé les lentilles au lard, mais elle ne voulait pas se faire connaître : Fil de Fer jouait au galant et il aurait pu imaginer qu'elle lui faisait des avances.

Fil de Fer eut donc la surprise de trouver devant sa

porte une casserole à couvercle et un feuillet portant
ces mots : « A remettre sur le feu. Vous pouvez
garder la casserole. Bon appétit ! » L'étonnement ne
lui coupa nullement l'appétit. Plus tard, il question-
nerait sa concierge sans pouvoir mener à bien son
enquête. Cela le fit rêver et son esprit romanesque
trouva une autre nourriture. Ainsi, le plaisir de la
rêverie s'unit-il à la gourmandise.

Ici, pourrait être inscrit, comme entre deux
séquences d'un film muet : *Trois jours plus tard...*
La scène était la même que celle décrite au début
de cette narration fondée sur l'éloge des papilles
gustatives. Les trois hommes, cette fois, étaient
installés devant l'immeuble du 73. Près d'eux, les
enfants étaient assis en tailleur et ils jouaient, non
plus aux osselets, mais aux cartes, à la bataille, le jeu
le plus facile. Mme Haque était accoudée à sa croisée,
de même que Bougras à l'immeuble d'en face. Voici
ce qu'ils entendirent :

— Imaginez-vous, dit Fil de Fer, qu'un de mes
béguins dont je tairai le nom car je suis un gentleman,
m'a offert mon plat préféré.

— Des lentilles au lard ! dirent les deux autres
d'une même voix.

— Vous avez deviné.

— Tu n'es pas le seul, dit le père Poulot. J'ai
dégusté le meilleur ragoût de mouton de ma vie. Moi,

ce n'est pas une admiratrice. J'ai passé l'âge, mais quelqu'un pour qui j'ai de l'estime et de l'amitié.

— Y'a pas qu' vous ! Y'a pas qu' vous ! s'écria Lulu l'aveugle, moi, j'ai boulotté...

— Des pois cassés ! jetèrent les deux comparses.

— Ah ! mes amis... Une invitation chez moi dans ma carrée. Quelqu'un de très bien. Je n'en dis pas plus...

— Un conte de fées, dit le père Poulot. Tu fais un vœu. Un coup de baguette magique et c'est parti mon kiki !

— Je me demande bien..., commença Fil de Fer, mais on ne sut pas ce qu'il se demandait.

Tandis qu'ils échangeaient leurs confidences, Loulou, Capdeverre et Olivier cachaient leur intérêt en annonçant très fort : « Bataille ! » ou : « T'as triché ! » Sans raison, Capdeverre se mit à chanter : *Elle avait des bottes et des souliers pointus. La cathédrale dans l' dos, la tour Eiffel dans l'...*

— Pas de gros mots ! leur jeta Mme Haque.

— C'est dans le dictionnaire ! plaida Capdeverre.

A sa fenêtre, Bougras méditait : « De bons petits gars... ouais. Pourvu qu'ils ne changent pas en grandissant ! Mais si, ils changeront. La vie, ça gâte les gens comme les fruits... » Il pensa aux plats gourmands des trois compères. Lui-même, si gourmand autrefois, était sans désirs. Cela l'attrista vaguement. Il dit à voix haute : « J'ai tourné la page » et il écouta les trois hommes.

— Ce que j'aimerais manger, dit le père Poulot,

c'est une bonne choucroute servie bien fumante avec toute la garniture, les saucisses de Strasbourg, de Francfort, de Montbéliard, la tranche de lard fumé, la côtelette, le jambonneau, avec des grains de genièvre et de poivre. Avec ça, un vin d'Alsace ou de la bière...

— Et moi, dit Lulu, ce serait une potée auvergnate, du chou, des patates, des carottes, du petit salé, des saucisses, du saucisson cuit, du lard, nom de d' là!...

— J'ai besoin de me remplumer, dit Fil de Fer, alors je pense à la poule parce que cette bête-là, ça a des plumes, ah! ah! elle est bien bonne. De la poule au pot, les amis. Henri IV était loin d'être bête. De la poule au pot, avec du riz, des légumes, une bonne sauce bien liée. Tu commences par le bouillon, tu continues par le blanc, puis la cuisse, le tendre. Ça te fond dans la bouche!

— Ah! si les miracles se reproduisaient..., dit Lulu.

Et Fil de Fer se tourna vers les enfants qui n'en revenaient pas : ils avaient l'impression d'entendre une seconde fois la même conversation avec d'autres plats.

— Vous y croyez, dit Fil de Fer, vous, les gosses, aux bonnes fées ?

Ils ne répondirent pas et se dirigèrent vers la rue Bachelet. Ils la traverseraient en courant dans la direction des escaliers Becquerel : certains signes indiquaient que la guerre entre les deux rues pourrait reprendre. Ils prirent la rue Caulaincourt. Ils étaient à la fois essoufflés et indignés.

— Les bonnes fées, les bonnes fées... Les bonnes poires, oui ! dit Loulou.

— Ils ne pensent qu'à grailler, dit Capdeverre. Quelle conversation !

— Les bonnes fées, elles en ont marre ! proclama Olivier.

Comme pour protester contre tant de paroles, ils se mirent à répéter n'importe quoi en bêtifiant : « La saucisse aux choux... le saucisson chaud... la poule au pot de papa pipi... La choucroute au chouchou... » Ils mimèrent un obèse marchant en tenant un énorme ventre à deux mains. Sur l'air de *La Marseillaise*, Loulou chanta : *Allons enfants de la marmite, la soupe aux choux est écumée...*

Quand ils revinrent rue Labat, ils s'aperçurent que les trois hommes n'avaient pas épuisé les sujets de leur conversation. Loulou observa :

— Des crevards pareils, c'est pas possible !

— On leur en donne comme le doigt, ils en veulent comme le bras, dit Capdeverre.

— Ils exagèrent, conclut Olivier.

La nuit n'allait pas tarder à s'épaissir. Il faudrait rentrer. Et demain, l'école. Ils hésitaient à se quitter. Ils étaient en quête d'un dernier jeu, mais lequel ?

— En attendant, avant de me coucher, dit Capdeverre, je mangerais bien un pain au chocolat.

— Et moi, un chausson aux pommes ! ajouta Loulou.

— Ah ! non, la barbe, ça suffit ! Vous n'allez pas faire comme eux !

Et ils coururent autour du pâté de maisons aussi vite qu'ils le purent tandis que la nuit recouvrait lentement la rue et ses rêves.

Treize

M. Hector, le photographe ambulant, se distinguait par sa tenue d'artiste : pantalons grenat bouffant dans le bas sur des demi-bottes, rasepet de velours noir, cravate lavallière, chapeau noir à la Bruant, cheveux longs, moustache et mouche de mousquetaire. Il avait l'œil bleu très doux de ces êtres rêveurs et imaginatifs habiles à saisir le moment où le petit oiseau invisible va sortir de leur appareil.

Sans être du quartier, il avait été adopté, reçu à toutes les fêtes familiales, baptêmes, premières communions ou mariages. On l'invitait volontiers aux agapes car, au dessert, il savait émouvoir en chantant *La Pocharde* ou *Les Roses blanches.* Dans la rue, pas un portrait de bébé à plat ventre, de communiant ou de mariés entourés de la famille qui ne portât sa griffe.

Il aimait aligner les enfants des rues Bachelet, Labat, Lambert et Nicolet sur les marches de l'escalier Becquerel et prendre une photo de groupe pour son plaisir.

(Ici, pour le témoignage et pour le souvenir, une

135

triste parenthèse : une de ces photographies, l'auteur de ces lignes la vit entre les mains d'un ancien du quartier. Parmi tant de visages, il tenta de reconnaître les anciens amis d'Olivier. Ces enfants qu'étaient-ils devenus ? Il se souvint de ceux qui s'imaginaient plus tard coureurs automobiles, explorateurs, dompteurs, aviateurs, que sais-je encore ! Certains avaient-ils rejoint leur rêve ? Le possesseur de la photographie toute fanée lui apporta une réponse tragique. La plupart de ces enfants étaient juifs. Ils ne revinrent pas de la rafle du Vel' d'Hiv'. Ici, le narrateur observe un silence. Les rires, les jeux, les courses, les batailles lui reviennent en mémoire. Et ce bonheur des enfants espérant en l'avenir, et cette fin.)

M. Hector préférait photographier au grand soleil. Pour les enfants, c'était dommage car ils aimaient l'instant où le magnésium allumé dans une assiette jetait son éclair blanc. Il avait obtenu l'autorisation de photographier les écoliers de l'école primaire communale de la rue de Clignancourt, là où ont étudié MM. Paul Doumer, Bleustein-Blanchet, Jean Gabin et d'autres célébrités. Il effectuait deux sortes de photos : la grande, collective, où toute une classe était réunie autour de son maître ; des portraits de chaque écolier destinés à être montés en médaillon et à figurer sur les buffets des logements. Ce jour-là, les enfants étaient habillés en dimanche. Pas de tabliers noirs à lisérés rouges ou en Vichy à petits carreaux pour la maternelle, mais un costume marin, par exemple. Plus tard, Olivier retrouverait une photographie où il portait un joli costume, avec une chemise blanche à large col ouvert, accoudé à un guéridon, l'index sur la tempe, un livre devant lui pour faire studieux, arborant un sourire malin et timide à la fois.

M. Hector n'était pas un photographe de natures mortes. Il refusait d'immortaliser une boutique si son tenancier n'était pas placé devant. Son gros appareil à plaques semblait refuser tout ce qui n'était pas présence humaine. Sa collection, si elle n'avait pas été perdue, aurait contribué, comme celle de Robert Doisneau, à conter l'histoire durant les années trente. Les trois blanchisseuses riant près de leur devanture devant de gros paniers de linge, les laveuses sous le drapeau de métal du lavoir de la rue Bachelet, Virginie devant sa mercerie, les Klein désignant leur boulangerie, les épiceries et leurs propriétaires, de même que boucheries, marchands de vin, bistrots étaient présents.

D'autres avaient été saisis chez eux comme le beau Mac en boxeur, Mado en élégante avec ses chiens Ric et Rac, le père Lapin devant son établi, le boucher kascher en tablier noué à l'épaule, M. Pompon en blouse blanche avec un gros pinceau à la main... Si, dans la rue, personne ne s'était avisé que la photographie est un art, on tenait quand même M. Hector pour un artiste puisqu'il cultivait son allure bohème et qu'il s'affirmait original en toutes choses.

Dans ses déplacements, toujours un groupe d'enfants l'accompagnait. Ils aimaient le voir retirer son chapeau, écarter le trépied, glisser sa tête sous le voile noir. Un jour, Olivier dit à M. Hector :

— Vous avez l'air drôlement content quand vous tirez le portrait des gens...

— Et comment, jeune homme ! Après, ils font partie de ma famille.

Mais il confia qu'il n'était pas entièrement satisfait. Dans la rue, un personnage qu'il jugeait intéressant se refusait à être pris en photo. Il s'agissait de Bougras, ce vieux libertaire qui ne faisait rien comme tout le monde.

A plusieurs reprises, M. Hector lui avait demandé de poser devant son appareil, gratuitement, pour le plaisir, parce qu'il avait un aspect original. Ce mot : « original » avait choqué ce grincheux de Bougras. Il avait répliqué que tout le monde a une tête originale puisque la nature n'a jamais créé deux êtres identiques et que n'importe quel visage était aussi digne d'intérêt que le sien — « à l'exception du vôtre, dit-il à l'artiste, car si on vous coupait les poils, on ne trouverait rien en dessous... » Il était ainsi fait Bougras ! Là-dessus, M. Hector s'était fâché et l'avait traité de « tête de mule », ce qui n'avait rien arrangé.

— Tu comprends, expliqua M. Hector à Olivier, il manque à ma collection, ce vieil ours mal léché. Il paraît venir d'un autre siècle. En le photographiant, j'aurais l'impression de me retrouver au Temps des Cerises, sous la Commune...

Olivier promit d'user de son influence pour

convaincre son vieil ami, mais il ne savait pas comment s'y prendre.

L'occasion lui fut donnée un soir que Bougras descendait d'un des terrains vagues de la Butte où il avait cueilli de l'herbe pour son lapin. Pour voir ce dernier, Olivier le suivit dans son logement qui sentait la ferme. Il laissa Bougras nourrir son animal, allumer sa pipe, et, enfin, il plongea :

— Pourquoi vous voulez pas que M. Hector vous tire le portrait ? Il m'en donnerait un...

— C'est lui qui t'en a parlé ?

— Non, mais j'ai pensé...

— Voilà que tu me bourres la caisse, maintenant ? C'est du joli ! Je le vois : ton nez remue comme celui du lapin.

Olivier porta vivement la main à son nez pour vérifier qu'il ne bougeait pas. Le geste marqua son aveu. Il avoua :

— Euh... il m'a parlé rien qu'un petit peu. Il ferait rien payer. C'est pour le plaisir.

— Tu diras de ma part à ce guignol que Bougras ne revient jamais sur sa parole. Et il t'a promis une photo ?

— Oui, pour le souvenir.

— C'est ça... Il est habile, le citoyen. Le souvenir... et allez donc ! Tu aimerais avoir ma tronche sur du papier ?

— Oui, j'aimerais bien.

— Pour quoi faire ? Tu me vois tous les jours.

— Pour plus tard.

— Pour plus tard, ouais, quand je serai raide. Pouah ! la photographie, ça me fait penser à la mort !

Olivier se sentit confus. Ce n'était pas ce qu'il avait voulu dire. Pourtant, il y avait pensé. Pour le distraire, Bougras lui apprit des tours avec des ficelles, une manière de faire des nœuds qui se dénouent sans mal, et quelques attrapes. Il parut réfléchir, bougonna, ralluma sa pipe et, désolé de refuser quelque chose à Olivier, il lui donna une explication :

— Tu comprends, mon petit, je suis venu au monde tout nu comme les autres, et je repartirai tout nu. Toute ma chienne de vie, j'ai trimé pour gagner ma croûte. J'ai défendu des idées auxquelles je croyais. Et sans grand succès jusqu'au jour présent. Dans quelques mois ou dans peu d'années, je serai un cadavre. Je n'ai jamais eu de famille. Je veux qu'il ne reste rien de moi, pas même une image...

Olivier l'écouta longuement. Cette conversation le rendait triste. Il aimait bien Bougras et ne savait comment le lui dire. Il murmura : « Ça ne fait rien, m'sieur Bougras, puisque vous êtes là et que quand on est tous les deux, on n'est pas seuls... », et Bougras lui dit : « Tu aimerais l'avoir, ma photo ? » Comme Olivier faisait oui de la tête, il reprit : « Pour ne pas m'oublier ? Mais qu'est-ce que le souvenir qui a besoin d'une image pour vivre ? »

A ce moment-là, ils virent M. Hector qui montait la rue avec ses instruments arrimés à son dos comme un colporteur. Lui aussi les vit, à la fenêtre. Il s'arrêta, en attente, mais en faisant mine de ne pas les observer. Le regard d'Olivier se fit interrogateur. Bougras allait-il céder ?

— Écoute, dit-il, je veux bien que tu me photographies mais avec le plus perfectionné des appareils : tes yeux, tes grands yeux étonnés prêts à tout saisir. Tu vas bien me regarder, tu fermeras les yeux et tu tenteras de me voir encore dans ta tête. Essaie...

Olivier regarda son vieil ami qui souriait, un peu goguenard, puis il baissa les paupières. « Tu me vois encore ? » demanda Bougras et Olivier répondit : « Bien sûr que je vous vois ! » L'homme reprit : « Et ce soir, dans ton plumard, tu penseras à moi, et je suis persuadé que tu me verras comme moi je te vois en fermant les yeux. »

M. Hector leva la tête vers la fenêtre de Bougras le récalcitrant. Il regarda rapidement Olivier et celui-ci lui fit « non » de la tête. Alors, l'homme haussa les épaules et s'en alla, mécontent.

Olivier ferma les yeux. Oui, il voyait toujours le visage de Bougras. Il ne l'oublierait jamais. Des années et des années plus tard, il reverrait Bougras tel qu'il était.

— Tu vois, dit Bougras, tu es un fameux photographe, meilleur que l'autre ostrogoth avec tout son saint-frusquin. Rentre chez toi, c'est l'heure de la soupe !

Olivier, s'il retint la leçon, n'en pensait pas moins. Il se disait :

« C'est quand même chouette, la photographie ! »

Quatorze

LES CHATS

Mme Clémence n'aimait pas les chats. « Ils sont, ils sont... », commençait-elle à la recherche des épithètes les plus infamantes qui lui paraissaient trop tièdes pour sa pensée : « Ils sont hypocrites, sournois, méchants... » Elle épuisait tous les clichés.

Les enfants de la rue attribuaient ce rejet au physique même de cette concierge, par ailleurs fort avenante : son minuscule nez écrasé la faisait ressembler à un pékinois et chacun sait que chien et chat ne peuvent pas se souffrir.

Si quelqu'un avait pu pénétrer dans le secret de Mme Clémence, il aurait découvert l'origine de sa répulsion envers les félins domestiques. Mais, dans la rue, on ne fréquentait pas les psychanalystes. Fillette de l'Assistance publique, placée chez des cultivateurs, elle assistait une vieillarde dont elle était la bonne, l'infirmière et le souffre-douleur. Cette mégère portait toujours sur les genoux une chatte rousse qu'elle caressait lentement en répétant à la petite Clémence : « Vois comme cette minette est belle, comme son poil est soyeux, comme ses yeux dorés sont expressifs ! Et toi, ma souillon, la nature ne t'a pas gâtée : ce que tu es laide avec ton nez en bouton de culotte, tes cheveux filasse et tes yeux chassieux ! »

Si Mme Clémence aimait son prochain, elle haïssait les chats qui le lui rendaient bien : dès qu'ils l'approchaient, le poil hérissé, le corps tremblant, ils doublaient de volume, miaulaient des menaces, crachaient, avant de s'enfuir, ces couards, dès qu'elle brandissait son balai.

Pour les enfants de la bande, Olivier et consorts, toujours à la recherche d'une distraction inédite, l'aversion de Mme Clémence pour la gent griffue apparut comme une aubaine. Ainsi, les greffiers errants trouvèrent-ils en eux des alliés.

Ils se glissèrent sous la fenêtre de Mme Clémence qui donnait sur la rue. Elle se tenait habituellement près de la fenêtre sur un fauteuil Voltaire. Là, à travers les rideaux de macramé, son petit nez retenant difficilement ses lunettes, elle assistait, comme tout un chacun, au spectacle de la rue. La bande des enfants entreprit de lui offrir un concert ininterrompu de miaulements divers, du plus aigu au plus grave, et lorsqu'ils miaulaient en chœur, la cacophonie devenait redoutable. Au début, Mme Clémence prenait son mal en patience. Lorsque la tension devenait trop forte, elle ouvrait la fenêtre et jetait un seau d'eau, ce qui ajoutait au plaisir des chats improvisés.

L'imagination du jeu aidant, ils trouvèrent d'autres modes de harcèlement. Ils découpèrent dans des magazines des représentations de chats pour les coller sur les vitres et les persiennes de la malheureuse Mme Clémence.

De sa fenêtre, Bougras assistait à ces jeux en riant. Sans doute se fût-il réjoui davantage s'il n'avait éprouvé un sentiment d'amitié envers Mme Clémence, bonne personne, et qu'il envisageait comme une sœur de misère. Il était le seul à prêter attention aux évolutions des enfants.

Ces derniers donnèrent des récitals appropriés à la situation, de *C'est la mère Michel qui a perdu son chat !* à *Je cherche fortune autour du Chat-Noir*. Une autre habitude fut de grimper sur la fenêtre de Mme Clémence et de répondre à ses protestations avec un air de fausse innocence : « On joue à chat perché, m'dame ! »

Passons sur les moustaches de chat que peignirent les garnements sur leur visage, sur les allusions à haute voix à Félix le Chat et au Chat botté car, dirons-nous, il n'y avait pas là de quoi fouetter un chat, pour en venir à plus précis. Le déroulement d'une aventure devait donner lieu à un dénouement inattendu.

Il fallut pour cela que Loulou et Olivier découvrent sur un terrain vague de la Butte un malheureux chaton. Ils le recueillirent. Nous disons « malheureux » car la pauvre bête, promise à la mort, se trouvait dans un état lamentable : squelettique, pelé, galeux, fort laid. Des générations de chats de gouttière apportaient à son pelage toutes les couleurs possibles réparties sans harmonie. Ce n'était pas un chat, mais un amas de taches, une vieille fourrure mitée.

Les enfants lui présentèrent du lait. Il n'était même pas en état de le laper. S'ils avaient préparé une bonne farce à l'intention de Mme Clémence, voilà qu'une vague pitié envers le chaton les gagnait. Que faire ? Capdeverre, moins sentimental que ses compagnons, ne voulut pas reculer.

Aussi, à la nuit tombante, par la fenêtre entrebâillée de leur souffre-douleur, ils firent glisser le chat dans la loge où l'on entendait les ronflements du sommeil. Qu'allait-il advenir de cette rencontre entre Mme Clémence « qui n'aimait pas les chats » et le représentant d'une race « qui n'aimait pas Mme Clémence » ?

Le lendemain, un jour sans école, les garçons purent croire que rien ne s'était passé. Mme Clémence ouvrit grand sa fenêtre, bâilla sans discrétion, entama une conversation fondée sur le temps avec les blanchisseuses d'en face. Chacun fit des suppositions :

— Il doit être mort, quelque part dans un coin, dit Olivier.

— Tu parles ! Elle l'a jeté dehors, répondit Capdeverre.

— Ou alors, elle l'a bouffé, suggéra Loulou.

Inquiets, ils partirent à la recherche de l'animal dans les rues du quartier, posant la question : « Vous n'avez pas vu un petit chat qui sent pas bon ? » Non, personne ne l'avait vu. Les autres copains furent consultés. Anatole dit qu'un chien avait dû le dévorer, Jack Schlack qu'on l'avait peut-être recueilli, Ramélie que le restaurant du coin en faisait un civet de lapin. Tous les scénarios possibles furent imaginés. Les enfants passèrent une journée détestable.

Et s'ils posaient la question à Mme Clémence ? Pour cela, ils tirèrent à la courte paille et le sort désigna Olivier. Après bien des hésitations, il s'approcha de la fenêtre et demanda :

— Madame Clémence. Vous n'auriez pas vu un chat ? Non, c'est pas une blague. C'est un tout petit chat, on le cherche partout, même qu'on l'a trouvé sur la Butte, même que...

En parlant, il se tenait malgré tout à bonne distance. A sa surprise, Mme Clémence ne prit pas un air outragé, ne se fâcha pas, et même lui répondit aimablement :

— Non, Olivier, je n'ai pas vu de chat. Je ne suis pas sortie de chez moi.

— Justement. Euh... Il aurait pu entrer, aller sous le lit et vous ne l'auriez pas vu. C'est ça. Il doit être sous votre lit...

— Sous mon lit ? J'ai balayé ce matin. Il n'y a pas plus de chat que de beurre en branche. Il faut chercher ailleurs. Tu as peut-être un chat dans la gorge...

Rejoignant Loulou et Capdeverre, Olivier écarta les bras en signe de défaite. « En plus, j'ai l'impression qu'elle s'est payé ma poire ! » dit-il. Capdeverre annonça qu'il ne jugeait pas bon de faire tant d'histoires pour un chat, que, d'ailleurs, il était moche, que c'était peut-être un rat déguisé et les trois amis s'éloignèrent en se disputant et en se repoussant à coups d'épaule.

Un retour en arrière dans cette histoire nous apprendra ce que les enfants découvrirent plus tard.

Au petit matin, Mme Clémence se leva, enfila son peignoir et s'apprêta à préparer son petit déjeuner. Son regard fut attiré par une forme ronde sur une chaise cannée. Elle pensa avoir oublié un vieux chiffon. Elle s'approcha, sursauta, retint un cri, recula. Elle crut voir un rat mort. Mais la « chose » respirait, ses flancs battaient. Elle se frotta les yeux, tira ses rideaux, revint et reconnut enfin un chaton. Son corps trembla. Le corps de l'intrus tremblait aussi par petits soubresauts.

Il passa dans sa tête toutes sortes d'impressions contradictoires. Sa phobie des chats les dominait et pourtant, après bien des hésitations, elle avança une main prudente vers le petit monstre. A sa surprise, l'animal ne cracha pas, ne montra pas ses griffes comme le faisaient toujours ses ennemis. Il se contenta d'ouvrir un instant les yeux et de l'observer.

« Me voilà bien ! Quelle histoire ! Un tour de ces sales gosses ? Il faut que je m'en débarrasse... »

Elle coinça son moulin à café entre ses cuisses et tourna la manivelle. Le café moulu, elle continua à entendre une sorte d'écho au bruit du broyeur. Elle se rendit à l'évidence : c'était la vilaine petite chose qui ronronnait, avec, de temps en temps, ce qui ressemblait à un roucoulement ou à un soupir.

En trempant sa tartine de beurre, elle le regarda. Ce chaton, c'était vraiment une horreur. Elle le dit à voix haute : « Quelle horreur ! Ce que tu es laid ! » Elle pensa à la belle chatte qu'elle avait connue fillette quand cette mauvaise mère nourricière faisait des comparaisons insultantes : « Vois comme elle est belle, regarde comme tu es laide ! »

Elle beurra machinalement une deuxième tartine. Elle eut l'idée folle qu'avec cette horreur de petit chat, les rôles s'inversaient : elle était la Belle et l'animal représentait la laideur même. Puis, elle pensa qu'il était une représentation d'elle-même, jadis, quand elle faisait la souillon, vilaine, malheureuse, maigrichonne, avec ce nez minuscule dont on se moquait.

Elle regarda l'animal avec une pitié qui s'adressait en même temps à sa propre personne.

Le temps passa dans l'indécision. Machinalement, elle versa du lait dans une soucoupe, vainquit sa répulsion et la posa devant le museau tremblant. Comme il n'y touchait pas, avec précaution, elle lui mouilla la bouche. Le chat, alors, avec maladresse, commença à laper le lait. Elle avança le doigt pour lui gratter la tête.

Elle alla ouvrir les persiennes, mais tira les rideaux comme si elle avait quelque chose de honteux à cacher. Le chaton avait épuisé le lait de la soucoupe. Il tentait de se dresser sur ses pattes. Elle tira une assiette du placard et commença à découper un morceau de viande qui lui restait de la veille.

Dans les heures qui suivirent, les heures puis les jours, elle connut toutes sortes de surprises. Elle tint le chaton caché dans sa cuisine et s'amusa de l'inquiétude des enfants. Non, Mme Clémence n'aimait pas les chats, mais ce petit animal, ce n'était pas la même chose. « Quel dommage, se disait-elle, que ce soit un chat ! » Et elle ajoutait : « Ce doit être le destin. Faut bien faire avec ce qu'il vous envoie ! » Car c'était là toute sa philosophie.

Que pensez-vous qu'il arriva ?

Quelques semaines plus tard, Olivier, Loulou, Capdeverre, Jack Schlack, Riri et les autres revenaient de l'école. Ils s'arrêtèrent devant la fenêtre de Mme Clémence. Elle était assise dans son fauteuil Voltaire. Sur ses genoux se trouvait un chat, un superbe chat, presque un adulte. Sa fourrure luisait, ses yeux étaient éveillés et, de temps en temps, il s'étirait avec grâce et quêtait une caresse. Jour après jour, Mme Clémence avait soigné le déshérité et voilà ce qu'il était devenu, ce pelé, ce galeux : un chat que Mme Clémence jugeait le plus beau des chats. Ses poils de toutes les couleurs qui apparaissaient comme de vilaines taches, en resplendissant, affirmaient son originalité. Ah ! ce n'était pas un chat comme les autres !

Elle entendit les enfants dire : « B'jour, madame Clémence ! B'jour, madame Clémence... Il est rien beau votre minet ! C'est pas pour dire, mais qu'est-ce qu'il est beau ! On peut le caresser ? »

De sa fenêtre, Bougras contemplait la scène. Lui aussi avait un chat. Et un lapin. Et ils s'entendaient fort bien. Regardant Mme Clémence, il observa qu'elle était plus coquette que naguère. Ses cheveux étaient bien coiffés. Elle était légèrement maquillée et cela lui allait bien. Elle souriait à un bonheur retrouvé. « Ma parole, se dit-il, elle embellit. C'est son chat qui la rend belle ! »

Ainsi finit l'histoire de Mme Clémence qui n'aimait pas les chats.

Quinze

LE NEZ ROUGE

Dans la rue, tout le monde le savait : le père du petit Rémy, l'homme au nez rouge, était un pochard, oui, un ivrogne, un soiffard, une éponge. De coups de pitchegorne en rasades de rouquin, il atteignait ce point où le corps du bipède perd son équilibre.

En fin de soirée, on le voyait monter la rue Labat en occupant tout le trottoir, en zigzaguant. Au moment de tomber, il se rattrapait et s'appuyait contre un mur. Chose curieuse, dans la rue où les quolibets partaient volontiers, Rémy était le seul des enfants qu'on n'aurait osé traiter de « fils d'ivrogne ». Le fait apparaissait tellement évident que cela n'aurait pas été une injure mais une constatation.

Simplement, du père de Rémy, on disait : « Nez rouge, c'est un équilibriste ! » ou encore : « C'est un zigue ! » sans qu'on sache trop pourquoi. Maigre, l'œil malin, la démarche souple le matin et incertaine le soir, on ne savait pas quel était son métier. Quand on le lui demandait, il affirmait qu'il travaillait place

Jules-Joffrin, près de la mairie du XVIIIe arrondissement.

Pourquoi buvait-il ainsi ? De quoi voulait-il se consoler ? Était-il victime d'un atavisme ? Un psychologue aurait pu trouver des réponses ou inventer d'autres questions mais le bon sens populaire qui ne cherche pas midi à quatorze heures aurait répondu qu'il buvait parce qu'il avait soif et qu'il préférait le vin, « la plus saine et la plus hygiénique des boissons », selon Louis Pasteur qui n'était pas un imbécile, à l'eau qui vous noie si facilement l'estomac.

La nécessité de tenir debout avait arqué les jambes de « nez rouge » comme celles d'un cavalier. Le risque de s'écrouler incombait à la nature qui avait créé l'homme avec deux jambes alors que quatre eussent mieux convenu. Ne manquant pas d'humour, il avouait : « Je ne suis pas saoul, mais " fin saoul ", nuance ! » Dans la rue, on l'aimait bien, avec ce faible qu'ont les gens pour les pochards quand ils restent gais, courtois et ne font tort à personne — ce qui était le cas de « Nez rouge ».

Sur les murs du préau de l'école étaient affichées des pancartes donnant des préceptes moraux en lettres blanches sur fond bleu : *L'alcoolisme fait de l'homme une brute, de l'enfant une victime et de la femme une martyre*, ce qui tendait à prouver que l'alcoolisme est toujours masculin. Or, « Nez rouge » était le contraire d'une brute et ni sa femme ni Rémy ne présentaient les caractères de la victime ou de la martyre.

Et pourtant, quand Rémy voyait son père en état de tangage et de roulis, il éprouvait de la tristesse. Ses copains le savaient bien qui s'abstenaient de toute allusion, à l'exception de ce rossard d'Anatole qui, un jour, s'était peint le nez en rouge, ce qui lui valut une claque.

Un soir de janvier, alors que les enfants, et même quelques grandes personnes, se bombardaient de boules de neige, « Nez rouge » gravissait péniblement la pente de la rue Labat. Après des hésitations au coin de la rue Ramey, il avait fini, avec l'aide d'un passant, par traverser le carrefour. Arrivé à hauteur de la mercerie de Virginie, il glissa, se retint au bec-de-cane, ce qui fit retentir le carillon à tubes de la porte.

Virginie se précipita, aida « Nez rouge » à se tenir debout et le fit entrer. Elle appela Olivier : « Viens garder le magasin ! » (Elle ne disait pas « boutique » car magasin faisait plus noble.) Olivier, suivi de Loulou et Capdeverre, quitta la neige. Les enfants étaient toujours friands de spectacle. Virginie avait entraîné « Nez rouge » dans sa cuisine. Les enfants tendirent l'oreille.

— On n'a pas idée de se mettre dans des états pareils, un homme comme vous ! disait Virginie.

— Merci, madame, très grandement merci ! répondit « Nez rouge » entre deux hoquets.

— Ne vous gênez pas pour moi, surtout. J'en ai vu d'autres. Prenez le fauteuil, il vous tend les bras. Je vais vous faire boire quelque chose de chaud.

Le père de Rémy leva le doigt comme un enfant

qui demande une permission. Il chercha ses mots et dit noblement :

— Madame, je ne bois jamais en dehors des heures de travail !

Virginie haussa les épaules. Elle mit au feu une casserole de café. Quand la surface du liquide blanchit, elle y fit tomber deux gouttes d'eau froide car elle prétendait que cela supprimait le goût de réchauffé. Les enfants, à voix basse, commentaient les gestes et les paroles :

— Le café, ça dessoûle, c'est pour ça, dit Capde-verre.

— Elle est gentille, ta mère, dit Loulou à Olivier.

Ils entendirent des bruits de vaisselle. « Ça va mieux ? » demanda Virginie. « Nez rouge » répondit : « C'est une bonne idée, le café. Il faudra que j'y pense après le travail... » On aurait pu croire que son travail consistait à honorer la bouteille. Virginie posa des questions :

— Vous faites quoi, au juste ? On dit que vous travaillez à la mairie...

— Pas exactement, dit « Nez rouge ».

— Vous êtes à l'état civil, peut-être ?

— Pas exactement.

— Dans les bureaux ?

— Pas exactement.

Loulou répéta « pas exactement » et les autres pouffèrent. Ils brûlaient de curiosité. Allait-on savoir ?

— Madame Chateauneuf, finit par dire « Nez

rouge » (qui avait étudié jusqu'au brevet élémentaire et s'exprimait fort bien), mon travail est officieux. Il se situe en marge des bureaux de la mairie, et, pourtant, il rend de grands services. On peut toujours me trouver au café d'en face au coin de la rue Ramey. Là, dame ! je suis bien obligé de consommer. Et puis, le travail fait, les gens m'offrent à boire. Je vais vous faire un aveu : comme on dit, je ne tiens pas le litre, trois verres, et je suis paf, mais, que voulez-vous ? il faut bien gagner sa vie. Je peux dire que mon petit Rémy ne manque de rien. Savez-vous qu'il est le premier de sa classe ?

— Ce n'est pas comme le mien : il est paresseux comme une couleuvre ! dit Virginie (et Loulou dit à Olivier : « Pan dans les dents ! »)

— J'ai un métier qui demande des connaissances, de la psychologie et du savoir-faire, ajouta « Nez rouge ».

— Cela ne me dit pas ce que vous faites, observa Virginie, mais je ne voudrais pas être indiscrète...

— Vous ne l'êtes pas, mon amie. Je me sens revivre. Ce café... Ma profession est celle de témoin.

— De... témoin ?

— Je suis à la disposition du public. Les gens qui déclarent une naissance ou qui se marient ignorent souvent qu'ils ont besoin de témoins. Alors, le concierge de la mairie leur conseille de s'adresser à moi. On me trouve toujours au comptoir. Je sais si bien comment cela fonctionne que j'aide tous ceux qui n'y entendent rien à remplir des formulaires. Je dis aux gens : vous me donnez ce que vous voulez. Il y a les généreux et les radins, mais la moyenne est bonne. Tenez : aujourd'hui, j'ai fait trois naissances et deux mariages.

— Au fond, dit Virginie, vous êtes témoin sur parole, car si vous constatez les mariages, pour les naissances, les gens peuvent bien raconter ce qu'ils veulent...

— Vous imaginez quelqu'un qui déclarerait une naissance n'ayant pas eu lieu, vous ?

— C'est vrai.

— Tout le monde me connaît, même le maire et les conseillers municipaux. Si je n'étais pas là, on demanderait à n'importe quel clochard. Sans être vaniteux, je fais mieux dans le tableau.

— Quand vous n'avez pas bu tout au moins, dit Virginie.

Leur curiosité satisfaite, Loulou et Capdeverre retournèrent à leur neige. Olivier s'installa derrière le comptoir sur un banc de couturière et entreprit de faire de la chaînette avec sa bobine de bois à quatre clous sans tête et son épingle.

Virginie revint au magasin suivie de « Nez rouge » qui se tenait droit. Ils poursuivirent une conversation amicale. Olivier entendit la voix mélodieuse de sa mère :

— Vous me le promettez ? C'est si facile de faire attention quand on veut. Il suffit de prendre du café ou de s'entendre avec le patron du café. Il met de l'eau dans le vin et le tour est joué.

— Pas si facile !

— En tout cas, je vous préviens : je vais vous guetter le soir quand vous rentrerez, et si vous titubez, gare à vous ! Tiens, Olivier, je t'avais oublié. Tu peux aller jouer. Ne te salis pas trop.

— Oui, m'man. Au revoir, m'sieur. Rémy pourra venir jouer avec nous ?

Ainsi, chaque soir vit-on la mercière devant la porte de sa boutique (pardon ! de son magasin...) qui guettait l'arrivée de « Nez rouge », l'honorable témoin des événements familiaux, prête à le morigé-ner et en secouant l'index avec un air navré et accusateur.

Si les remontées titubantes ne cessèrent pas, elles se raréfièrent. Quand « Nez rouge » arrivait à hauteur de la rue Lambert, il s'arrêtait, respirait longuement et assurait sa démarche pour passer devant Virginie qui disait :

« Ce n'est pas bien, ce n'est pas bien... »

Non, on n'assista pas à un miracle. L'histoire ne se termina pas par une fable morale, mais « Nez rouge » sécha moins de bouteilles et son appendice nasal perdit de sa couleur. Il tint nettement mieux la route et s'il resta un franc buveur, ce fut, comme on le dit, « pas plus qu'un autre » — et cela à la satisfaction de son fils qui n'était pas une victime et de sa femme qui n'était pas une martyre — sans oublier les garçons de la rue qui aimaient bien leur copain Rémy.

Seize

LES CHEVAUX DE BOIS

« I L vous tourne autour, celui-là... », disait Mme Chamignon à Virginie, la mercière. « Celui-là » ? Il s'agissait du célèbre Fil de Fer, pas mauvais type, mais qui était atteint de la folie des grandeurs : en témoignaient son frac de friperie et son gibus de gadoue. Eh oui ! Il était amoureux de la mère d'Olivier. Il lui tournait le compliment. Il lui offrait des œillades. Par deux fois, il lui fit parvenir des roses, mais l'affaire tourna mal : le fleuriste qui n'avait pas été payé vint présenter la note à la destinataire de cet hommage. Virginie admonesta son soupirant : « Tout cela est vain et ridicule. Vous m'ennuyez, Fil de Fer. Je vous prie de cesser votre manège ! »

Olivier entendit seulement la fin de la phrase : *Cessez votre manège !* Il en déduisit qu'il s'agissait d'un manège de chevaux de bois qui appartiendrait à Fil de Fer. Curieux, cela !

— Les gars, dit-il à ses amis, Fil de Fer, il a un manège de chevaux de bois.

— Qui te l'a dit ? T'as vu ça de ta fenêtre ?

— C'est ma mère, parfaitement monsieur, ma mère !

Aucun d'eux n'imaginait un mensonge dans la bouche de la mercière. Capdeverre jugea que le mieux était d'en parler à l'intéressé :

— Alors, comme ça, m'sieur Fil de Fer, il paraît que vous avez un manège ?

— Un manège ? Quel manège ?

— Oui, même que la mère d'Olivier vous a donné un conseil : « Cessez votre manège ! » qu'elle a dit.

D'esprit rapide, Fil de Fer comprit la confusion des enfants. Il éclata de rire, réfléchit et sauta sur l'occasion d'une belle vantardise :

— Et comment que j'ai un manège ! Et même plusieurs ! Ça ne me rapporte pas ce que je voudrais, mais un manège, cela fait plaisir aux enfants. Tiens, celui de Château-Rouge est à moi.

— Sans charres ? demanda Capdeverre.

— Mais c'est une dame qui le tient, dit Loulou.

— Même qu'elle s'appelle Germaine, ajouta Olivier.

— Germaine, c'est rien que la gérante, précisa Fil de Fer.

Le jeudi suivant, Fil de Fer, en veine de générosité, proposa aux enfants de leur offrir des tours de manège. Ils se dirigèrent ensemble vers la station de métro Château-Rouge, en face de la *Maison Dorée*, le magasin qu'adoraient les gosses car on y jouait Guignol sans faire payer. Pour cette expédition, il y avait l'habituel trio, Loulou, Olivier, Capdeverre, et aussi Ramélie, Jack Schlack, Saint-Louis et le petit Riri.

De loin, ils reconnurent la musique du manège. Ils admirèrent une fois de plus ses colonnes torsadées comme de la guimauve, ses tiges de cuivre étincelantes, ses curieuses bandes de cartes trouées se repliant en accordéon et donnant cette zizique mécanique pleine de charme.

Fil de Fer les précéda pour dire quelques mots à l'oreille de Germaine qui le regarda, étonnée, et dit : « Pourquoi pas ? » Les enfants regardaient surtout les animaux (car si on parlait de « chevaux de bois », il n'y avait pas beaucoup de ces chevaux) et les véhicules de toutes sortes qui préparaient au plaisir du voyage.

Un cheval de bois gris pommelé n'était pas plus grand que son voisin, un lapin blanc à la selle rouge. Chevaucher un cochon plus rose que nature en se tenant d'une main au col et de l'autre au tire-bouchon de sa queue pouvait paraître aussi absurde. Qu'importait ! Et aussi être placé sur le dos d'une vache aux cornes en guidon de vélo et tirant la langue sur le côté, se laisser porter par un chameau, une girafe ou un zèbre n'était pas commun.

Olivier marqua une préférence pour le cygne. Une ouverture centrale permettait de s'asseoir sur des sièges à l'intérieur de son corps. Il était beau, ce cygne, avec son col modelé, son mouvement d'ailes digne d'un voilier. Olivier s'y installa en compagnie de Saint-Louis tandis que Capdeverre devenait chauffeur de locomotive, Riri pompier sur une voiture rouge, Jack Schlack conducteur de chameau, Loulou cavalier d'un zèbre et Ramélie, tel un Roi mage, installé sur un âne gris.

Il était drôlement chouette, Fil de Fer ! Bien évidemment, le manège lui appartenant, cela ne lui coûtait pas cher, d'autant qu'il n'y avait pas foule, mais quand même ! Olivier, entre deux tours, le vit donner des pièces de monnaie à Germaine. Il confia : « C'est pour ne pas mélanger les comptes… » Olivier eut un doute. Et si Fil de Fer mentait ? Ne l'appelait-on pas « le roi du bobard » ?

Et puis, quelle importance ! Sur le manège, non seulement on tournait au rythme d'une valse, mais les animaux montaient et descendaient. Sur les machines, on trouvait toutes sortes de manivelles amusantes. On éprouvait l'impression de voyager, de galoper, de voguer, de voler tout à la fois. Des lieux éloignés, des pays inconnus étaient visités.

L'âne de Ramélie levait le pied et son trot semblait l'entraîner vers le ciel. Les conducteurs d'autobus ou de locomotive se croyaient responsables de la marche de leur véhicule. Certains faisaient claquer leur langue pour traduire le bruit d'un coursier. Capdeverre faisait tch-tch pour imiter sa locomotive. Riri le pompier criait pin-pon, pin-pon. On imitait des bruits de trompe, de klaxon, de sifflet qui se perdaient dans le vacarme musical du manège. Et chacun se sentait important et glorieux.

Qui sait si des vocations ne naîtraient pas du

manège enfantin ? L'aéroplane aux courtes ailes ornées d'une cocarde tricolore ferait-elle naître un nouveau Blériot ou un autre Lindbergh ? Olivier, sur son cygne, ne deviendrait-il pas un musicien romantique ? Et Capdeverre un vrai cheminot ? Et Riri un sapeur-pompier ? Il leur semblait à tous que le manège tournait très vite. Cela apportait une griserie. Les spectateurs, les immeubles tournaient aussi. Le monde entrait dans une course magique. Et tout cela grâce à Fil de Fer !

Hélas ! tout a une fin. La ronde arrêtée, la musique tue, les enfants quittèrent le manège tout étourdis et heureux. Ils se répandirent en commentaires. Le temps de ces tours de manège, ils avaient été autres qu'eux-mêmes, ils avaient rencontré une nouvelle dimension et leur imagination se poursuivait dans leurs propos enthousiastes.

— Allez, salut les p'tits gars ! Moi, je vais m'en jeter un derrière la cravate..., annonça Fil de Fer.

— Merci, merci, merci, m'sieur Fil de Fer !

Le grand escogriffe salua Germaine d'un coup de gibus, fit un signe désinvolte à la compagnie et s'éloigna, grand seigneur, en direction du premier bistrot.

Pour Olivier, la question ne se posa pas de distinguer le vrai du faux, même s'il suspectait Fil de

Fer de mensonge. Si c'était le cas, il ferait semblant de le croire : cela ne coûtait rien et faisait plaisir à tous. Cependant, la semaine suivante, il entendit de nouveau une conversation entre Virginie et sa confidente :

— Alors, demanda Mme Chamignon, ce chenapan a fini par vous faire une déclaration ? Vous avez bien fait de le remettre à sa place. Et vous ne lui avez pas envoyé dire ! Non, mais ! pour qui il se prend, ce don Juan à la mie de pain ? Pour Ramon Novarro ?

— C'est vrai, dit Virginie, je ne le lui ai pas envoyé dire. J'ai même été assez rosse. Mais l'essentiel, c'est que, depuis, il se contente de prendre des airs d'amoureux transi. Enfin, ouf ! il a cessé son petit manège !

Soudain, Olivier comprit tout. Mais oui, c'est sûr. « Cesser son manège » cela veut dire arrêter, comme quand on dit : « Arrête ton char, Ben Hur ! Faut pas m' la faire ! » Il pensa qu'il était très bête mais comme il ne voulait pas perdre la face devant ses amis, il leur confia :

— Ça y est, les gars, Fil de Fer, il n'a plus son manège. Il a cessé... euh, il a cédé son manège.

— A qui ? A Mme Germaine ? demanda Loulou.

— Peut-être bien que oui, mais on s'en fiche un peu !

A la station de métro Château-Rouge, le petit manège continua de tourner en musique. N'était-ce pas là l'essentiel ? Et même quand on n'avait pas de sous pour se payer un tour, on le regardait et on imaginait qu'on tournait, qu'on valsait, qu'on s'amusait, qu'on riait...

Dix-sept

Dans la rue, comme dans un village, on disait « le père Poulot » ou « la mère Grosmalard », mais dès lors qu'il s'agissait de la ronde concierge du 73, on l'honorait du nom de *Madame Haque*. La distinction qu'on lui prêtait, son noble port de tête, son collier de fausses perles, ses préciosités de langage en imposaient. De bon conseil et de jugement réfléchi, elle faisait la cuisine au beurre et entretenait ses frisettes.

Par de subtiles allusions, chacun sut qu'elle n'avait pas toujours été concierge ou bignole ou pipelette comme on disait. Certains faisaient référence à un passé tumultueux, non loin du Moulin-Rouge, autour de 1900. Bref, cette dame Haque aurait été, du temps de son éclat, un modèle pour Toulouse-Lautrec, une grande cocotte, mot qui plaisait à Olivier parce qu'il évoquait un ustensile de cuisine, un oiseau de papier et ce « Hue ! cocotte ! » qu'on adresse aux chevaux de trait.

Sur sa cheminée encombrée trônait le portrait

169

sépia d'une jeune femme aux cheveux abondants et au corsage bien garni au-dessus d'une taille de guêpe. Elle disait en soupirant : « C'est moi, enfin, ce fut moi ! » Ses splendeurs passées, elle imaginait leur miraculeux retour. L'idée de jeunesse, de beauté, d'éclat se mêlait à celle d'argent. Il lui semblait que si elle devenait riche, elle retrouverait toutes les grâces disparues. Elle parlait de ses imprévoyances : « L'argent m'a filé entre les doigts. J'étais insouciante. Ah ! si jeunesse savait ! » et Olivier imaginait une rivière argentée coulant entre les doigts boudinés de la dame.

Si les enfants l'adoraient, malgré ses rebuffades, l'attirance gourmande y était pour beaucoup. Ah ! ses crêpes, ses beignets, et même la moindre tartine de beurre ou de confitures (qu'elle fabriquait elle-même, ce qui donnait à la rue un parfum de campagne), ah ! son pain perdu, ses clafoutis, ses biscuits ! Elle s'y entendait à régaler son monde.

Pour les adultes, Mme Haque était simplement une bonne personne, prête à rendre service, jamais mauvaise langue, en somme, de bonne compagnie.

Son seul travers, encore qu'il ne fût pas répréhensible : elle était superstitieuse. Sans cesse, elle croisait les doigts pour éloigner l'adversité. Dans son porte-monnaie se trouvait en permanence un sou troué. Si elle marchait du pied gauche sur une sentinelle laissée par un chien sur le trottoir, elle était ravie. Un verre cassé lui promettait sept ans de bonheur et l'araignée du soir lui disait espoir.

— Ça va me porter bonheur, disait-elle à Virginie au seuil de la mercerie.

— Le bonheur ? Quel bonheur ? La santé, vous l'avez. Un logis ? C'est gentil chez vous...

— L'argent, Virginie, l'argent ! Et dire qu'on dit que ça ne fait pas le bonheur ! Allons donc ! Les alouettes ne vous tombent pas toutes rôties...

Comme si elle écrivait une lettre au Père Noël, elle énumérait ses désirs : un manteau d'astrakan, des renards argentés, des chemisiers bordés de dentelle, des bas de soie, un tailleur à la mode, des petits chapeaux et des voilettes, une Rolls avec un chauffeur, et puis le théâtre, les restaurants chics, la vie quoi !

— Remarquez bien, Virginie, que les porte-bonheur, ce n'est pas ce qui manque, mais je ne dois pas avoir le bon !

En effet, elle collectionnait les amulettes, fétiches et autres gris-gris. Elle s'ornait de talismans, bagues, colliers, bracelets voués aux constellations bénéfiques. Les horoscopes des magazines, bienveillants, lui offraient des espérances bientôt déçues. Auprès de rameaux et de boules de gui, sa loge était le réceptacle d'objets réputés pour apporter la félicité, du trèfle à quatre feuilles au cochon en pain d'épice.

Pour le bonheur, elle n'oubliait pas la bosse de Lulu l'aveugle. Elle s'approchait de lui à pas feutrés, tendait la main... mais avant qu'elle eût touché la bosse prometteuse, Lulu se retournait en disant : « Aujourd'hui, c'est cinq francs ! » Cette « thune », elle la lui aurait bien donnée mais, à coup sûr, ce paiement détruisait l'enchantement. Alors, elle jetait : « Garde-la ta bosse, si tu crois qu'elle te porte chance ! » et Lulu ricanait.

Ce matin-là, trois marins montaient la rue en direction du Sacré-Cœur de leur démarche chaloupée, le col bleu et le pompon rouge au béret. Ils laissaient volontiers les jolies filles toucher le pompon porte-bonheur, et il ne leur en coûtait, à ces belles, que deux baisers sonores. Trop grands pour qu'elle pût atteindre leur chef, Mme Haque laissa tomber un gant de filoselle en attendant que l'un d'eux se penchât mais ces mal élevés l'ignorèrent. Elle leur parla, ils haussèrent les épaules. Elle tenta de les suivre mais ils marchaient trop vite.

Olivier, Loulou et Capdeverre avaient observé cette scène. Silencieux, ils se plongèrent dans une de ces méditations dont jaillit la lumière.

— Les gars, annonça Olivier, j'ai une idée...

Sa tête blonde s'approcha des têtes brunes. Ils écoutèrent et concédèrent que cela pouvait être une bonne idée. Projet simple, il s'agissait de trouver des pompons rouges et de les coudre au béret pour offrir à Mme Haque du bonheur à gogo.

— J' veux bien, dit Loulou, mais on n'est pas des marins.

— Ce qui compte, c'est le pompon, plaida Olivier.

— On dira qu'on les a chipés à ces trois zigues, dit Capdeverre.

Il fut plus difficile de passer à l'action. Où trouver des pompons ? Tout simplement sur les pantoufles des mères. Olivier se souvint de celles à pompons rouges que Virginie ne portait que durant l'hiver. Il aurait tout le temps de les découdre, puis de les recoudre quand le tour serait joué sans que Virginie s'aperçût de rien.

Chez Loulou, pas le moindre pompon, mais Capdeverre en trouva sur les chaussons de sa mère. Ils étaient blancs mais avec de l'aquarelle, cela ferait l'affaire. D'autant qu'il suffisait d'en prendre un seul. Restait la couture. Aucun ne se sentait doué. Ils eurent recours à la petite Chamignon qui confectionnait des vêtements pour ses poupées.

Ainsi, trois pantoufles furent dépouillées de leur pompon et trois bérets s'en ornèrent. Loulou fit remarquer que le couvre-chef des marins n'était pas noir, mais Capdeverre affirma qu'un marin pouvait prendre le deuil. « On verra bien... », dit Olivier avec philosophie.

Ainsi par un matin ensoleillé, ils s'arrêtèrent devant la fenêtre de Mme Haque. Elle s'affairait à la cuisine, épluchant les carottes de son bœuf mode. Pour attirer son attention, ils chantèrent : *C'est nous les gars de la marine. Quand on est dans les cols bleus, on n'a jamais froid aux yeux...*

Enfin, Mme Haque voulut bien les remarquer. Elle leur dit qu'ils chantaient faux. Comme elle se préparait à retourner à ses carottes, Olivier parla :

— Madame Haque, on est des marins...

Et Loulou :

— On est les gars de la marine !

Et Capdeverre :

— On vient de s'engager. On est des mousses !

Mme Haque répondit : « C'est bien, c'est bien, mais vous pouvez vous amuser en silence. » Alors, ils se décidèrent en parlant tous à la fois :

— Madame Haque... Les pompons... Ils nous ont donné des vrais pompons... Il paraît que ça porte bonheur... Il faut seulement les toucher... Vous saviez pas ?

— Peut-être, mais vous n'êtes pas des vrais matelots et ce ne sont pas de vrais pompons, ça se voit à l'œil nu. Porte-bonheur, porte-bonheur, je vous en ficherai !

— Touchez quand même, ça ne coûte rien, demanda Loulou découragé.

— On ne sait jamais..., suggéra Olivier.

— Si vous voulez, mais c'est bien pour vous faire plaisir !

Elle effleura chacun des trois pompons du bout des doigts. Elle y croyait tout de même un peu. Cependant, son manque d'enthousiasme avait déçu les enfants qui s'éloignèrent. A leur déconvenue s'ajouta une déception. La môme Chamignon qui n'avait rien demandé en échange du premier service,

par l'effet d'un coup bien préparé, montra sa véna-
lité :

— Pour les découdre et les recoudre sur les
chaussons, ça vous coûtera cher. Jusqu'ici, j'ai fait
crédit mais Crédit est mort.

— T'es cinoque, non ? C'est pour une bonne
action, dit Loulou.

— Une bonne action ? T'es même pas louveteau,
plutôt louftingue, oui ! Je disais donc : découdre,
recoudre, puis découdre et encore recoudre, quatre
fois cinq font vingt. Ça vous coûtera vingt caramels.

— Quoi ! jeta Capdeverre scandalisé.

— Ça va, dit Olivier, on te les filera tes bonbecs.

— On paie d'avance ! dit la fillette.

Il fallut bien en passer par ses volontés. Ils
manifestèrent leur mauvaise humeur : « Ah ! les
quilles, toutes les mêmes... Elle nous a roulés dans la
farine... On lui fera payer ça... »

Le travail fut accompli. Certes, plus tard Virginie
s'étonnerait que ses pompons rouges soient cousus
de travers et Mme Capdeverre se demanderait pourquoi un de ses pompons blancs avait tourné au rose.

Le lendemain de ce petit événement, Mme Haque,
toujours à sa fenêtre, crayon-encre en main, annotait
un journal de courses, *La Veine*, non qu'elle jouât au
P.M.U. mais elle faisait des paris imaginaires pour se
donner des sensations. Elle parcourait la liste des

chevaux quand son attention fut attirée par le nom de l'un d'eux : *Pompon du marin*.

N'était-ce pas un signe du destin ? Elle ne résista pas à son impulsion. Elle avait touché des pompons et voilà que le nom d'un cheval la mettait hors d'elle. Elle consulta son réveil : bientôt midi ! Vite, vite, il fallait extraire des billets de banque de la boîte de biscuits en fer-blanc contenant ses économies. Vite, vite, il fallait courir, même en charentaises, au tabac *L'Oriental* où on prenait les paris. Là, le père Lapin qui attendait son tour, s'effaça galamment en disant :

— Vous, chère madame, vous allez jouer des sous ? Vous auriez un tuyau que cela ne m'étonnerait pas...

— Et comment que j'ai un tuyau !

— Peut-on savoir ?

— Gardez-le pour vous, Lapin, chuchota-t-elle, je joue *Pompon du marin* dans la quatrième.

— Ah ! ah ! s'esclaffa Lapin qui s'y connaissait en turf, laissez-moi rire. *Pompon du marin*, c'est un vrai cheval de fiacre, un canasson, un toquard. Croyez-moi : abandonnez cette idée. Vous y laisseriez vos éconocroques !

— Je le joue ! affirma Mme Haque, et gagnant !

Elle haussa les épaules. Si le père Lapin s'y connaissait si bien, il y a belle lurette qu'il serait riche.

En remontant la rue Labat, son ticket à la main, le doute l'assaillit : elle pensa qu'elle pourrait perdre. Encore un sale coup de la vie ! mais, après tout, elle

176

en avait vu d'autres. Après tant de mauvais jours, cela ne pourrait être pire.

Elle vécut, partagée entre l'angoisse et l'espoir, des heures pensives. De plus, le père Lapin, en passant devant sa fenêtre, faisait le pitre :

— Hé ! madame Haque, fouette cocher ! Avec un peu de chance, votre *Pompon du matafe*, il arrivera avant-dernier...

Le bavardage de Lapin s'étendit à toute la rue. On ne parla que de *Pompon du marin*. En apprenant la nouvelle, les enfants pensèrent qu'ils n'étaient pas étrangers à ce pari. Dès lors, ils partagèrent l'impatience de Mme Haque.

— Y'a pas à tortiller, faut qu'il gagne, ce bourrin ! jeta Olivier.

— J'espère qu'on lui a donné de l'avoine, dit Loulou.

— C'est pas un bourrin, c'est un pur-sang ! rectifia Capdeverre.

— Je vais faire une prière, annonça Loulou.

— T'es superstitieux.

— C'est pas de la superstition, c'est de la religion.

Les prières, les vœux, tout cet espoir de la rue porté sur un cheval inconnu, cela pouvait-il servir à quelque chose ? Seule, Mme Haque ne disait rien. Elle attendait. Plus les heures passaient, plus elle se persuadait d'avoir fait une grosse bêtise. « Je me giflerais ! » se dit-elle. Pour rester tranquille, elle avait fermé ses volets et posé une pancarte sur sa loge indiquant son absence.

177

Dans l'après-midi, on vit le père Lapin agiter ses béquilles et jouer de la jambe et du pilon, lui qui ne pressait jamais le pas. Le voyant ainsi monter la rue, les enfants pensèrent à la mauvaise nouvelle. Ils virent l'homme frapper au volet de Mme Haque. Ils entendirent :

— Allez, ouvrez, je sais que vous êtes là.

— Ça va, j'ouvre, répondit Mme Haque, que voulez-vous ?

— Ah ! la *mère* Haque, la *mère* Haque, elle nous les fera toutes, jeta Lapin à bout de souffle.

— Espèce de malpoli ! On dit : *madame* Haque !

Elle aussi paraissait essoufflée bien qu'elle n'eût pas couru. Et toute pâle. Comme pour l'obliger à reporter ses paroles, elle le traita encore de « gougnafier », mais le père Lapin ne parut pas l'entendre. Il dit d'un seul jet :

— *Madame* Haque, votre canasson, *Tonton du Machin...*

— C'est *Pompon du marin.* Cessez de vous moquer d'une pauvre femme.

— Justement non ! Votre *Ronron du Patin,* parole de pirate ! Il a gagné, il a gagné ! Il est l'as, j'en suis baba. A quarante contre un !

— Menteur !

— C'est vrai, cria Olivier, c'est vrai ! P'tit Louis et Amar viennent de me le dire.

— Je vais m'évanouir, dit Mme Haque en s'éventant de la main. C'est pas des salades ?

— Tout ce qu'il y a de plus vrai ! affirma Lapin, mais, après ça, on peut tout croire...

Mme Haque sortit dans la rue. Elle colla deux baisers sur les joues de Lapin qui n'en revenait pas. Les enfants s'approchèrent suivis par nombre de gens de la rue. Mme Haque fut applaudie, fêtée comme si elle avait accompli un exploit. Sa chance permettait à chacun de croire encore à la sienne. Qu'un marin passe dans la rue et il serait soumis à rude épreuve ! Mais pourquoi Mme Haque dit-elle : « Je n'y suis pour rien. Ce sont les enfants... » ?

Ils se rendirent en groupe au tabac *L'Oriental.* La cote dépassait tous les espoirs. « C'est pas vrai ? Je rêve ! » disait Mme Haque en essuyant des larmes de bonheur. Et aux trois complices : « Demain, je vous fais des tartes ! » Ce qui permit à Olivier de dire finement : « Vaut mieux les manger que les recevoir ! »

La somme que gagna Mme Haque ne lui permit tout de même pas d'aller jusqu'au manteau d'astrakan, ni de faire toutes les folies rêvées, mais deux renards argentés grimpèrent sur ses épaules pour ne plus les quitter, même dans sa loge.

Jusqu'au dernier jour de sa vie, elle raconterait son aventure. Sans doute, sollicités par d'autres amusements, les enfants l'oublieraient-ils. A moins que la mémoire d'Olivier ne la fasse surgir longtemps après.

Quant à *Pompon du marin,* pour la petite histoire, sachons qu'il ne gagna plus jamais aucune course.

Dix-huit

LE PÈRE NOËL

L A rue, en l'absence des enfants, était calme et silencieuse. Comme si elle avait vieilli. Il y manquait la vie. Plus de courses, d'appels, de bruits : choc d'une balle contre un mur, frottement d'une corde à sauter sur le macadam, tintements de billes et d'osselets, grincements des traîneaux et trottinettes. De plus, une couche de neige atténuait le bruit des pas.

Bougras, derrière ses vitres embuées, bâillait. Mme Haque soupirait. Virginie, dans sa mercerie, oubliait de chantonner. La boulangerie Klein était fermée. Hortense cousait. Mme Clémence caressait son chat. Les blanchisseuses rêvaient.

Aux approches de Noël, dans la mélancolie de l'année finissante, où étaient-ils, les petits diables, les lutins de la rue ? Endimanchés, par groupes, ils avaient gravi les marches du long escalier Becquerel en direction de la place du Tertre pour assister à la fête annuelle des « gosses à Poulbot », comme on disait. Réunis sur la place, les organisateurs les avaient dirigés vers une salle de réunion pour un

181

spectacle et un goûter. Ils se trouvaient donc là, cérémonieux, un sourire ravi sur les lèvres. Pour un temps, ils avaient oublié leur gouaille, leur sens de la farce, tels des enfants bien élevés.

La salle donnait sur un jardin que prolongeait un des nombreux terrains vagues de Montmartre. Couvert de neige, cet espace semblait sans limites comme s'il s'ouvrait sur le Grand Nord. Une palissade de planches disjointes bordait trois de ses côtés.

Habituellement, les responsables coiffaient les enfants de bonnets phrygiens en papier pour marquer le souvenir des esclaves affranchis et surtout de la Révolution française comme l'indiquait une cocarde tricolore sur le côté. Ce « galure en papelard » (ainsi l'appelaient les gosses) ne devait pas convenir pour fêter Noël.

Après des paroles de bienvenue prononcées par des personnalités municipales et que les enfants écoutaient sans les comprendre, les réjouissances commenceraient. En attendant, les intéressés regardaient autour d'eux. Au plafond et sur les murs couraient des guirlandes colorées. Des lampions en forme d'accordéon étaient allumés. L'immense arbre de Noël scintillait de toutes ses boules et de ses bougies électriques qui clignotaient pour vous adresser des rires de sympathie. Lorsqu'on entendit : « Et maintenant, place au théâtre ! » les enfants applaudirent.

Les enfants de la rue Labat et des rues avoisinantes se tenaient groupés. Capdeverre, contraint par l'immobilité, dansait d'un pied sur l'autre. Loulou affichait un air béat. Jack Schlack se caressait le menton. Ils prenaient tous un air sérieux purement de façade.

Quand arrivèrent les clowns, Olivier annonça : « On va se marrer ! » Les plaisanteries inaudibles d'Auguste et de M. Loyal ne furent pas comprises. Seuls comptaient le maquillage et les mimiques. L'intérêt naquit lorsqu'ils exercèrent des tours de force, roulant sur des cycles bizarres ou jouant de la musique avec des instruments inhabituels : violon de poupée, scie musicale, bandonéon et harmonica minuscules. Les visages grimés effrayaient les plus petits. S'il était convenu d'aimer les clowns, Olivier marquait une sorte de rejet et n'applaudissait que mollement.

Tous étaient impatients de recevoir le cadeau de Noël. Ils regardaient vers les piles de paquets enrubannés au pied du sapin lumineux. Le meilleur moment de la fête serait celui de la distribution, puis du goûter servi par des artistes de théâtre et de cinéma de Montmartre, par des chansonniers et des chanteurs, toutes personnes de bonne volonté qui se répandaient en sourires.

Après un magicien vêtu d'une longue robe constellée d'étoiles et d'un chapeau pointu qui fit le tour des mouchoirs multipliés, du lapin surgissant de sa manche et de l'envol de colombes, un imitateur fut tour à tour Maurice Chevalier, Milton, Bach, Michel Simon, Saturnin Fabre et Sacha Guitry. Ensuite, on dressa la scène du guignol et les enfants tapèrent des mains en appelant : « Guignol ! Guignol ! Guignol ! »

Les gentils Lyonnais, Guignol le canut et Gnafron le savetier auraient pu être montmartrois. Ils avaient l'esprit gavroche, toujours prêts à se mutiner contre les autorités. Quand les gendarmes cherchaient Guignol, les spectateurs le prévenaient de leurs cris. On oubliait qu'il s'agissait de marionnettes et ces personnages étaient des copains. Et cette manière de faire la nique, de donner des coups de bâton ! Comme on riait ! Quoi qu'il arrivât, on était du côté de Guignol et tant pis pour les pandores montés sur leur cheval-jupon ! A la fin de la représentation, Guignol vint saluer ses amis et les invita à chanter en chœur :

Je suis votre ami Guignol
De bonne figu-ure.
Je fais bien les cabrioles
Et les confitu-ures.

Enfin, arriva le moment des jouets. Les piles de cartons colorés étaient impressionnantes. Chacun se demandait ce qui allait lui échoir. Certains avaient écrit au Père Noël pour lui faire part de leurs désirs, mais, l'année précédente, on avait remarqué qu'il se trompait souvent. On lui pardonnait : il avait tant de travail et il était si vieux. Comment pouvait-il faire pour pénétrer au même moment dans un si grand nombre de cheminées ?

Les enfants furent placés en rangs. Personne n'était

oublié et, les paquets ouverts, on s'extasiait. Comme il se doit, un Père Noël remettait les cadeaux. Les enfants savaient bien que ce n'était pas le vrai Père Noël, mais ils feignaient de le croire. Ils admiraient le manteau rouge à capuche bordé de fourrure blanche et surtout la grande barbe, la moustache épaisse, les sourcils fournis sans quoi on ne saurait figurer l'aimable bonhomme.

Cependant, une étrange conversation unissait nos trois garçons de la rue Labat, Olivier, Loulou et Capdeverre.

— Tu le feras pas ! dit Loulou à Capdeverre.

— Bien sûr que tu le feras pas ! reprit Olivier. Tu te déballonneras, t'es pas chiche !

— Pas chiche, moi ? répète-le.

— T'es pas chiche !

Capdeverre ricana. Il mijotait un projet scélérat : tirer la barbe du Père Noël. Enfin, pas trop fort, pour qu'elle se détache un peu.

— Et si c'était une vraie barbe ? avança Loulou.

— Il fera aïe ! aïe ! et je me carapaterai en loucedoc !

Tandis que les fillettes berçaient des poupées de chiffon ou de celluloïd, les garnements préparaient leur coup. Loulou prétendait reconnaître, sous le déguisement, un loustic de la rue Hermel, chiffonnier de son état.

185

Olivier était partagé par des sentiments contradic-toires. Il voulait continuer, malgré toutes les preuves, à croire au Père Noël. Il avança :

— Et si c'était le vrai Père Noël ?

— Tu rigoles, mon pote, dit leur voisin, un enfant inconnu, le vrai Père Noël, il vient la nuit quand on roupille et il ne met les jouets que s'il y a des godasses.

— Y'a du vrai, reconnut Olivier.

— Et pis, reprit l'autre, ici on vous file des jouets que vous avez pas commandés dans votre bafouille.

— Moi, dit Capdeverre, je lui écris plus. Il sait pas lire.

— Tu parles, Charles, que le Père Noël sait pas lire ! jeta Loulou. Tu yoyotes de la touffe !

En attendant, le tour des trois garçons approchait. Qu'arriva-t-il ? Après Olivier et Loulou, le Père Noël accueillit Capdeverre. Il lui tendit un paquet, se pencha et lui murmura à l'oreille : « Es-tu toujours aussi diable ? » Comment savait-il cela ? Capdeverre restait étonné. Il se reprit, fit comme s'il allait embrasser le Père Noël, trébucha et se rattrapa à sa barbe. « Aïe ! aïe ! » fit le Père Noël dont la barbe tenait. « Oh ! pardon... », fit Capdeverre tout rouge.

— C'est pas possible, dit-il à ses copains. Il a une vraie barbe...

— Ça se peut, concéda Loulou.

— Et pourquoi, il aurait pas une barbe ? demanda Olivier. Y'a des tas de gens qui en ont. Et il énuméra ceux de la rue comme Bougras et tous les barbichus,

tous les boucs, ceux à qui on criait : « Bêêêh ! » ou
« Quinze ! » ou « Qui est-ce qui pue ? — C'est le
bouc ! »

Dans un coin de la salle, ils déballèrent leurs
cadeaux. Pour Olivier, un gobelet de cuir et des dés.
Pour Loulou, une trompette en bois, quelle déception ! Pour Capdeverre, une panoplie de cow-boy,
chic !

Des tables à tréteaux furent dressées, des bancs
alignés. Les enfants se sentaient encombrants. Ils
aidèrent à rassembler les emballages vides. Comme la
nuit tombait, on installa de nouveaux lampions.
Chaque enfant serrait son jouet contre lui. Pour
mettre en gaieté, on joua un air d'accordéon.

Les étincelles de joie faisaient briller les yeux des
enfants comme ceux des organisateurs, qui buvaient
du mousseux dans des coupes. Ils en offrirent au Père
Noël qui refusa poliment : « Pas pendant les heures
de travail ! » Ce papa Noël était étrange. Sa tâche
effectuée, il se tenait à l'écart et semblait pressé de
quitter la salle. Seuls, les enfants le regardaient
encore.

Il s'éloigna d'un pas furtif vers la sortie. Peut-être
allait-il se dévêtir du manteau de neige et revenir
habillé comme tout un chacun ? Loulou, Capdeverre
et Olivier le suivirent. Ils désiraient lui poser des
questions sans savoir comment s'y prendre.

A leur surprise, dans le couloir, ce Père Noël
rencontra un autre Père Noël. Ils se serrèrent la main
et les enfants entendirent :

— Ah ! vous venez me remplacer. Il est grand temps.

— Oui, je suis à la bourre. J'arrivais pas à me coller cette barbe en coton. Et ça me démange. Ah ! cette barbe, quelle barbe !

— Je n'ai pas ce problème, mon ami. Bon courage ! Le principal est fait. Vous n'avez qu'à faire de la figuration. Habituellement, je ne travaille que la nuit. Ici, j'ai fait des heures supplémentaires. Mais, pour les marmots de Montmartre, que ne ferais-je pas !

Le froid piquait la peau. Il n'empêcha pas les trois curieux de suivre le bonhomme dans la neige. Il traversa le jardinet, écarta les planches de la palissade, s'engagea dans le terrain vague où les flocons tourbillonnaient dans la déclivité d'un espace blanc et nu. A un moment, ils le perdirent de vue. Ils suivirent avec difficulté la trace de ses pas que la neige effaçait bientôt. C'était comme dans un rêve. « Brrr ! Brrr ! » faisait Olivier. « Gla-gla ! » répétaient les autres.

— Ben, mince alors, où qu'il a passé ? fit Loulou, les doigts arrondis devant les yeux comme des jumelles.

— Je le vois, plus bas, sur la gauche..., dit Capdeverre.

Olivier glissa et s'étala. Les autres l'aidèrent à se lever et à tenir son équilibre. Tout à coup, Capdeverre s'écria :

— Les gars, vous voyez ce que je vois ?

— Je vois rien, dit Olivier.

— Ouvre tes mirettes. Faut le voir pour le croire !

Le voir pour le croire ? Ils distinguèrent, comme derrière un rideau, des formes floues, puis un attelage, un traîneau comme sur les images de Noël. Le Père Noël s'y installa. Des animaux y étaient attelés.

— C'est des cerfs, comme au zoo ! dit Loulou.

— Non, des chèvres ! ajouta Capdeverre.

— Des rennes, c'est des rennes ! précisa Olivier.

— Mais... alors ?

La nuit, la neige, la brume épaississaient le voile devant leurs yeux. Rêvaient-ils éveillés ? Ils se serrèrent l'un contre l'autre, les trois copains de la rue. Ils n'osaient plus parler.

Le traîneau glissa lentement et, épousant les accidents du terrain, disparut, réapparut. Il leur sembla qu'il s'élevait comme un aéroplane au décollage, glissait dans les airs, s'élevait vers le ciel. Le nimbait une lumière blanche, irréelle, comme l'éclat d'un clair de lune. Le Père Noël se tenait debout. Il leur adressa un signe d'adieu ou d'au revoir comme pour exprimer : « A l'année prochaine, les amis ! »

Olivier et ses amis agitèrent les bras. L'attelage s'enfonça lentement dans la nue vers ces régions célestes où il se passe tant de choses inconnues.

Transis, ils regagnèrent la grande salle où le goûter les attendait. Ils ne parlèrent pas, n'échangèrent aucune impression. Ils se sentaient étonnés, pétrifiés, graves comme les dépositaires d'un secret. Cela ne les empêcha pas de manger des gâteaux, de boire du chocolat, de s'amuser avec les autres. Comme si de rien n'était.

Ce qu'ils avaient vu, sans se consulter, ils décidèrent, dans leur for intérieur, de ne jamais en parler à qui que ce soit.

Ils le savaient bien que personne ne les croirait.

Dix-neuf

— Mon cher, nous devons en prendre conscience. Depuis quinze ans, avant 1920,
nous vivons l'âge d'or de l'automobile.

— Certes, certes, mais dans ce domaine où la
technique est en évolution, nous n'en sommes peut-
être qu'aux balbutiements.

Cette conversation se tenait à la terrasse du *Café
des Artistes* entre deux messieurs qui fumaient des
cigares, consommaient des cafés arrosés et se donnaient des airs importants. Derrière les potées de buis
qui, avec la sciure de bois, délimitaient l'espace
dévolu aux consommateurs, assis sur le trottoir, le
dos au mur, se trouvaient les sieurs Olivier, Loulou
et Capdeverre. Près d'eux les cartables étaient
empilés. Après le repas de midi, sous un beau soleil
d'avril, ils attendaient l'heure de se rendre à l'école.

Ce dialogue sur l'automobile, bien qu'un peu
abstrait, les intéressait. Capdeverre faisait des
« Vrroum ! Vroum ! » ou des « Tut ! Tut ! » en tenant
un volant imaginaire. « Peuh ! dit Olivier, des zautos,
j'en ai plein à la maison ! » Il s'agissait de véhicules en

191

carton découpés en suivant le pointillé et reconstitués grâce aux plis et à la colle blanche. Cependant, ils se turent pour mieux écouter les deux hommes.

— Les plus belles..., commença le petit gros à la fine moustache noire, les plus belles, ce sont les italiennes.

— Vous oubliez les françaises, mon cher ! répondit le grand maigre à barbiche. Je ne suis pas chauvin, mais l'automobile est née chez nous.

— Et les anglaises, non ? Et les américaines ? Et les allemandes ?

— N'oubliez pas, mon cher, Panhard-Levassor, De Dion, Renault, Peugeot...

— Je sais, je sais. Et pourquoi pas Berliet, Rosengart, Delahaye, Delage ? En 1899, vous entendez bien ? En 1899, Camille Janatzy a fait du 106 kilomètres/heure avec sa « Jamais contente », déjà aérodynamique !

— C'est passé, cher ami. Parlez-moi plutôt de la Bugatti Royale T.37. On n'a jamais fait mieux, on ne fera jamais mieux.

Les enfants recevaient ces propos farcis de noms célèbres avec ravissement. Ces zautos, les deux hommes en parlaient comme de jolies femmes, d'étoiles de cinéma, de reines de théâtre. Sur les magazines, pour les concours d'élégance automobile, on voyait des mannequins avec des grands chapeaux qui posaient près des carrosseries brillantes.

— Ils en connaissent un bout, jugea Olivier.

— Des garagistes, peut-être ? suggéra Loulou.

— Ou des fabricants d'autos. Ou des pilotes de course, imagina Olivier.

— Sont trop vieux ! trancha Capdeverre.

— Alors, des propriétaires, dit Olivier.

La discussion se poursuivit entre les enfants. Les trains roulaient-ils plus vite que les zautos ? Les aéroplanes biplans plus vite que les monoplans ? Les zèbres que les chevaux ? etc.

Cela ne les empêchait pas de suivre les débats de ces personnages importants, des richards sans doute : ne fumaient-ils pas des cigares ? Et la ronde des noms se poursuivait, des marques, des désignations : torpédo, cabriolet, limousine, berline, coach ; des parties du corps automobile : châssis, suspension, cylindres, bougies, pistons, calandres, avec des épithètes soulignant l'élégance, le racé, la beauté, la vitesse, la tenue de route.

Amoureux des mots, Olivier les répétait, les faisait chanter dans sa tête. Ils lui communiquaient leur énergie, faisaient de lui un sportsman, un pilote de coursiers mécaniques comme ceux que les consommateurs évoquaient :

— Les Rolls Royce, voyez-vous, et surtout la Phantom III avec ses douze cylindres... Et les 46 CV de l'Hispano-Suiza... Sans oublier Buick, Talbot, Salmson, Hudson, Pathis, Chenard et Walker...

— Et non plus les petites, la Licorne 5 CV, la Lincoln, la Claveau, l'Hotchkiss...

— J'aime bien la Pierce-Arrow.

Virginie, la mère d'Olivier, lisait un roman intitulé *L'Homme à l'Hispano*.

Les enfants savaient qu'ils arriveraient en retard à l'école. Il faudrait inventer un prétexte. Ils étaient prêts à admirer ces deux connaisseurs qui, avec leur gilet barré d'une chaîne de montre à breloques, leur paraissaient du plus haut rang social.

Plus observateurs, ils auraient vu que le tissu des costumes trois-pièces était luisant de trop d'usage et de repassages répétés, que sous la pointe des cols durs restait la trace des reprises, que les chaussures auraient eu besoin d'un ressemelage. Olivier ne retenait que les gestes larges, la faconde, cette manière de brandir un cigare comme s'il était un sceptre.

— Enfin, c'est pas tout ça, dit le petit gros, il faut aller au turbin !

Les deux pontes écrasèrent d'un même geste leur cigare dans un cendrier, se levèrent, s'étirèrent. Déjà, ils paraissaient moins opulents avec leurs pantalons en tire-bouchon et leurs vêtements étriqués. De plus, ils portaient au bas des jambes... des pinces à vélo. D'ailleurs, ils enfourchèrent des bicyclettes qui se trouvaient plus loin au bord du trottoir. Stupéfaits, les enfants les virent s'éloigner par la rue Ramey.

— Ils parlent de bagnoles et ils roulent sur des bécanes, dit Capdeverre avec dédain.

— Même que c'est des vieux clous, ajouta Olivier.

— Des clous rouillés, compléta Loulou.

Ils consultèrent l'horloge octogonale du café. C'en était fait, ils étaient en retard.

— Faut se magner le train, dit Olivier. Ça va barder pour notre matricule.

— On va faire la course, proposa Loulou. Moi, je serais une Bugatti...

Chacun choisit sa marque. Cartables et gibecières arrimés, ils se mirent à courir en imitant klaxons et bruits de moteurs. Ils étaient devenus des automobiles et des pilotes à la fois : « Vrroum ! Vroum ! »

Dans la rue, tout le monde rêvait, les petits comme les grands.

Vingt

Pouvait-il prévoir, Ludo, dit « le Casseur d'assiettes », qu'il serait à l'origine de drames enfantins ? Ce camelot célèbre, au même titre que « le Roi du Cirage » habitait rue Nicolet. Il disposait son éventaire à Château-Rouge, près de la station de métro et du manège. Il attirait les foules avec un succès comparable à celui des chanteurs de rue. Les gens aimaient retrouver chez lui, exagéré, leur accent parigot et des formules argotiques qui amusaient.

Oui, on prenait plaisir au verbiage de Ludo. Ce n'était pas celui d'un tribun ou d'un orateur, mais quelle imagerie incessante ! Comme il avait « la langue bien pendue », il n'hésitait pas à prendre comme tête de Turc quelque badaud et à le chambrer, le mettre en boîte sans méchanceté. Il débitait des galanteries aux dames et prenait les vieux comme témoins de la véracité de ses propos. A la fois Gavroche et Aristide Bruant, il évoquait des acteurs populaires comme Biscot ou Milton, Aimos ou Carette. S'il apportait du plaisir à ses auditeurs, c'est parce qu'il s'amusait aussi de ses propos. Il ne récitait pas comme un perroquet mais construisait un discours tout en chair. Cela donnait à peu près ceci (en moins bien) :

« *Approchez, mesdames, mesdemoiselles, messieurs et les autres, et vous aussi les enfants, les nounous, les pioupious et tutti quanti. Y'a rien à débourser, à payer et je fais pas la quête. Vous, madame, avec le chignon croquignolet, à la quête du curé, vous avez jamais mis un bouton de culotte? Mais non, je plaisante. Vous allez assister gratis à quelques tours de passe-passe ou de casse-casse comme on n'en fait plus à Médrano. Allez, faites le cercle, les enfants devant, les grands derrière. De quoi de quoi des crosses? Eh, le petit blond, bouscule pas le pot de fleurs. Vous voyez quoi près de moi, derrière moi, partout? De la vaisselle! et pas n'importe quelle vaisselle. Pas de la vaisselle de fouille comme on dit pour le fric, le blé, l'oseille, le pèze, le pognon, le trègle, l'artiche... Qui trouve un autre mot? Des fifrelins? Bravo, jeune homme! Je dis bien : de la vaisselle, des assiettes, des plats pour la graille, la bouftance, la cuistance... N'en jetez plus, la cour est pleine. Mais on n'est pas là pour rigoler, pas vrai, l'ancêtre? Tenez, je fais une pile de six assiettes, j'ajoute un ravier, six tasses et les soucoupes, deux bols, et ça coûtera combien? Vous dites combien, madame? Allons, faut pas me la faire. J'ai dit vingt balles, quatre thunes, c'est ce que vous avez entendu? Eh bien non, ouvrez vos esgourdes : c'est pas vingt,* c'est pas dix-neuf, c'est pas dix-huit quatre-vingt-quinze comme au bazar, c'est pas dix-huit... Tenez, j'ajoute deux coquetiers... »

Au premier rang des spectateurs se tenaient Olivier, Loulou et Capdeverre, les mains derrière le dos, très droits, dans la même attitude. Non seulement, ils écoutaient admiratifs, mais encore suivaient les gestes. Ludo croisait et décroisait les bras, esquissait un pas de danse, prenait le ciel à témoin, se donnait des gifles, jetait sa casquette en l'air et la rattrapait sur sa tête. Quel artiste !

« ... Ah ! vous me vexez ! Y'a pas à dire, vous me vexez ! Vous n'en voulez pas de ma belle vaisselle ? Vous refusez un cadeau ? Ah ! une dame qui s'y connaît ! Prenez le lot, princesse. J'offre même le papier pour emballer. Tenez : L'Excelsior. Avec mes hommages ! Et je rends la monnaie... à la bonne heure ! Tenez : dernière minute : le généreux Ludo ajoute un verre... Qui dit mieux ?... »

Il jetait de temps en temps un regard vers ces trois garçons qu'il connaissait comme s'ils jouaient un rôle dans son théâtre et cela les flattait.

« ... Pas d'autre amateur ? Je sens que je vais casser ! C'est un drame, mais je vais casser ! De la si belle vaisselle ! Je vais casser ! Vous allez m'obliger à le faire, moi, Ludovic, Ludo pour les amis, un *charmant garçon qui ne ferait pas de mal à une mouche, pas vrai, Olivier? Ah! là là, malheur, désolation, je vais casser, ça y est, je casse!... »*

Il attendait quelques instants, puis tournait et retournait une assiette, lui donnait un léger coup de marteau, écoutait le son et frappait brusquement pour faire voler l'assiette en éclats. Les ménagères s'indignaient ou riaient. Les uns souhaitaient faire cesser ce massacre, les autres en redemandaient. Puis on se décidait à acheter comme pour faire une bonne action, procéder à un sauvetage.

« Merci, madame! Allez! allez! on casse, on casse! Si personne ne parle, j'en casse une autre pour le plaisir. Une fois, deux fois, trois fois... »

Olivier trouvait cela amusant, mais, comme tout le monde, cela ne lui plaisait pas de voir détruire des objets utiles.

— C'est pas vrai, dit-il, c'est pas possible! Moi, quand je casse un verre, qu'est-ce que j'entends!

— Chez moi aussi, ajouta Capdeverre. « Qui casse les verres les paie! » qu'il dit mon père et il me flanque une torgnole, et même un aller et retour...

— Oh! moi, dit Loulou, je me marre bien quand Ludo casse les assiettes.

« *On casse, on casse ! Pas besoin de s'abîmer les pognes avec les cristaux de soude de la vaisselle. On casse, on casse ! C'est parti comme en quatorze !... »*

Quand les enfants regagnèrent la rue Labat, la tête encore pleine des rires, des éclats de voix de Ludo et du bruit de la vaisselle cassée, ils se posaient des questions. Comment Ludo gagnait-il sa vie en détruisant ainsi sa marchandise ? En même temps, ils savaient que Ludo était un malin. Il devait bien calculer son coup.

Dans la tête de Loulou, une idée nouvelle commençait à faire son chemin. Ils avaient joué aux chanteurs de rue, ils avaient singé les lutteurs de foire en criant : « Avec qui voulez-vous lutter, avec le gros ou avec le petit ? » Ils avaient imité le cri du vitrier, celui du marchand d'habits, chiffons, ferrailles à vendre, celui de la marchande de mouron pour les p'tits oiseaux, les appels des femmes des quatre-saisons. Ils avaient été tour à tour médecins, pompiers, menuisiers, boulangers. Pourquoi pas casseurs d'assiettes ?

— Les gars, dit-il, on va jouer à faire Ludo !

— D'ac ! dit Capdeverre, on casse, on casse ! mais pour la vaisselle ?

— On se débrouillera, affirma Olivier. Y'a qu'à faire les poubelles !

*
**

Pour réunir le butin, plusieurs jours furent nécessaires. Les enfants amassèrent des assiettes cassées qu'ils recollèrent avec de la Seccotine, des bouteilles vides, de la vaisselle de rebut. Pas facile à une époque où les gens étaient économes et gardaient tout. Olivier fureta et demanda à sa mère si cette soupière fêlée il ne pourrait pas la recueillir. A cela s'ajouta une casserole trouée et un verre ébréché. Loulou apporta un cendrier réclame et un verre à absinthe oublié. Capdeverre fit beaucoup rire avec son vase de nuit qui leur fit chanter : *En rentrant dans ma chambre, j'ai renversé l' pot d' chambre...*

La marchandise fut entreposée dans un réduit sous l'escalier de l'immeuble du 75. Au dernier moment, Olivier ajouta trois assiettes intactes qu'il avait prélevées sur le service de table gagné au concours de l'huile Lesieur. Ses copains, suivant son exemple, chapardèrent aussi de la vaisselle familiale.

La grande vente réclame fut annoncée pour le samedi à vingt heures. En ce plein été, il ferait encore jour et les rues seraient fréquentées. Ils collèrent sur les murs des affiches de fortune. La braderie et le spectacle de la saison. Tous les copains de la rue et des rues avoisinantes furent invités, mobilisés. Et les grandes personnes saisies une par une selon les effets d'une habile propagande.

La vente eut lieu sur le terre-plein en haut de la rue Labat, sur la rue Nicolet, près de la boucherie juive. La marchandise était étalée sur de vieux sacs. Une pancarte portait l'indication : *Tout à cinq francs.* Ce prix de départ, ils étaient prêts à le diminuer, mais silence !

Au début, les chalands furent surtout des enfants : Anatole, Riri, Giselle, Jack Schlack, Ramélie, Saint-Paul, Toudjourian, la môme Caca, les frères Machillot...

Bientôt, sur le soir, tout le monde fut dans la rue. Les gens descendaient des étages, une chaise à la main, pour venir prendre le frais en bonne compagnie. La terrasse du *Transatlantique* où l'on avait ajouté deux tables était bondée. C'était un de ces soirs magiques où la rue, sans avoir rien préparé, paraissait en fête. Tous ces noctambules viendraient admirer l'étalage des casseurs d'assiettes. Et, ce fut le cas puisqu'ils s'arrêtèrent tous à un moment ou à un autre. Il y eut les trois blanchisseuses, les boulangers Klein, l'épicier Kupalski, Jean et ses copains Amar et P'tit Louis, le beau Mac, Mado la princesse, la belle Lucienne, Mmes Clémence, Haque, Cuistance, Papa, Luigi le vitrier, enfin bref, toute la rue.

Capdeverre, par tirage à la courte paille, fut désigné pour lancer l'opération. Le langage n'était pas son fort mais quand le sort décide, on s'incline devant lui. Cela commença mal. Le trac le saisissait, lui bloquait la mâchoire, lui interdisait la parole et il ne put offrir qu'une bouillie de mots. Quand Olivier lui conseilla de parler plus fort, ce fut la débâcle. Alors, Loulou, l'inventeur de l'idée, ne le lui envoya pas dire :

— Tu bafouilles, tu zozotes, tu bégaies, tu...

— Et ta sœur ? rétorqua Capdeverre furieux.

— Elle bat le beurre. Mouche ton nez et dis bonjour à la dame !

— Il a raison, renchérit Olivier. Tu baves et tu dis qu'il pleut.

Passons sur une bousculade suivie d'une réconciliation : quand on est dans les affaires, il ne faut pas se donner en spectacle. Alors, ils poursuivirent leur harangue en imitant Ludo mais dans une cacophonie telle qu'ils en prirent conscience et, pour rire, l'exagérèrent. Olivier revint à l'idée première : chacun son tour, mais sa voix ne portait pas et il ne fut pas plus brillant que Capdeverre.

Loulou sentit qu'il devait faire quelque chose. Sans raison apparente, il brisa une assiette et ensuite chacun de ses morceaux au cours d'une danse comique. Il commença en chantant ses paroles et comme il avait ce timbre de voix qui charmait à la Manécanterie des Petits Chanteurs à la Croix de bois, les gens l'écoutèrent, mais le Frégoli se transforma en camelot et jeta des phrases entières sans hésiter, à faire pâlir ses complices de jalousie :

« *Approchez, mesdames et messieurs, les demoiselles aussi. Y'en aura pas pour tout le monde et vous en aurez pour vos sous. La soupière, qui veut la soupière ? La soupe à l'oignon, c'est pour les garçons.*

La soupe à l'oseille, c'est pour les demoiselles! On ne vend pas, on donne. Ici, pas la peine de marchander, c'est le vendeur qui baisse les prix. On a dit cinq francs! C'est quoi, cinq francs? Presque rien. Et qu'est-ce qu'on emmène? Un chef-d'œuvre de la vaisselle. Et pour chaque achat, j'ajoute... quoi? devinez! Un caramel mou!... »

Olivier n'en revenait pas. Ce Loulou révélait un aspect secret de lui-même. Pour ne pas être en reste, il reprit :

« *...Si vous n'en voulez pas, c'est que vous voyez pas clair. Si vous en voulez, c'est que vous êtes les plus malins. Nous, au fond, on s'en bat l'œil, on s'en fiche, on s'en tape. Tant pire pour vous... Ce qu'on aime, c'est casser. On casse! On casse! (Il saisit une assiette.) Une fois, deux fois, trois fois, pas d'amateur? Pour cinq francs, pour quatre francs, pour trois francs... Et crotte! Je casse! Un coup de pavé et plus de vaisselle. Euh!... et puis, non! je casse pas tout de suite, j'attends... »*

En effet, il tenait à la main une des assiettes chipées à sa mère. Cette dernière se tenait devant la mercerie avec Mme Capdeverre. Elles regardaient du côté des enfants et Olivier imaginait leurs paroles : « Qu'ont-ils encore inventé?... Pourvu qu'ils ne fassent pas de bêtises!... Le mien, c'est un diable... Ils ne pensent qu'à s'amuser... Il faut bien que jeunesse se passe... », et autres paroles attendues.

Après de longs discours, les trois amis, à bout de souffle et d'inspiration, las de répéter les mêmes mots, s'assirent près de leur marchandise. Les copains s'étaient éloignés, indifférents, voire hostiles devant un jeu auquel ils ne participaient pas. Riri leur avait dit : « Z'êtes rien que des cloches ! » Ils sentaient passer le souffle de la défaite. Sans conviction, Olivier répétait : « On se marre bien, hein ? »

Mais, mais... qui arrivait ? Ludovic, le grand Ludo, le roi des camelots, le casseur d'assiettes, le vrai ! Sa casquette en arrière, un ninas au bec, une flanelle rouge autour du ventre, les mains dans les poches, il avançait sans hâte, en chaloupant. Ah ! c'était un type à la redresse, celui-là ! Il fut salué d'un bonjour rectifié par un bonsoir en chœur avant que chacun apportât une bribe d'explications :

— M'sieur Ludo, c'est pas de la concurrence, on joue..., commença Capdeverre.

— On joue à faire vous. Enfin, on serait des casseurs d'assiettes...

— Mais les affaires vont pas fort ! conclut Olivier.

Ludo, gentiment, leur donna quelques conseils de professionnel. Dans ce métier, il existait un temps pour tout, pour le bagout, la casse et la vente, le tout dosé avec art et il y fallait de l'instinct et du coup d'œil. Il regarda la vaisselle et dit qu'elle n'était pas si mal. Il leur conseilla de ne pas casser inutilement. Il était flatté, au fond, et il s'éloigna tout joyeux. Olivier pensa que sa visite, remarquée, porterait bonheur.

C'est alors que se présenta Bougras, avec sa démarche de gros ours. S'approchant du déballage, il parut prendre la vente au sérieux. Parfois, des gens venaient lui parler et ils discutaient un moment, mais il revenait toujours vers l'éventaire. Il finit par se pencher, prit la soupière, l'examina à la lueur du réverbère. Il parut en adoration devant cette humble vaisselle.

— Je l'achèterais bien, dit-il, elle est un peu fêlée mais tout se répare, et les cicatrices, c'est parfois bon signe. Tout dépend du prix...

— C'est cinq francs ! jeta Loulou.

— Oui, cent sous ! traduisit Capdeverre.

— Tant que ça ! fit Bougras.

— Euh..., commença Olivier (il aurait bien fait cadeau de la soupière à son ami mais le commerce c'est le commerce), cinq francs, c'est un prix à discuter, on n'est pas des chiens. La soupière avec son couvercle, je la cède à... euh... deux francs cinquante, moitié prix parce que c'est vous.

— Non mais, t'es pas louf ? s'indigna Loulou. Une soupière pareille !

— Ferme ton claque-merde ! Y'a des mouches ! rétorqua Olivier. Cette soupière est à moi. J'en fais ce que je veux. Et rien que pour vous embêter, je dis deux francs. Cette soupière, m'sieur

Bougras, elle est à vous comme la sardine est à l'huile. Et même, je fais crédit !

Bougras tendit une belle pièce de quarante sous, une de celles avec quoi il fabriquait des bagues. Il dit :

— C'est dans la poche ! Je la prends. Finie la casserole ! Je vais me servir la soupe là-n'dans, comme un riche !...

Il dit encore que la soupière était belle comme une servante de ferme, qu'elle avait la hanche ronde, et qu'elle avait dû contenir plein de bonne soupe.

— Il est heureux comme un chat qui fait dans la braise ! observa Loulou en regardant Bougras s'éloigner, le bras arrondi sur la soupière.

Ils reprirent leur commerce mais l'enthousiasme tomba. Personne ne les écoutait. Allaient-ils remballer ? Ou casser la vaisselle ? Le sort décida à leur place.

Olivier, Loulou et Capdeverre, tout à la contemplation de cette vaisselle méprisée, arboraient une mine de défaite. Sans les deux francs de Bougras, l'échec aurait été complet. De toute façon, c'était « pour de rire » mais quand même ! Olivier expliqua qu'il fallait comprendre : « Les gens n'ont pas de pognon, c'est tout... » Ils préparaient la mise au point finale de l'aventure quand une voix tonitruante leur fit dresser l'oreille.

— Non mais, des fois. Non mais, sans blague ! Je vais te faire voir un peu... Une giroflée à quatre feuilles et mon quarante-cinq fillette dans le train...

— Aïe aïe aïe ! mon paternel, vingt-deux ! s'écria Capdeverre prenant la fuite.

Son père, le sergent de ville, rapide, cueillit son rejeton par l'oreille, lui claqua le derrière des cuisses, l'accusa d'avoir dérobé la vaisselle familiale, traita les autres de « ganguesterres ».

« Et on me vole mon pot de chambre !... » s'exclama l'agent de police en brandissant la pièce à conviction d'une main tandis que de l'autre il tenait son fils. Un pot de chambre, cela faisait toujours rire. A la terrasse du *Transatlantique*, on s'en paya une bonne tranche. D'autant qu'on aimait charrier les « bourres ». Furieux, l'homme se vengea d'une nouvelle claque à son malheureux fils.

— Mort aux vaches ! cria le petit Riri et il s'enfuit à toutes jambes.

— Faut se tirer, dit Loulou, je planque mes trucs.

— Moi aussi, je remballe, dit Olivier.

Cette décision fut trop tardive. Alertées, Virginie et la mère de Loulou (qu'on appelait Mme Serge car elle portait un nom russe difficile à prononcer) étaient déjà sur le théâtre des exploits. Chez elles, le sourire se mêlait à une fausse colère. Leurs exclamations jaillirent :

— Ah ! les brigands. Ah ! les chenapans... Ils n'en font qu'à leur tête... Ils finiront au bagne... Mais ce sont mes assiettes, celles de l'huile Lesieur... Olivier, tu seras puni... Loulou, tu t'es encore laissé entraîner par les autres !... Mais, madame, ce n'est pas le mien, c'est le vôtre... Je vous demande bien pardon, madame...

Les deux enfants faisaient semblant d'être penauds, d'exagérer leur mine contrite. Ils ne redoutaient pas de sévices ou de punitions trop graves. Loulou, grisé par ses performances de camelot, fit son sourire charmeur et plaida la cause :

— M'man, si on peut plus s'amuser ! Les gens, ils ont tous admiré la vaisselle. Ils disaient : « Ah ! qu'elle est belle, cette vaisselle. Ces gens-là, ils ont pas de la vaisselle comme tout le monde. » Ils voulaient acheter, mais nous, pas vrai Olivier ? on a dit : « C'est pas à vendre. C'est pour l'exposition ! » Tu penses bien m'man, qu'on allait les rapporter. C'était de la frime...

— C'est vrai qu'elles sont belles mes assiettes ! dit Virginie flattée.

— Moi, c'est du Limoges, fit observer Mme Serge.

— Tu aurais pu demander la permission, Olivier !

— C'est vrai, m'man. Pardon !

Quelle belle soirée ! La nuit venait à pas de loup, pour ne pas surprendre. L'air était doux. Des ombres bleutées caressaient le trottoir. Le halo jaune du réverbère paraissait fragile. Un bâillement sans discrétion fit tourner les têtes. Un chien s'endormait, la tête entre ses pattes. La terrasse du *Transatlantique* se vidait. De l'intérieur venaient des bruits d'eau, de verre, de chaises traînées. La troupe des enfants se disséminait. Les gens regagnaient leur logement, la chaise à la main.

— On remballe, on remballe ! cria Loulou.

C'était le chant du cygne. Olivier leva les yeux. Bougras était assis à sa croisée. Il caressait la soupière sur ses genoux comme si elle était un animal familier. Olivier le désigna à Loulou. Bougras leur adressa un signe amical de la main.

Qu'ils étaient beaux les soirs de la rue !

Vingt et un

LES BELLES IMAGES

Dans sa modeste pièce de séjour à l'arrière de la mercerie, Virginie travaillait à son canevas. Par moments, elle levait les yeux pour dédier sa tendresse à Olivier. Il était assis sur une caisse près de la cheminée où rougeoyait un feu de charbon de bois. La lecture de son illustré le passionnait. Parfois, son sourire se transformait en rire.

— Dis, m'man, demanda-t-il, c'est quoi des pastèques ?

— Les pastèques ? Attends donc... C'est comme un gros melon vert à chair rouge avec beaucoup de pépins noirs.

— Merci. Je comprends.

A cet éclairage, Olivier relut le début de l'histoire. Il s'agissait d'une suite de dessins (on appellerait cela plus tard bande dessinée) où le célèbre Bicot participait à un concours : celui qui mangerait le plus de tranches de pastèque en un temps record l'emporterait. L'histoire terminée, et cette fois mieux comprise, il regarda encore les rectangles colorés en observant bien chaque personnage.

213

Son ami Loulou l'avait bien étonné en lui apprenant que Bicot était américain. Devant son incrédulité, il avait donné des arguments et des preuves. Olivier avait pensé à un ami perdu, David, en exil dans ce pays lointain où il devait trouver des copains proches de ceux de la rue Labat. Pourtant, pas un enfant de la rue tenait Bicot pour un étranger : il était des leurs.

Ce Bicot, avec son drôle de petit manteau et son bonnet, quel mariole ! Il était président du club des Ran-tan-plan, c'est tout dire ! Auprès de lui, sa famille : le père Bicotin, malingre, avec sa tête dégarnie et tout en bosses, voulant jouer les redresseurs de torts et s'en tirant fort mal : souvent au-dessus de son crâne, dansaient les trente-six chandelles ; sa femme, une bonne ménagère, passant son temps à préparer des gâteaux ; la sœur de Bicot, cette snob de Suzy, éprise de bonnes manières, changeant de robe à chaque histoire et courtisée par des mondains gominés.

Heureusement, il y avait surtout les copains, les gars du Club, de braves types aux idées sympathiques et aux vêtements rapiécés. Leur idéal commun : créer une équipe de base-ball, ce curieux jeu auquel les petits Parisiens ne comprenaient rien. Oui, Julot, Ernest, Auguste, ces poulbots d'outre-Atlantique auraient pu vivre entre les rues Labat et Bachelet. Les palissades de leur ville étaient les mêmes que celles des terrains vagues de la Butte en attendant que des immeubles les envahissent.

Si les enfants aimaient de tels compagnons, c'est parce qu'ils vivaient comme eux, dans les jeux et les farces, à la recherche d'aventures et d'aliments pour leur curiosité. On les rencontrait chaque semaine dans des publications bon marché. Autre chose : pour les enfants, ils n'étaient pas des mythes mais prenaient une existence réelle.

— Loulou, passe-moi *Cri-Cri* et je te passerai *L'Épatant...*

— Capdeverre, prête-moi *Dimanche illustré.* Dis donc, Toto Guérin qu'est-ce qu'il fait comme fautes d'orthographe !

— C'est exprès. Pour faire rire.

— Je découpe Félix le Chat dans *L'Excelsior* et je colle sur un cahier. Ça fait comme un album.

— Tu trouves pas que Bibi Fricotin ressemble à Bicot ?

— T'es beurré ! Bicot, il reste dans son quartier, tandis que Bibi Fricotin, il voyage, il a plein d'aventures.

— Et pis, il est plus marle !

— Que tu dis !

— Et *Marius,* c'est pas tellement marrant.

— C'est pour les grandes personnes.

— Y'a Pitchounet, fils de Marius. Mon père, il raconte tout le temps des histoires de Marius et d'Olive et il croit qu'il prend l'accent du Midi. Moi, je trouve pas ça drôle, mais lui, il se fend la pêche...

— ... Comme un sac de noix qui tombe du cinquième étage.

215

Qui prononçait ces phrases ? Ce pouvait être Capdeverre, Jack Schlack, Olivier, Loulou, Saint-Louis, Ramélie ou cinquante autres gosses. Parmi les personnages des illustrés, chacun avait ses préférences. Ils se réunissaient, s'asseyaient en rond, regardaient les images, lisaient les textes dans les bulles ou sous les dessins. Ils avaient besoin d'être réunis pour échanger les feuillets et les paroles. Et bientôt, des lustres avant Tintin ou Lucky Luke, Astérix et tant d'autres, bientôt naîtraient des magazines intitulés *Mickey, Hurrah, Robinson* comme une manne inépuisable. Que de réjouissances avec Pim, Pam, Poum, la famille Illico, Popeye, Tarzan, Guy l'Éclair, Jim la Jungle, Mandrake !

Seules les aventures de Charlot ne les passionnaient pas. Ils préféraient les petits films où bougeaient les personnages. Parfois, on en projetait dans une vitrine de la rue Caulaincourt pour attirer les clients.

Ils avaient du goût pour deux personnages complémentaires : un grand maigre qui portait un chapeau de paille dont le rond découpé ne tenait que par un bout, son fidèle compagnon, petit et rondouillard, ses cheveux rouges dressés en étoile sur sa tête. C'étaient Zig et Puce. Depuis Don Quichotte et Sancho Pança, les réunions d'extrêmes s'étaient multipliées, de Doublepatte et Patachon, Tichadel et Rousseau à Laurel et Hardy.

Au pôle Nord, Zig et Puce rencontrèrent un curieux animal, le pingouin Alfred. Ce pingouin était

216

un manchot du pôle Sud, mais qu'importait ! Alfred devint plus célèbre encore que ses amis. Il déjouait des situations délicates, à moins que sa haine des chiens et d'un canasson ne l'amenât à des gaffes qu'il assumait d'un air contrit. Et voilà qu'il rivalisa avec les chiens à la mode, Ric et Rac. Le couturier Lanvin le reproduisit en poupées bientôt inséparables d'artistes comme Mistinguett, Mauricet, Lily Damita, Yvonne Printemps ou Joséphine Baker. Il y eut des bijoux, des broches. Même les aviateurs, Nungesser et Coli, Lindbergh, Doret, l'adoptèrent. On fit même une pièce de théâtre où apparaissait l'amie américaine de Zig et Puce, la gentille Dolly.

En eurent-ils du mal à rejoindre l'Amérique, le pays des oncles à héritage, des G-men, des rois du pétrole ou des petits pois, où ils voulaient tenter fortune ! Toujours quelque vent contraire les jetait de par le monde qu'ils montraient ainsi à leurs lecteurs, et, finalement, la découverte des gratte-ciel de New York était à la fois la récompense et la source de nouvelles aventures.

— Moi, *Ric et Rac,* je les trouve rasoirs. C'est des trucs pour les grands...

— Oui, pour Mado la Princesse qui se balade avec eux.

— Lili m'a passé *Bécassine.* J'aime pas du tout.

— C'est pour les filles, comme *Lisette* et *La Semaine de Suzette.* Moi, ma frangine, elle préfère mes illustrés...

Dans la galerie des personnages, *Les Pieds Nickelés* occupaient une place à part. Chacun leur découvrait une ressemblance avec tel ou tel être vivant qu'il connaissait, qu'il avait croisé dans les rues ou sur la zone. Sans scrupules, ces mauvais garçons, ces affreux qui auraient dû soulever l'indignation, les gosses les adoraient. Sous le titre *L'Épatant,* publication vouée à leurs aventures, on lisait « Pour la famille », ce qui était le comble ! car « la famille » aurait pu émettre des réserves sur la moralité douteuse de ces individus. Le dessinateur Forton avait soigné les trognes : Croquignol et son nez de tapir, Ribouldingue à la barbe et aux cheveux broussailleux, Filochard avec un carré noir sur l'œil droit. Mais, si voleurs, chenapans, gibiers de potence qu'ils fussent, on trouvait dans ce trio une telle charge comique, tant de gags, tant de verve qu'on oubliait les méfaits de ces escrocs. De plus, les images étaient soulignées par les textes de vraies histoires.

En un temps où la T.S.F. balbutiait de tous ses parasites, où la télévision paraissait une utopie, les illustrés constituaient pour les enfants une ouverture sur le monde, et même une pédagogie secrète et insidieuse, au même titre que cet art que certains appelaient encore le cinématographe en attendant les abréviations successives du mot. Par ces illustrés, une sorte d'éducation sauvage, hors des programmes, s'opérait, apportait le goût de l'aventure et du rêve, un peu une école de la rue.

Olivier, grâce aux dessins d'Alain Saint-Ogan, se promenait dans New York. Bien plus tard, quand il ferait ce voyage réel, il aurait l'impression d'avoir Zig, Puce et Alfred pour compagnons. Capdeverre, dans les caravanes du Sahara, chevauchait un méhari. Loulou allait d'un pôle à l'autre sur un traîneau tiré par des chiens. Jack Schlack s'arrêtait devant le Sphinx et les Pyramides. Le petit Riri partait avec Louis Boussenard à la découverte des kangourous australiens. Et comme ils échangeaient leurs illustrés, ils changeaient sans cesse de lieux. Oui, la lecture des enfants était pleine de rêves.

— M'man, demanda Olivier, y'a un nouveau journal qu'il s'appelle *Le Journal de Mickey*. Tu me l'achèteras ?

— Tu ne ferais pas mieux de lire de vrais livres ?

— Ça n'empêche pas, m'man !

— Et tes devoirs ? Et tes leçons ? Le temps n'est pas extensible...

Virginie ignorait que pour les enfants il l'était, ce temps, et qu'il ne comptait pas, qu'il ne se mesurait pas, la vie leur paraissant interminable, sans commune mesure avec l'idée qu'en ont les grandes personnes.

— Ton Mickey, demandait Virginie, c'est une sorte de souris ?

— Euh... c'est une souris, mais en même temps c'est une personne. Je ne sais pas comment l'expli·

quer. Il a de grandes oreilles rondes, le bout du nez comme un radis noir, des bras et des jambes, une queue, mais il habite une maison. Sa fiancée s'appelle Minnie. Il y a aussi Horace, un dada, Clarabelle, une vache, mais, en même temps, c'est des gens...

— Hum ! je vois..., dit Virginie (qui ne voyait rien du tout).

Olivier embrassa sa mère. La cause était entendue. Il prit la pièce de monnaie et se précipita chez la marchande de journaux de la rue Ramey. Désormais, il aurait rendez-vous chaque semaine avec ses petits amis.

Un soir, après le dîner, Virginie lui rappela que c'est bien beau de lire des illustrés, mais qu'il y avait des leçons à apprendre.

— C'est une récitation, précisa Olivier, mais je la connais presque par cœur, sauf la fin...

Il s'agissait d'une fable de La Fontaine. Il aimait bien parce que cela racontait encore une histoire d'animaux, mais, à la fin, il y avait toujours une moralité qu'il jugeait « rasoir ».

Là encore, des animaux parlaient. Il se prit à rêver en regardant la Vache qui rit de Benjamin Rabier sur le couvercle de la boîte de crème de gruyère. Il y avait aussi le Lion noir du cirage, le Chat du savon portant cette marque. Des animaux partout ! Et si le chat de Mme Clémence, le lapin de Bougras, les pigeons de la rue se mettaient à parler ? Que raconteraient-ils ?

— C'est pas tout ça..., dit-il à haute voix.
Il ouvrit son livre de lecture pour réciter à voix basse :

Un jour sur ses longs pieds allait je ne sais où
Le Héron au long bec emmanché d'un long cou...

Vingt-deux

LE VITRRRRIER

COMME tout le monde le savait dans la rue, les bougnats sont auvergnats, les marchands de marrons cévenols et les maçons italiens. On reconnaissait à ces derniers qu'ils chantaient en travaillant. Luigi, de la rue Bachelet, le père de Marcel, échappait à la règle : il était vitrier et ne chantait pas. Sans doute, épuisait-il ses cordes vocales en parcourant les rues, son harnachement de vitres aux épaules, à crier : « Oh ! vitrier... » en modulant le « Oh ! » d'une manière inimitable et en ajoutant quelques roulements de gorge à l'énoncé de sa profession, ce qui donnait quelque chose comme : « Ooooh ! Vitr-rrrier... »

Non, il ne chantait pas. Craignait-il de briser le verre ? En fait, à un naturel mélancolique s'ajoutaient les effets de la mauvaise marche de ses affaires. La mamma avait du mal à joindre les deux bouts. Quant à Marcel, à l'école de la rue de Clignancourt, personne ne l'appelait « Rital » ou « Macaroni ». Il était drôlement chouette, Marcel, et tout le monde l'adorait.

Ceux qui restaient à l'étude, après quatre heures, apportaient leur goûter dans des boîtes métalliques : tartines de confitures, petits Lu ou fruit de saison. Dans la boîte de Marcel ne se trouvait qu'un quignon misérable qu'il grignotait à l'écart, dans un coin du préau, tandis que les autres écoliers se régalaient de choses délicieuses, parfois chausson aux pommes ou pain au chocolat.

Loulou s'aperçut le premier de la frugalité des goûters de Marcel. Capdeverre expliqua : la famille de Marcel était classée parmi les indigents, ceux qui ne payaient pas à la cantine. Les enfants entreprirent de partager leur goûter avec leur copain.

— Ma mère m'a filé trop de biscuits, disait Olivier, vous en voulez, les gars ? Tiens, Marcel, sers-toi aussi...

— Marcel, je te passe une banane, proposait un autre...

Ils y mettaient de la discrétion, et même de la délicatesse, mais Marcel affirmait qu'il n'aimait que le pain. Olivier apprit de sa mère que les « indigents » étaient des gens très très pauvres. Et pourtant, M. Luigi, le père de Marcel, avait un bon métier, mais voilà : les gens prenaient soin de ne pas casser leurs vitres et, d'autre part, s'opposait la concurrence de M. Pompon, le marchand de couleurs du bas de la rue en qui les clients avaient plus confiance parce qu'il avait pignon sur rue.

Les enfants avaient le goût de la chevalerie. Ils aimaient Robin des Bois et Zorro. Comment donner un coup de main à Marcel ? Précisons ici que ce dernier était un des meilleurs écoliers de la classe, pas un chouchou à la gomme, mais un travailleur — et qui n'hésitait pas à pencher son cahier pour que son voisin pût copier. Un si brave type, ce Marcel !

Comme à l'accoutumée, l'assemblée des gosses se tint sur les marches de la rue Bachelet. Ils montèrent une conspiration. Dominant les chuchotements, on entendait : « C'est pas possible ! » ou : « On sera pas chiches ! » ou : « Et comment que moi je suis chiche. C'est toi le dégonfleur ! » ou : « Oui, mais y'a des risques ! » Seuls, quelques garçons de la rue participaient à ce colloque : il fallait préserver le secret.

Si le narrateur a bonne mémoire, se trouvaient là Olivier, Loulou, Capdeverre et Jack Schlack. Comment s'y prendre pour mener à bien une entreprise d'une telle importance ? Une stratégie de guérilla désigna un secteur d'opérations. On entendit : « Si on en fait trois le premier jour, c'est dans la poche ! » Comme les journées étaient courtes, ils choisirent la tombée de la nuit...

*
**

Le lendemain, ils entourèrent Marcel. Capdeverre, sans préambule, lui dit :

— Ton paternel, tu sais ce qu'il devrait faire pour trouver du boulot ?

— Quoi donc ? demanda Marcel.

— C'est simple : aller là où y'a beaucoup de fenêtres avec beaucoup de carlingues et...

— Si tu crois que papa n'a pas pensé à ça ! rétorqua Marcel.

Après un temps de silence, Olivier prit la relève :

— Y'a quand même des coins où on casse plus de carreaux. Tiens, quand il y passe des autobus, des camions et des voitures à chevaux. Ça fait vibrer et les vitres dégringolent et pas qu'un peu mon n'veu !

— Même que, enchaîna Loulou, on m'a dit que demain, rue Caulaincourt, il doit passer plein de grosses bagnoles. Y'en aura des locataires qui voudront un vitrier...

— Comment tu sais ça ? demanda Marcel.

— Des trucs que j'ai entendus. Y'aura plein de voitures de laitier avec des gros bidons...

— Et même des pigeons qui cassent les vitres à coups de bec..., avança Jack Schlack.

Marcel haussa les épaules. Comme d'habitude, les copains disaient n'importe quoi. Pourtant, le soir, il dit à son père :

— J'en connais qui disent, mais ça doit être des bêtises, que, rue Caulaincourt, plein de gens cherchent un vitrier.

— Mon pauvre Marcelino, dit Luigi, si cela pouvait être vrai ! Je gagnerais quelques sous. La mamma nous ferait une bonne lasagne au four et on boirait du chianti. Hélas !...

— Taisez-vous, dit Mme Luigi, et mangez de la soupe !

Ce matin-là, tandis que Marcel partait pour l'école, son père prépara sa lourde charge de vitres, sans oublier le mastic, le diamant, les pointes et les spatules. Il irait vers les Batignolles et plus loin, vers les beaux quartiers. Une rude marche en perspective et sans aucune assurance qu'elle soit utile !

Rue Caulaincourt, il sourit au discours de son Marcelino mais, par une sorte de superstition, il jeta vers le ciel, plus fort que jamais, son célèbre : « Ooooh ! Vitrrrrier... »

— Hé là-bas ! Oui, vous, le vitrier, montez donc au troisième étage. Il y a deux vitres à remplacer chez le dentiste, lui dit une concierge d'immeuble.

M. Luigi gravit les trois étages. A l'appartement, une dame le conduisit vers une haute fenêtre aux vitres détruites. Il se mit aussitôt au travail. Et il s'y entendait. C'était plaisir à le voir égaliser le mastic d'un mouvement rapide. Comme il était bon artisan, la dame montra sa satisfaction en ajoutant au montant du paiement un généreux pourboire. Elle lui offrit même un verre de vin. A peine avait-il quitté l'immeuble qu'on l'appela d'une fenêtre au premier étage en face.

Il remplaça ainsi une demi-douzaine de vitres. Et, surtout, il rencontra son concurrent, M. Pompon lui-même, le gros marchand de couleurs. Il vint à sa rencontre.

— Salut, Luigi, dit-il. Ce n'est pas parce que nous sommes dans la même partie qu'il ne faut pas se saluer.

— Le soleil brille pour tout le monde, dit Luigi un peu froidement.

— Aujourd'hui, il brille bien. Et à travers des vitres neuves. L'orage de cette nuit a fait du bien à la profession mais je voudrais te parler. Viens donc boire un blanc gommé en face...

Au cours d'une conversation inoubliable, devant le zinc, M. Luigi comprit qu'il assistait à un retournement de son destin. Le marchand de couleurs lui expliqua qu'il commençait à vieillir, que la montée des escaliers devenait pénible pour lui, que son commerce le prenait trop. En bref, il proposa à Luigi une association : Luigi irait poser les vitres que lui-même vendrait. Ainsi, il aurait un travail assuré et tout le monde y trouverait son compte.

Au dîner, chez les Luigi, comme promis, on mangea de la lasagne et on but du chianti. A la fin de cette rayonnante soirée, Marcel indiqua à son père que le lendemain la rue Custine serait favorable à l'emploi.

— C'est Capdeverre, le fils du sergent de ville, qui me l'a dit. Lui, avec son père, il connaît bien.

— Je ne comprends pas, dit M. Luigi, même un flic ne peut pas savoir ces choses-là.

— Mes copains, ils regardent tout le temps en l'air. Comme ça, ils savent bien quand des carreaux manquent.

A l'école, quand Marcel ouvrit sa boîte à goûter, il trouva non seulement un « quatre-heures » de tartines, mais aussi des chaussons à la crème et aux amandes qu'il partagea avec ses amis.

Quant à Luigi, il connut encore de bonnes journées, d'autant que M. Pompon lui confia de nombreux travaux. Même passée cette épidémie de bris de vitres, il serait assuré de gagner sa vie grâce à la fatigue et aux cors aux pieds du bon marchand de couleurs qui était devenu son ami.

Tout serait allé « père Peinard », comme disaient les enfants, si Mme Luigi n'avait eu l'idée d'inviter pour le jeudi suivant les copains de son petit garçon pour un goûter.

Ainsi, la petite bande se trouva-t-elle dans le modeste logement qui sentait le sucre chaud, l'ail et le mastic. Ils se régalèrent. Mme Luigi leur offrit même un quinquina de sa fabrication, toutes sortes de gâteaux, et aussi des crèmes pâtissières au sabayon. Ils restaient bien droit autour de la table comme des garçons qui savent se tenir en société. Ils parlaient des gens de la rue, de l'école, de l'instituteur et ils l'imitaient quand il caressait sa barbiche ou quand il prenait sa grosse voix.

M. Luigi les rejoignit un peu plus tard. Fort gai, on l'avait entendu chanter dans l'escalier. Il caressa la tête des enfants et demanda sa part des bonnes choses. Il y alla ensuite d'un discours :

— Mes petits, le destin a changé pour moi. Je vais

mettre une belle plaque devant l'immeuble : *Maison Luigi, vitrier.* Je suis l'associé du marchand de couleurs, pas n'importe qui. Et tout ça, parce que les copains de mon Marcel, m'ont porté chance...

Les enfants prirent des airs faussement modestes. Marcel souriait aux anges. Mme Luigi approuvait de la tête. Le quinquina avait mis du rouge aux joues de tous.

— ... Mais, poursuivit Luigi, j'ai quelque chose sur le cœur. Il faut que ça sorte. Le Luigi, il n'est pas fou. Il y voit clair. Vous êtes de bons garçons. Pourtant...

Il arrêta de parler et regarda chacun dans les yeux. Il ajouta : « Vous êtes sûrs de ne rien avoir à me dire ? » Les enfants se consultèrent du regard. Non, ils n'avaient rien à dire. Et pourquoi les traits de M. Luigi devenaient-ils sévères ? Il proposa :

— On va jouer à un jeu. Chacun montrera ce qu'il a dans ses poches. Vous voyez : moi, j'ai mon couteau, mes cigarettes, mon porte-monnaie, mon mouchoir, les clés, des allumettes, un ticket de métro... Et toi, Olivier, dans la poche de ta veste, qu'est-ce qu'il y a ?

— Rien, m'sieur Luigi.

— Pas d'histoires, mon gaillard. Montre ! Et vous aussi, tous les autres ! Je sais ce que tous vous cachez.

Les enfants se figèrent. Ils se sentirent pris au piège.

— J'ai rien fait, m'sieur, dit Capdeverre d'un ton geignard.

— Dans ma poche, y'a que des billes ! mentit Olivier.

— Moi, dit Loulou, c'est un truc pour faire peur aux pigeons.

Et l'imprudent sortit de sa poche un lance-pierre. Les autres l'imitèrent. Seuls Marcel et Jack Schlack (ce dernier parce qu'il l'avait oubliée) ne possédaient pas cette arme. Le visage de M. Luigi s'adoucit.

— Et avec ces lance-pierres qu'est-ce qu'ils ont fait les amis de mon Marcelino, chantonna-t-il, ils ont cassé les vitres, parce qu'ils sont de bons garçons et qu'ils ne savent pas que ce n'est pas bien. Si on les avait pris, ils seraient au commissariat. Toi, Capdeverre, c'est peut-être ton père qui t'aurait arrêté. Et Olivier, et Loulou, et Jack...

— On savait pas, m'sieur..., plaida Olivier.

— Et si les pompiers mettaient le feu ? Et si les balayeurs, ils mettaient des ordures partout ? Et si la mercière déchirait les habits des gens pour vendre de la mercerie ? Ce n'est pas bien de faire des choses pareilles. Et moi, c'est comme si j'avais perdu mon honneur...

Les enfants ne savaient quelle attitude prendre. Marcel cherchait comment défendre ses copains. Après un silence, M. Luigi leur fit jurer de ne jamais recommencer. Olivier jugea qu'il exagérait, mais il dit : « On le fera plus ! » et tous les autres répétèrent ses paroles. Capdeverre tendit la main pour un serment.

Alors, M. Luigi perdit son aspect sévère. Un

sourire l'éclaira. La main sur le cœur, à l'étonnement de tous, il fredonna une chanson italienne qui fit rire Mme Luigi. Il esquissa un pas de danse et proposa :

— Puisque nous sommes bien d'accord, on ne parle plus de cela. Et vous savez ce qu'on va faire ?

— Non, m'sieur Luigi.

— Eh bien, on va reprendre du gâteau, et même on va trinquer avec le quinquina !

Après cet entracte difficile, les réjouissances reprirent. Tout était oublié. Les enfants pourraient dire : « On s'en est mis plein la lampe » ou « plein le cornet » ou « jusque-là » en portant sa main au ras du cou. Le petit Marcel reprit son air réjoui. Il tenait ses amis pour des héros

On se quitta vers six heures du soir. Il restait une heure pour jouer dans la rue avant le repas du soir. Leur commentaire des événements fut bref :

— N'empêche que..., dit Olivier.

— Oui, n'empêche que..., reprit Loulou.

L'insouciance les rejoignit. Ils ne sauraient jamais s'ils avaient commis une bonne ou une mauvaise action. Peut-être les deux. Ils ne se posèrent pas la question. Et le père Bougras rit bien quand Olivier lui fit confidence de l'aventure.

Vingt-trois

L A plus passionnante des rencontres qui puisse embellir la vie d'un enfant est celle d'un personnage vivant qui serait à l'image de ses rêves.

Nul ne savait dans la rue que le professeur Warjaski, que l'on appelait seulement M. Stanislas, était un savant célèbre. Il passait simplement pour un original. Ainsi, il se nourrissait de végétaux, a-t-on idée ? Il semblait vivre en méditation constante, flotter dans les airs comme ses vêtements flottaient sur son corps maigre. Enfin, il lisait des livres difficiles farcis de mots barbares. La psychologie des gens de la rue ne s'attachait à lui que par éclairs et dans ses aimables limites. Nous n'étions plus au Moyen Âge pour le brûler comme un hérétique.

Sous une apparence distraite et rêveuse, cet homme attentif était un observateur du monde animal comme M. de Buffon qui écrivait en tenue d'apparat et en perruque ou M. J.-H. Fabre dont on sait qu'il ne marchait qu'à quatre pattes pour observer les fourmis. M. Stanislas ressemblait lui-même à une sauterelle qui aurait oublié le saut. Sur le sommet

233

de son crâne, une tignasse de cheveux blancs était posée comme un nid d'oiseau. Ses yeux de myosotis unissaient douceur et vivacité. Ses longues mains aux longs doigts auraient pu appartenir à un pianiste.

M. Stanislas avait remarqué Olivier à plusieurs reprises. Il l'avait même invité l'année précédente à boire une citronnade. Existait-il un lien secret entre ces deux rêveurs ? Quoi qu'il en soit, au soir d'une fin de décembre clémente, il convia l'enfant à partager son repas. Olivier accepta, sa curiosité effaçant en partie son étonnement. Il attendait des événements et toute une matière propre à raconter des histoires à ses copains. Il ne serait pas déçu.

Le professeur vint chercher Olivier à la mercerie. Virginie avait donné son accord. Un escalier squelettique les conduisit jusqu'à la porte d'une immense pièce mansardée qui dominait l'immeuble vétuste aux relents de chou et de crésyl. La porte s'ouvrait au moyen d'un bec-de-cane caché sous le paillasson et, dès lors qu'on avait passé le seuil, on pénétrait dans un tout autre monde, à croire qu'on ne se trouvait pas rue Bachelet mais dans les beaux quartiers. « Hou là ! tous ces livres... », s'exclama Olivier.

Le lieu en était à ce point tapissé qu'on ne voyait plus les murs. Tandis que M. Stanislas préparait le repas, Olivier lut sur le dos des volumes des titres bizarres : *Cytologie, Eucaryotes, Metazoaires, Trilobimorphes...* Il émit un court sifflement et secoua la main à hauteur de son épaule, ce qui signifiait : « Ce qu'il doit être calé ! » car de tels mots : *Chélicérates,*

Tétrapodes, Amphibiens... ne pouvaient appartenir qu'à la science.

M. Stanislas, en tablier blanc, mélangeait dans un saladier des légumes, du soja et du riz. Il s'approcha :

— Tu lis les titres, mon garçon ?

— Ben, je regarde.

— Et il y a sans doute des mots que tu ne comprends pas ?

— C'est trop calé pour moi. Mais... j'ai compris, « Amphibien », parce que mon copain Jack m'appelle « Amphibie à roulettes ».

— Moi aussi, il y a des mots et des choses que j'ignore. Je cherche à connaître ceux de ma discipline. Les études sur les animaux nous apprennent à mieux nous découvrir, à nous différencier ou non des autres mammifères...

Olivier pensa : « J' suis quand même pas un mammifère ! » mais il resta silencieux et préféra regarder, posées sur les rayons, des gravures extraites de manuels de zoologie. L'une d'elles représentait un étrange animal avec une longue corne jaillissant de son front.

— C'est l'unicorne, ou, si tu préfères, la licorne.

— J'en ai jamais vu, dit Olivier.

— Elles sont rares à Montmartre. Ailleurs aussi. Tu n'en verras ni au Jardin des Plantes, ni dans aucun zoo. En fait, cet animal n'existe pas. Enfin, ajouta-t-il en riant, pas pour tout le monde.

Il déplia une table de bridge et la recouvrit de torchons à verres. Olivier l'aida à les disposer, à dresser le couvert : deux bols, des baguettes chinoises en ivoire, une carafe d'eau, du pain noir, des coupelles de bois contenant des préparations culinaires ignorées de l'enfant.

— Tu es un de mes rares invités, dit M. Stanislas d'un ton enjoué. Je ne pense jamais à inviter quelqu'un... je veux dire : quelqu'un d'humain...

La monture de métal poli de ses lunettes jetait de brefs éclairs. Ses yeux pétillaient derrière les verres comme des lutins. Son sourire un peu figé sur ses lèvres parcheminées, la peau lisse de son visage imberbe, la lenteur et la précision du mouvement de ses longs doigts, le ton de confidence de ses paroles calmes et douces, tout cela intriguait Olivier qui n'avait jamais rencontré une personne de cet aspect.

Olivier se trouvait loin aussi des solides nourritures des gens de la rue. Ces plats fragiles lui rappelaient le jeu de la dînette où l'on coupait des épluchures dans des couvercles de boîtes de cirage en faisant semblant de manger avec appétit. Cependant, ces salades de tomates, carottes et choux rouges râpés, oignons, laitue, riz, soja, noix... étaient savoureuses.

Et ces baguettes ! Pas facile de s'en servir, vraiment ! M. Stanislas lui montra comment s'y prendre et ce fut l'occasion pour lui de parler de la Chine. La représentation du monde étranger, pour Olivier, se situait toujours du côté de ses illustrés favoris. C'est à partir de leurs images qu'il voyait les Chinois, chapeaux coniques et nattes permettant des farces à

Bibi Fricotin. Mais ce pays, le professeur le connaissait et il ne montrait pas cette condescendance,
propre à tant de personnes. Au contraire, il en parlait
avec respect et même admiration.

— Alors, c'est des gens comme nous ? demanda
Olivier.

— Et nous sommes des gens comme eux, à cette
différence près que leur civilisation est plus ancienne
que la nôtre.

Bien des questions firent danser leurs points
d'interrogation dans la tête d'Olivier. Il en posa
quelques-unes et les réponses lui furent apportées
comme autant de petites musiques qui le dépaysè-
rent.

M. Stanislas devait être encore plus savant que
l'instituteur. Olivier se sentit privilégié. N'allait-il
pas être le seul des habitants de la rue à connaître la
profession de cet original, un mot qui finissait
comme catalogue et qui faisait zozoter quand on le
prononçait : « zo-o-logue » !

— J'aime ces rues, confia M. Stanislas en tendant à
Olivier une coupe de pruneaux, c'est un bourg dans
la ville. Ses habitants, venus de partout, ont retrouvé
le sens de la tribu. Ils se disent : « Prêtez-moi du
café, prêtez-moi du sucre, prêtez-moi la main... »

Ainsi, M. Stanislas qui se contentait de saluer
distraitement les passants savait beaucoup de choses
sur eux.

— Je les connais tous, plus qu'ils ne l'imaginent :
le merveilleux Bougras, et Mme Haque, et ta mère, et

tes amis. C'est grâce à cette fenêtre basse. C'est de là que je vois leur vie...

La table débarrassée, M. Stanislas ouvrit au hasard un volume relié, un Buffon illustré de planches en couleurs. Olivier eut plaisir à reconnaître des animaux familiers et à les nommer.

— Vois-tu, mon garçon, chacun de nous est à la fois supérieur et inférieur à un autre être vivant, ce qui crée une sorte d'égalité. L'un vole, l'autre nage, un troisième rampe, un quatrième est construit pour la course. La nature a donné à chacun les proportions, les fonctions, les sens et les armes qui lui conviennent.

— Pourquoi le zèbre a des rayures ?

— Cela, c'est la touche finale, le travail de l'artiste, comme les taches de la panthère, la crinière du lion ou les couleurs des perroquets. Et pour nous aussi, les hommes, tout a été fort bien conçu, à part peut-être les amygdales et l'appendice qui sont un cadeau du diable.

— J'aimerais avoir plein d'animaux.

— Avoir ? Tu es bien un petit d'homme. Pourquoi : *avoir, posséder* ? Il vaudrait mieux dire : j'aimerais être en compagnie des animaux.

Son hôte servit de l'infusion de thym. C'était vraiment un original. Il ne pouvait pas boire du café comme tout le monde ?

— Imagines-tu, reprit-il, comme l'homme serait seul sans les végétaux ? les animaux ? les minéraux ? « Que ferions-nous sans les roses ? » a écrit un poète.

Et, comme si la nature ne lui offrait pas d'assez riches présents, l'homme a inventé un bestiaire fantastique, a vénéré comme des dieux les animaux qui n'existent pas : licornes, chevaux volants et autres. Mais peut-être si nous pensions fortement à un de ces animaux mythiques finirait-il par exister. Il faudrait que nous l'aimions très fort.

La soirée se termina sur des observations au microscope. Par ce simple appareil, le savant le fit pénétrer dans l'univers étrange de l'infiniment petit qui apportait tant d'étonnements.

— Il va falloir que je rentre, dit Olivier.

— Es-tu satisfait de ce repas, au moins ?

— Oh oui ! Et aussi...

Cet « Et aussi » contenait tant de choses. L'homme et l'enfant se serrèrent la main comme deux amis heureux de mieux se connaître.

Olivier tenta d'imaginer des animaux mais le miracle ne se produisit pas : aucun d'eux n'apparut. « Encore dans la lune ? » disait Virginie qui ne pouvait comprendre. Olivier ne répondait pas. Il observait les chiens, les chats, les pigeons et même les chèvres du marchand ambulant. Il croisa plusieurs fois M. Stanislas qui lui fit un signe de complicité.

En janvier, la neige tomba dans les rues et ce fut pour les enfants un parfait bonheur. Olivier regardait les flocons se presser pour peindre le paysage comme cet artiste qui avait peint les robes des animaux. Puis, la neige fondit et le pavé, les toits retrouvèrent leur couleur.

Et vint le jour où M. Stanislas invita de nouveau Olivier en lui promettant une surprise. Sur la table se trouvait un panier d'osier dont il souleva le couvercle. Olivier vit une masse de fourrure vivante et frémissante. Il recula un peu.

— Vois-tu, c'est une mangouste ! annonça le savant.

— Mais non, c'est pas une langouste.

— Une mangouste, avec un *m* au début, à moins que tu ne fasses un calembour. La mangouste est un animal plantigrade du sous-ordre des *fissipèdes*, de la famille des *viverridae*, il forme la sous-famille des *herpestinae*.

— Ah bon ? dit Olivier avec un léger sourire.

La mangouste posa ses pattes sur le bord du panier, allongea son museau. Ses narines frémirent. Elle sortit en renversant le panier. Olivier, prudent, recula encore.

— Aurais-tu peur, mon garçon ?

— Rien qu'un petit peu... C'est gentil ?

— Oui, regarde, je la caresse. Tu peux la caresser aussi. Pour faire connaissance.

Olivier avança une main timide et finit par caresser la mangouste à qui cela plaisait.

— Qu'est-ce que ça mange ? demanda Olivier.

— En principe de petits animaux, des insectes, mais la mangouste a des goûts très variés.

L'après-midi se passa dans la compagnie de l'inconnue qui se montra délicieuse. Comme un chat ou un chien. Olivier se sentit à la fête. Lorsque M. Stanislas lui parlait, elle agitait drôlement la tête comme si les sons lui entraient par le nez. Puis, il y eut des jeux. Olivier en fut tout attendri.

Au moment de partir, Olivier reçut un cadeau, un *Buffon des familles*.

— Regarde bien les images, recommanda M. Stanislas, mais lis aussi le texte. Si un animal te plaît, fais-le-moi savoir et je te ferai peut-être le rencontrer. Je suis un peu magicien, tu sais !

— Comme Mandrake ?

— Je ne connais pas ce monsieur, mais sans doute comme lui, s'il est magicien.

Sur le palier, l'homme ajouta :

— Cet animal, ne le choisis pas trop volumineux : un éléphant, un hippopotame ou un rhinocéros ne passeraient pas dans cet escalier...

— Et non plus une baleine...

— Et non plus un gorille.

Olivier descendit l'escalier deux marches par deux marches. Il imagina une girafe dressant son long cou dans la cage de l'escalier ou un kangourou frappant à la porte de la concierge. Dehors, le jeu continua. Il assimilait les passants à un animal, un ouistiti, une chouette, un dromadaire, une autruche... Les gens devaient se demander pourquoi il riait tout seul.

Il rencontra Loulou et Capdeverre. Ils regardaient

des monuments dans le petit trou d'un porte-plume
en os. On pouvait voir le Sacré-Cœur et l'Arc de
Triomphe.

— Pas mal, pas mal, dit Olivier en clignant de
l'œil sur le trou aux images.

Il savait qu'il devait garder ses secrets, mais il ne
put résister :

— Pas mal, reprit-il, mais j'ai vu mieux.

— T'as vu que dalle, crâneur !

— N'importe quel microscope en montre plus.

— Ah ! ah ! Tu verrais le Sacré-Cœur avec un
microscope ?

Ne sachant que répondre, Olivier jeta un nouveau
défi :

— Les gars, je parie que vous n'avez jamais vu une
mangouste !

— Tu parles ! jeta Capdeverre. Y'en a plein chez
les marchands de poiscaille !

— Erreur, mon cher ! Une mangouste, avec un *m*,
c'est un mammifère avec plein d'ordres et de sous-
ordres et...

— Ça n'existe pas ! trancha Loulou.

Olivier les laissa à leur porte-plume. Cette petite
phrase trottait dans sa tête : « Ça n'existe pas ! » Et si
cette mangouste, comme la licorne, n'existait pas et
que M. Stanislas l'ait fait surgir. Il se promit de lire
attentivement le *Buffon des familles*.

*
**

M. Stanislas tint ses promesses. Olivier proposait un petit animal et, souvent, quelques jours plus tard, il était convié à l'admirer. Il y eut le jour de la genette, celui du hérisson, celui de l'écureuil. Il vit encore un drôle de petit renard aux longues oreilles appelé fennec. Chaque fois, le zoologiste lui donnait un cours d'histoire naturelle en employant des mots compliqués. Décidément, c'était un vrai magicien. Parfois, Olivier choisissait certains animaux sans succès. Il apprenait alors que ces bestioles rares ne se trouvaient pas dans le sac à malices.

En peu de temps, Olivier, s'il oublia les mots latins, apprit beaucoup de choses. Ainsi, que les animaux n'étaient pas plus méchants que les hommes, et parfois moins, qu'ils participaient de la nature, du combat pour la vie. En échange de tout le savoir, Olivier ne pouvait donner que son attention et sa reconnaissance. Il ignorait qu'il apportait du bonheur à son ami.

Il ne cessait de poser des questions et les réponses étaient immédiates et parfois très amusantes. Dans la compagnie de M. Stanislas, et avec ces exemples vivants, il apprenait par plaisir, d'autant qu'à partir du règne animal, le propos s'étendait à la vie sociale et à la psychologie de chacun. Quand Olivier voyait le lapin de Bougras, le chat de Mme Clémence, les chiens Ric et Rac de Mado, les perruches et les serins des blanchisseuses, il les envisageait d'une façon nouvelle dans une sorte d'union contre la solitude.

— Oh ! un perroquet..., s'émerveilla Olivier.

— Ce n'est pas un perroquet mais un ara.

Souvent, M. Stanislas agrémentait ses citations savantes de poésie. Il connaissait aussi plein d'histoires, celles du *Livre de la Jungle*, celle d'un certain *Mr Doolittle* qui connaissait le langage de toutes les bêtes, d'autres qu'il trouvait chez des écrivains comme Louis Pergaud ou Maurice Genevoix. Il inventait aussi :

— Vois-tu, cet ara, j'ai pensé à lui toute la nuit, et ce matin, quand je me suis réveillé, par miracle, il était là, près de la fenêtre.

— Avec la cage ?

— Hmm ! hmm ! pas exactement.

M. Stanislas riait d'avoir été pris en défaut. Alors, il promit à l'enfant de lui confier quelque jour la vérité sur la manière dont apparaissaient ses visiteurs.

— En attendant, nous allons partager notre repas avec l'oiseau. Tu vas m'aider à éplucher des pommes et des oranges. Aujourd'hui, je te parlerai des perroquets et des aras.

— Pourquoi il ne parle pas, le perroquet ? demanda Olivier.

— L'ara, mon garçon, l'ara ! L'ara ne parle pas. Il émet un cri rauque qui ressemble à son nom. Ce sont les Indiens qui l'ont appelé ainsi. Il est grand, son plumage est orné de bleu, jaune d'or, vert, rouge. Sa longue queue évoque une flamme. Cela explique que, pour les Mayas, il soit le symbole du feu et de l'énergie solaire, mais lui, le sait-il ?

— Il aime les pommes.

— C'est un oiseau frugivore. Retiens ce mot : frugivore, qui se nourrit de fruits...

Encore une de ces heures féeriques qu'Olivier n'oublierait jamais. Après la mangouste, la genette, le hérisson, l'écureuil, voilà qu'il venait de faire connaissance avec l'ara ! Toute la zoologie ne défilait-elle pas dans cette soupente sous un toit de Montmartre ?

Et vint la Chandeleur où flotta dans la rue la bonne odeur des crêpes. Virginie emprunta à Mme Klein sa pièce d'or pour la serrer dans sa main gauche tandis que la main droite tenait la queue de la poêle et que la crêpe sautait.

Olivier joua pendant un moment à la balle au mur avant de s'apercevoir que cela ne l'amusait pas. Il pensait à M. Stanislas parti pour une lointaine expédition. Fini le temps des dînettes et des rendez-vous avec les animaux amis ! Olivier ne pouvait plus qu'en rêver en regardant les images de son Buffon. Lui qui avait décidé d'être, tour à tour, selon ses humeurs, un chanteur, un marin, un boxeur, voilà qu'il affirmait : « Quand je serai grand, je serai zoo... zoologue ! »

Arriva le temps de Pâques, le départ pour Rome de la Savoyarde, la grande cloche du Sacré-Cœur. Les enfants eurent beau consulter le ciel, ils ne la virent ni partir ni revenir. Un printemps tout neuf répandit de la joie, les fleurs se mirent à chanter aux croisées.

Olivier jouait avec ses copains mais il gardait en lui un fond de mélancolie.

Le beau matin que celui où un taxi rouge et noir monta la rue Labat, tourna rue Bachelet et s'arrêta devant l'immeuble du professeur Stanislas Warjaski ! Olivier vit sortir son ami dont la tenue surprenait : un costume de toile bise, un casque colonial, des bottes, il émergeait d'une autre saison ou d'un autre continent, à moins que ce ne fût d'un des illustrés des enfants.

— Bonjour, monsieur Stanislas, vous avez fait un bon voyage ? Je peux vous donner un coup de main ?

— Pas de refus, mon garçon ! Attrape...

Olivier prit un sac au vol, puis il aida le chauffeur de taxi en blouse grise à extraire une malle du coffre, un appareil photographique avec sa béquille, des colis, mais pas d'animaux. Pour monter tout cela, plusieurs voyages furent nécessaires.

— Ouf ! bien content d'être rentré, dit M. Stanislas. Veux-tu un verre d'eau ?

— Merci, avec plaisir.

— Ouvrir un robinet et obtenir de l'eau, quel miracle ! Et nous trouvons cela tout naturel. Nous devrions penser aux déserts. Il faut que je range mon barda. Au fait, j'ai un cadeau pour mon ami...

Il fouilla dans la poche d'un sac pour sortir une pierre plate où apparaissait en creux un poisson fossile.

— C'est à toi, mon garçon. Cela vient du fond des temps. Un poisson qui nous a laissé sa signature.

246

— Oh ! c'est chouette. Merci...

— Il faut surtout remercier le poisson d'être venu jusqu'à nous. Son voyage a duré des siècles. Il nous a apporté dans un pays de sécheresse le souvenir des anciennes eaux. Ah ! que c'est bon l'eau !

Olivier ne dit pas qu'il préférait la limonade. A sa demande, il aida le voyageur à ranger ses affaires. Il y avait un peu de tout : des pierres, des os, des sculptures, de gros carnets, des photographies.

— Vous n'avez pas de fusil ? demanda Olivier.

— Voilà mon fusil, répondit M. Stanislas en montrant son appareil photographique, mais, pourquoi un fusil ?

— Euh... les grosses bêtes, les lions, les fauves...

— Moins dangereux que tu ne le crois ! Il faut connaître leurs habitudes.

— Mais, les crocodiles, les serpents...

— Moins dangereux que les moustiques !

Comme Olivier regardait le poisson fossile sur la pierre, il ajouta :

— Préserve-le bien. Je ne pourrai plus faire surgir, comme avant mon voyage, toutes sortes d'animaux.

— Pourquoi ?

— Pourquoi ? Eh bien, c'est que j'ai perdu... le don. Oui, j'avais le don et je ne l'ai plus. J'ai dû le perdre vers l'équateur. Je vais te faire goûter un fruit que tu ne connais pas. Il a un goût de jungle.

La Jungle. Jim la Jungle. Tarzan. Mowgli. *Le Petit Explorateur. Le Tour du monde en quatre-*

vingts jours. L'As des boys-scouts... Toutes sortes d'images venues des livres et des illustrés visitaient Olivier. Et M. Stanislas qui avait perdu le don...

Tandis qu'il dégustait une mangue, le professeur se revoyait dans une case lointaine. Le directeur du zoo qu'il accompagnait lui disait :

— Cher ami, lorsque nous retrouverons notre cher établissement, vous ne pourrez plus emprunter vos petits animaux. Le règlement des fonctionnaires... Je ne sais quelle question d'hygiène...

— Ah ? Vous saviez...

— Tout le monde savait. Mais entre nous, quel intérêt de garder une genette ou une mangouste une journée avec soi ?

— C'était pour...

L'original M. Stanislas garda pour lui la fin de sa phrase : « C'était pour... émerveiller un enfant. »

— N'ayant plus le don, dit-il à Olivier, je te ferai connaître les plantes, les pierres, et les hommes. Ceux-là aussi sont de drôles d'oiseaux...

Le jour déclinait. M. Stanislas dit qu'on était entre chien et loup. A ce moment-là, ils entendirent un tintement de vitre, comme de petits coups donnés sur le verre. Un merle à la fenêtre semblait demander la permission d'entrer. Quelle surprise !

— Le don, vous avez encore le don ! s'exclama Olivier.

M. Stanislas ouvrit la fenêtre. Le merle alla se percher sur la gouttière de l'immeuble d'en face. Il reviendrait. Le temps de s'habituer.

— Ce n'est pas moi qui ai le don, dit le professeur c'est toi, mon garçon, c'est toi qu'il vient voir.

— Vrai ?

Déjà, il imaginait que tous les animaux du monde, tout au long de sa vie, allaient venir à sa rencontre, que Montmartre allait devenir un zoo rempli de merveilles. Une joie inconnue l'envahit comme si le monde entier se mettait à chanter en lui. Et l'original professeur Warjaski, M. Stanislas pour les amis, riait. Et le merle voletait près de la fenêtre. Olivier pensa qu'ils allaient encore bien s'amuser.

Vingt-quatre

L'ÉTRANGER

OLIVIER, habitant de la Butte, avait entendu parler d'une autre montagne parisienne : Ménilmontant. Pour lui, elle se situait dans un espace lointain, une contrée étrangère où, malgré les ressemblances, les similitudes de caractère qu'on lui signalait, rien ne pouvait être comparé à Montmartre.

En fait, c'était un surnommé Cri-Cri, fils d'une laveuse de linge de la rue Nicolet, qui ne cessait d'en parler, simplement parce qu'il s'en disait « né natif » :

— Moi, quand j'étais à Ménilmontant (ou à Ménilmuche), c'était drôlement chouette !... Quand même autre chose que votre bled !... Les gonzes étaient plus à la redresse qu'ici... Y faisait tout le temps soleil...

Cela finissait par agacer ceux de la rue Labat. Olivier lui dit calmement :

— Oui, peut-être, mais si c'était vrai, ça se saurait. Et n'empêche que... à Montmartre, c'est le pays des artistes !

Par artistes, il entendait les peintres du dimanche,

les musiciens, les chansonniers, mais aussi tout un chacun dans la rue, tous ceux qui se distinguaient par leur esprit de liberté et leur allure bohème. Mais voilà que Cri-Cri, petit bonhomme rouquin aux cheveux bouclés et aux yeux verts, plein de taches de rousseur, prenait un air condescendant et se montrait même désagréable :

— Des cloches, à Montmartre, y'a que des cloches...

— Toi et la Savoyarde, ça en fait deux ! rétorqua Loulou.

— Si c'était si bien que tu le dis, affirma Capdeverre dédaigneux, on se demande ce que tu es venu glander ici. T'avais qu'à rester dans ton trou !

Cri-Cri parut réfléchir. Son ton s'adoucit quand, sur le ton de la confidence, il déclara :

— C'est que ma maman, elle a quitté mon père. Un vrai tordu ! Il lui flanquait des roustes, je vous dis que ça ! Tout le temps des torgnoles, elle en a eu marre. Alors, on s'est tirés en loucedé pour l'étranger...

— L'étranger ! l'étranger ! rugit Capdeverre. T'as le culot de dire que c'est l'étranger ! Alors que c'est, euh... presque la capitale de la France.

— Peuh ! jeta Cri-Cri, ici vous croyez que vous avez plus de beurre au cul que les autres !

— D'abord, dit Loulou, apprend que c'est Ménilmontant qui est à l'étranger. Encore plus loin que Belleville...

— Mets ça dans ta poche et ton mouchoir par-dessus, conclut Olivier.

Curieux ce désaccord ! Pour tout le reste, l'école, les jeux, on ne s'entendait pas mal avec Cri-Cri bien qu'il fût toujours prêt à relancer la question qui les divisait. Olivier lui demanda des précisions sur ses ennuis de famille :

— Alors, comme ça, ton paternel, c'est un alcoolique ?

— Non !

— Les types qui battent leur femme, c'est toujours des alcooliques, je le sais. S'il est méchant, c'est qu'il est alcoolique !

— L'est pas méchant. C'est plus fort que lui : faut qu'il frappe. Et il est pas alcoolique !

— Alors, qu'est-ce qu'il a ?

— Il est ivrogne.

Olivier se contenta de sourire. Il ne dit pas qu'il ne voyait pas la différence car ce mot « alcoolique » déplaisait à Cri-Cri. Malgré ses rejets, Cri-Cri s'adaptait à son nouveau logis, à la rue. Il parlait bien de ses anciens poteaux qui, eux, étaient « des marles », mais de moins en moins. C'étaient maintenant les autres qui l'attaquaient :

— A Ménilmontant, disait Loulou, vous n'avez pas le moulin de la Galette, Le Moulin-Rouge, le Sacré-Cœur, le cirque Médrano, le Chat Noir...

— On a... on a... tu peux pas savoir tout ce qu'on a. Et pis, du bon air, parce que c'est comme à la campagne. Pour le traîneau, c'est drôlement plus chouette qu'ici. Et les gens sont pas des tartes molles. Et...

— Et ici, jetait Capdeverre, on n'en a pas du bon air ? C'est aussi la cambrousse, mais y'a pas de péquenots, comme chez vous. Et plein de touristes. Y'en a même qui viennent de l'Amérique, là où y'a des cow-boys, alors on s'en tape de tes salades. Parfaitement, monsieur !

— Des chnoques, rien que des chnoques !

— Fais gaffe à ta poire, menaça Olivier.

— Et pis, ajouta Loulou de façon définitive, à Ménilmontant, y'a pas de poulbots !

Cri-Cri jugea que toute réplique était impossible. Ils étaient à trois contre un. Il pensait à Ménilmontant, en recensait les merveilles mais ne savait pas les décrire. Loulou et compagnie, ils faisaient rien que l'embêter. C'étaient des crâneurs. Soudain, une idée lui vint en tête. Il se mit à en rire tout seul, ce qui intrigua les autres. Il prépara son coup de Jarnac :

— Remarquez, les gars, Montmartre, c'est pas si mal que ça, y'a pire !

— Faut dire qu'on connaît pas ton Ménilmontant, concéda Olivier, c'est moins connu.

— Ah ! ah ! me faites pas marrer. A Ménilmuche, y'a quelqu'un de très célèbre, même qu'on le connaît dans le monde entier. Un comme lui, y'en a pas ici !

— Et qui, menteur ?

Cri-Cri différa sa réponse. Il le dirait s'il le voulait. Ou il ne le dirait peut-être pas, on verrait. Rien de tel pour susciter la curiosité. Les questions fusèrent.

Cri-Cri attendit que l'intérêt fût porté à son plus haut point. Il annonça du bout des lèvres, comme s'il faisait l'aumône de ses paroles :

— Nous autres, à Ménilmontant, on a... Maurice.

— Quel Maurice ?

— *Maurice Chevalier !*

Là, c'en était trop ! L'affirmation resta, comme on dit, en travers de la gorge. La stupeur passée, l'indignation éclata :

— Non, mais des fois... Non, mais sans rire... Quel culot ! Tu bouillonnes de la cafetière ?... Quel menteur !... Une vraie peau d'hareng !... C'est plus fort que de jouer aux bouchons !... Les gars, Cri-Cri, on lui parle plus !

— Je vous jure que c'est vrai ! plaida Cri-Cri.

— Écoute, dit Olivier, dans le fond, on t'aimait bien, mais là, cette fois, c'est fini entre nous.

— On te parle plus, dit Loulou.

— C'est comme si t'étais mort ! trancha Capdeverre.

Ainsi, Cri-Cri fut mis en quarantaine. Les représailles menaçaient d'être durables, et elles le furent plus encore par l'effet de la vexation car, il fallut bien l'admettre : Cri-Cri avait raison. Les anciens de la rue : le père Poulot, Mme Haque, Mme Vildé, Machillot, Lulu l'aveugle... tous furent consultés. La réponse fut unanime : Oui, le grand Maurice était bien de Ménilmontant. Tout le monde savait ça. Et qu'est-ce que ça pouvait bien faire ? De toute façon, il était de Paname.

Dès que Cri-Cri les sentit convaincus, il eut un triomphe immodeste. Il chantonnait avec la voix cassée du chanteur, avançait la lèvre inférieure comme lui. Il alla même jusqu'à trouver un chapeau de paille.

On en était là quand une circonstance étrange se produisit. On vit Cri-Cri se promener avec un homme assez jeune, roux et bouclé comme lui qui lui tenait la main. La brouille n'avait pas permis à Cri-Cri de dire qu'il avait un frère. Tenaillés par la curiosité, les trois garçons attendirent qu'il fût seul pour lui parler.

— Au fond, on t'en veut pas, dit Olivier.

— Manquerait plus que ça !

— On te tend la pogne pour se réconcilier...

— D'accord, dit noblement Cri-Cri. On n'en parle plus.

Ils se serrèrent la main. Suivit un silence gêné. Loulou, quoi qu'il lui en coûtât, fit amende honorable :

— Pour Maurice Chevalier, on veut bien te croire.

— Vous êtes bien obligés, dit Cri-Cri, même que ma grand-mère connaissait sa mère !

— Au fond, on s'en moque, dit Capdeverre.

— Dis donc, commença ce curieux d'Olivier, tu ne nous avais pas dit que tu avais un grand frère...

— C'est pas mon frangin, c'est mon père !

— L'alco... non ! celui qui boit. Il marche droit et il a pas le nez rouge...

Cri-Cri consentit à donner une explication. Son père avait rejoint sa mère. Il avait demandé pardon. Ils avaient beaucoup pleuré ensemble. C'est qu'ils s'aimaient. Ils ne pouvaient pas vivre l'un sans l'autre. Comme dans les chansons.

— ... et papa, il a promis de plus boire, enfin... seulement son litre par jour. C'est normal : il est terrassier. Et il ne se mettra plus en boule. Il tabassera plus maman. Il a dit que sans nous il peut pas vivre. Il a failli en mourir. Et elle lui a dit pareil...

— C'est l'amour, dit Olivier.

— Alors, vous allez retourner à Ménilmontant ? demanda Loulou.

Eh bien, non ! Le père de Cri-Cri, pour fuir de mauvaises fréquentations, allait s'installer à Montmartre. Il habiterait la soupente avec sa femme et son fils en attendant de trouver un logement.

— Mon père, dit Cri-Cri à regret, il dit que Montmartre, c'est mieux que Ménilmontant.

— Tu vois..., dit Olivier.

— Mais j'aimais bien Ménilmontant, c'est là que je suis né.

— C'est normal ! concéda Capdeverre.

Les enfants firent la connaissance du père de Cri-Cri. L'opinion générale fut que c'était un bon gars, une sorte de grand frère plutôt qu'un père. Il s'était marié, très jeune, au retour du service militaire.

Ils firent plus ample connaissance lorsque se réalisa un projet collectif. Le père de Cri-Cri loua la grande voiture à bras du *Bois et Charbons* de la rue Bachelet. Un dimanche, au petit matin, arrimé comme un cheval de trait, l'homme partit pour Ménilmontant. Il s'agissait de mettre la dernière main au déménagement. Cri-Cri s'était installé dans la charrette. Loulou, Capdeverre et Olivier suivaient la voiture, prêts à pousser dans les montées et à retenir dans les descentes.

Combien de pas dans une vie ? Et pourquoi aucun des garçons n'oublierait-il jamais cette marche dans un Paris en habits du dimanche, une ville apaisée, à la circulation rare ? Ils se sentaient heureux et libres, conquérants aussi car chaque lieu parcouru leur appartenait aussitôt. Ils marchaient et c'était comme une danse, ils parlaient et cela devenait un chant.

Grâce à la mère de Cri-Cri, ils avaient obtenu cette permission d'une promenade. Maintenant, ils éprouvaient une jouissance à épuiser le trop-plein de leur désir de mouvement, comme de jeunes chiots lâchés dans la nature, et c'était une exploration, une aventure, une conquête. Leur plaisir était si grand, si réel qu'ils se sentaient prêts à aimer ce Ménilmontant si décrié jusque-là.

Ils s'arrêtèrent quelques instants en bas de la rue de Ménilmontant comme des alpinistes s'apprêtant à une ascension. « C'est ici, tout en haut ! » dit Cri-

Cri. Qu'elle montait cette longue rue ! Et voilà que Cri-Cri, peu inspiré lorsqu'il défendait son quartier, trouvait toutes sortes de mots inattendus pour le décrire. Ses amis se contentaient de l'écouter en oubliant de faire des comparaisons. Capdeverre dit que monter là-haut à vélo, ce serait comme pour le Tour de France l'assaut d'un col.

Lorsqu'ils arrivèrent sur la hauteur, ils étaient harassés. Le père de Cri-Cri tout en sueur s'épongeait avec un immense mouchoir. La concierge de l'immeuble leur offrit du cidre en indiquant qu'elle le rapportait de son village de Mortagne-au-Perche, capitale du boudin. Elle aiderait le père de Cri-Cri à emballer ses affaires et son mari lui donnerait un coup de main pour descendre le lit, une table et quelques chaises. Pendant ce temps, les enfants pourraient aller se promener. Elle prépara un casse-croûte pour chacun, quelle fête !

Cri-Cri se fit cicérone. Il rejoignit un square où jouaient ses anciens copains. Des présentations furent faites. Un des garçons dit qu'il connaissait Montmartre et c'était comme s'il parlait d'une lointaine contrée. Un autre désigna Cri-Cri du nom de « chef » et celui-ci dit : « Ici, j'étais le chef de la bande ! » à quoi Olivier répondit : « A Montmartre, y'a pas de chefs. Tout le monde commande. » Ils discutèrent, puis se mirent à jouer par groupes, aux cartes, aux quatre coins, à la lutte et autres jeux. Au fond, ces garçons étaient à l'image de ceux de la rue Labat, et, pourtant, de petits riens, dont personne

d'autre qu'eux-mêmes ne se serait aperçus, les diffé-
renciaient.

Cri-Cri, par moments, paraissait mélancolique. Il
renouait pour quelques heures avec son passé et il
regardait Olivier, Loulou et Capdeverre comme s'il
cherchait à être rassuré par eux. Sans doute le
comprenaient-ils car ils se mirent à vanter Ménilmontant surtout quand ils entreprirent une promenade rue des Amandiers où ils furent saisis par le
pittoresque. Cri-Cri leur nommait des lieux : un
patronage, une église, un gymnase, mais ce qui les
intéressait le plus étaient les boutiques, un bains-
douches, des bistrots, des cours pleines d'artisans et
de petits commerces.

Il fallut revenir rue de Ménilmontant où le père de
Cri-Cri, le mari de la concierge et un autre homme
finissaient d'attacher le chargement à la voiture à
bras. Ces hommes accompagnèrent leur ami et les
enfants jusqu'en bas de la rue car il fallait retenir
l'attelage dans cette descente très raide. Le père de
Cri-Cri offrit à boire dans un café en face de la
station de métro Ménilmontant. Après, le voyage
serait plus facile. Les adieux faits, les courroies aux
épaules, les brancards aux mains, le père de Cri-Cri
jeta : « En route, mauvaise troupe ! »

Ils se mirent à chanter à tue-tête. Les enfants
avaient bu de la bière qui les grisait. Les passants les
regardaient avec curiosité. Ce qui était un déménagement de pauvres devenait une marche triomphale. Le
père de Cri-Cri ne cessait de remercier les copains de

son fils alors que c'étaient eux qui avaient envie de dire merci.

Ils arrivèrent enfin rue Nicolet où la mère de Cri-Cri, en compagnie de Virginie et de Mme Capdeverre, les attendait. « Ils sont tout en eau, dit cette dernière, il faut les essuyer... » Virginie les embrassa et ils se mirent à parler tous à la fois pour raconter leur expédition.

— Tu vas voir, dit Olivier à Cri-Cri, on va bien s'amuser, on t'apprendra plein de trucs, on te laissera plus tomber...

— Moi, dit gravement Capdeverre, quand je serai grand, je ferai déménageur.

Vingt-cinq

LA RUE MUSICALE

QUAND Olivier posa à Bougras cette curieuse question : « Vous faites quoi, m'sieur Bougras, quand vous faites rien ? » il répondit : « J'écoute la rue... », et l'enfant se demanda ce que cela voulait dire. Bougras reprit :

« T'écoutes pas la rue, toi ? Elle arrête pas de faire toutes sortes de bruits, de les mélanger, de chanter, de faire de la musique. Oui, c'est une rue musicale ! »

Une *rue musicale* : cette expression avait frappé Olivier. Pourquoi cette rue était-elle musicale ? Dès lors, il ne cessa de tendre l'oreille et il s'aperçut bien vite que la rue avait sa musique propre. Cela commençait tôt le matin avec le tintement des bidons de lait, puis avec la voix grave de la Savoyarde qui dansait au clocher du Sacré-Cœur. Bientôt, on entendait les cris de Paris : les appels du chiffonnier, du vitrier, des marchands de toutes sortes, et tous les bruits de la vie : l'arrivée des plombiers de l'entreprise Boissier, les crachotements du percolateur du *Transatlantique*, le vrombissement d'un rideau de fer, le murmure de l'eau courant dans le ruisseau, la

263

chanson d'un balai de branches, le battement d'un volet, l'écho lointain de la circulation, les parasites d'un poste de T.S.F., des cris d'enfants, l'énorme bâillement d'un dormeur qui s'éveille...

Ces sons se renouvelaient chaque jour et la rue devenait un corps chantant, toussant, éternuant, offrant ses borborygmes comme un ventre. Parfois, un bruit inconnu d'Olivier apparaissait comme une intrusion et il fallait en deviner la source. Des morceaux d'anthracite tombaient sur le trottoir et, de son lit, Olivier imaginait le charbonnier, un sac vide replié pour protéger sa tête, un autre ventru et lourd sur son épaule, prêt à grimper les escaliers.

Dans son demi-sommeil, l'enfant inventoriait tout ce qui l'appelait à l'éveil et il ressentait une sorte de bien-être, d'aise comme si tout se mettait en place pour l'accueillir.

— Debout, Olivier, debout, paresseux, c'est l'heure !

La voix de sa mère. Il humait le parfum du café au lait et des sensations olfactives se mêlaient à celles de l'oreille. Avec une satisfaction naïve, il s'exclamait : « J'ai faim, ce que j'ai faim ! » Le mauvais moment serait celui de se débarbouiller à l'eau froide devant la pierre à évier car sa mère ne faisait chauffer l'eau que le dimanche pour le bain dans une bassine. Il faudrait faire vite : une toilette de chat tandis que sa mère, de la boutique, lui enjoindrait de savonner dans les coins. Vite !

Vite ! et ce savon de Marseille qui piquait les yeux...
Mais que ces tartines grillées sentaient bon !

Les bruits de l'éveil s'atténuaient, se fondaient en
une rumeur douce à l'oreille. Tandis qu'Olivier
trempait ses rôties dans le café au lait, ils entendaient
les pas dans l'escalier, ceux des gens qui se rendaient
au travail. « Tiens, disait Virginie, M. Capdeverre est
en retard aujourd'hui... » Un peu plus tard, son fils
descendrait à son tour et Olivier le rejoindrait pour
se rendre à l'école. Ils retrouveraient Loulou et les
autres au coin de la rue Lambert.

La vie était douce dans la rue musicale. Déjà, des
chants se faisaient entendre. Les possesseurs d'un
poste de T.S.F. s'en donnaient à cœur joie. Il fallait
bien qu'on le sache qu'ils disposaient d'un trois-
lampes ou d'un superhétérodyne !

Olivier fredonnait cette chanson populaire : *Avoir
un bon copain... Y'a rien d' meilleur au mon-onde !*
La fraternité amicale était à la mode : *Oui car un bon
copain... C'est plus fidèle qu'une blon-onde !* On
appelait une petite amie « une blonde » même si elle
était brune. L'enfant pensait à ses copains, ses
poteaux, comme on disait. Avec eux, chacune des
journées devenait un roman, un conte, une épopée en
réduction.

Olivier regarda le réveil ventru surmonté de sa
cloche. Il restait quelques minutes pour réviser la
fable de La Fontaine : « La cigale ayant chanté... » Il
leva la tête. A la boutique, sa mère coupait du tissu et
les ciseaux chantaient. Olivier imaginait la rue, les

êtres qu'il allait croiser, s'émerveillant déjà de leur diversité. Personne ne ressemblait à personne.

Ainsi, la belle Mado, dans sa démarche, semblait suivre une ligne droite qui aurait été tracée à la craie sur le trottoir, posant un pied devant l'autre, ce qui la faisait onduler. « Un vrai défilé de mannequins ! » disait Mme Haque. Mac avançait comme s'il se trouvait sur un ring. S'il lançait un crochet du gauche, ce n'était pas pour frapper un adversaire mais pour amener son poignet devant ses yeux et regarder l'heure à sa montre. Il trouvait ce geste chic parce qu'il l'avait remarqué au cinéma chez l'acteur Jules Berry. Ou bien, il inclinait son feutre sur le côté, serrait sa cravate et les mains à plat sur le ventre remontait son pantalon, ce qui lui donnait un air canaille. Bougras, le dos rond, marchait en ours, ses pas épousant lourdement le sol, et grognait contre quelque manquement à la vie sociale ou à la justice. Mme Haque, comme l'avait remarqué le père Poulot, ne marchait pas : elle roulait ! Olivier ne cessait pas de détailler les gens de la rue.

En plus de leur manière de se mouvoir, il s'intéressait à leurs paroles, ces autres musiques. Il écoutait les mots qui venaient de la mercerie : « *Du tout,* chère madame, *du tout !* » Il reconnut l'expression favorite d'un vieux monsieur retraité des Galeries. Chacun avec ses tics de langage. Le menuisier répétait : « *Ainsi de suite...* » Il disait : « Ah ! la vie, madame, c'est une tartine de... vous voyez ce que je veux dire, et il faut la manger sans faire la grimace, et *ainsi de suite...* » Pour le père Poulot, c'était : « *C'est pas pour dire...* » ou : « *Y'a pas à dire...* » ou encore : « *C'est comme je vous le dis...* » Il ne disait jamais « oui » mais « *Je veux !* » ou : « *Je veux, mon n'veu !* » La mère Cuistance faisait tout rimer : « A la tienne, Étienne ! » ou « Tout juste, Auguste ! » Mme Papa, elle, ponctuait ses phrases de « *N'est-ce pas ?* » qui devenaient « *S' pas ?* » ce qui rendait son élocution pétaradante.

Olivier s'amusait aussi des « vannes », des mises en boîte du genre : « C'est votre fils ? Quel œuf, madame ! » ou « Ta mère, elle a fait un singe ! » Et encore : « Quand les andouilles voleront, tu seras chef d'escadrille ! » Voilà le langage imagé qui lui plaisait. Et cette fillette qui jouait les Précieuses en disant : « La trottinette de vos injures roule sur le trottoir de mon indifférence. » Si Olivier avait été collectionneur d'autre chose que de vieilles bobines et de soldats de plomb éclopés, il aurait collectionné les mots du répertoire populaire et argotique. Malheureusement, il ne pouvait pas les glisser dans ses rédactions.

Sortant de sa rêverie, il rangeait son livre de lecture, consultait le réveil : « Zut ! je suis à la bourre, m'man, non... en retard. Il faut que je me magne le train, non... que je me dépêche ! »

Dans la rue, la lumière l'éblouit. La rue chantait, mille voix, mille sons sortaient des portes et des fenêtres, mais aussi des murs, des pavés et des toits. Oui, elle chantait par les bouches des gens, les T.S.F., les phonographes, par les outils du travail, les véhicules, les oiseaux, par lui-même qui fredonnait *tralala...*

Il rejoignit ses copains devant le tabac *L'Oriental* où ils regardaient un homme jouer à la grue. On entendait, venus de la salle du fond, les chocs des boules du billard. La joie qui l'envahit se traduisit par une débauche de gestes et de paroles. Les autres le tirèrent par la courroie de sa gibecière et il y eut une suite de chahuts. Il dit :

— Les gars, vous entendez ? La rue... Elle chante ! Elle arrête pas de chanter. Bougras dit que c'est la rue musicale...

— T'es louf ! dit Loulou, une rue ça peut pas chanter.

Capdeverre fit tourner son index sur sa tempe. Olivier avait parfois des propos déroutants. Un vrai dingue ! Alors, on le traitait de tout-fou, cinglé, dingo et on criait : « La voiture pour Charenton ! » Ils ne savaient pas que, pour Olivier, ces épithètes et ces sarcasmes, c'était encore de la musique.

Il prit un air indulgent. Lui non plus, au début, il n'avait pas compris ce qu'avait voulu exprimer Bougras avec « la rue musicale », il fallait du temps pour cela. Il affirma : « Vous comprendrez plus tard ! »

Puis l'insouciance le reprit et les trois copains se mirent à courir, à gambader, à sauter à cloche-pied en poussant des cris sur le chemin de l'école.

Vingt-six

RUE Nicolet, un immeuble étroit, vétuste, où nul ne logeait, était devenu une ruine. Une entreprise enleva les gravats, une autre étaya les immeubles voisins avec de gros madriers. Des planches formèrent une barricade de fortune. Les végétaux envahirent cet espace : herbes, ronces, orties. L'abandon, l'oubli.

Toujours à la recherche d'un jeu inédit, les enfants découvrirent cette jungle en réduction. La barrière escaladée, ils défrichèrent le terrain pour se ménager un espace habitable. L'imagination s'enflamma. De la grotte préhistorique au repaire de pirates, du cuirassé à la forteresse, du campement de gitans à l'île déserte, ce minuscule terrain trouva nombre de destinations. Loulou, Capdeverre, Olivier, Cri-Cri, le petit Riri, Jack Schlack... enfin tous, décidèrent qu'il s'agissait de la forêt vierge. Il n'y manquait que les fauves. Pour l'instant, des précautions avaient été prises : pistolets *Euréka*, revolvers à bouchons ou à patates, arcs et lances figuraient parmi l'armement des explorateurs. Loulou avait un casque colo-

269

nial trop grand pour sa tête et qu'il prêtait volontiers.

— Les gars, disait l'un ou l'autre, ici, il y a des lions, des tigres, des panthères...

— ... des éléphants, des girafes, des rhinocéros...

— ... des lapins !

L'auteur de cette dernière proposition, Riri, souleva des rires réprobateurs :

— Des lapins, tu parles ! Y'a longtemps que les fauves les ont boulottés.

— Alors, des gorilles, proposa Riri, et des cochons d'Inde. Ils sont petits, alors les grosses bêtes les ont pas vus !

Les idées ne manquaient pas : un pigeon devenait un rapace redoutable, une souris se transformait en éléphant.

— Les gars, j'ai une idée...

Cette phrase revint cent fois. Il suffisait de créer une jungle en réduction et ils en seraient les Tarzan ou les Jim la Jungle. On finirait d'installer le campement des héros. Puis, on trouverait les fauves. Le travail ne manquait pas.

Dans le quartier, quand une chatte faisait des petits, on appelait le père Grosmalard qui venait avec son seau d'eau pour noyer les chatons. Olivier avait assisté à une de ces scènes de massacre des innocents avec dégoût. Il avait quêté une réponse de sa mère.

— Oui, c'est bien triste, Olivier, mais on ne peut

pas garder tous les chats. Le quartier serait envahi. On ne pourrait pas tous les nourrir. Tu sais, ils ne s'aperçoivent de rien, ils n'ont pas le temps de souffrir...

Cela, Olivier en doutait. Et puis, de quel droit tuer les autres ? Il s'en ouvrit à Jack Schlack et ils s'entendirent pour trouver que c'était « dégueulasse ».

Les enfants organisèrent une croisade. Ils savaient que la chatte de cette dame surnommée La Cuistance attendait une portée. Au risque de se faire rabrouer, Loulou, Olivier et Capdeverre, frappèrent à la porte du logis qui sentait le pipi et le tabac à priser. Chacun portait un bouquet de fleurs de terrain vague à la main.

— Madame Cuistance, commença Loulou, on nous a dit que c'était votre anniversaire...

— Qui a dit ça ? Y'a longtemps qu'il est passé, mon anniversaire ! Y'a belle lurette qu'on n'en parle plus. Après un certain âge, les anniversaires, c'est plus des fêtes...

— On croyait, dit Olivier, mais ça fait rien. Les fleurs, on vous les offre quand même.

— Bande de chenapans ! jeta La Cuistance qui s'attendrit aussitôt : C'est quand même gentil !

Elle leur offrit de la limonade dans des verres à moutarde. Sur un coussin, sa chatte dormait.

— Il s'appelle comment votre chat ? demanda Capdeverre.

— C'est une chatte. Elle s'appelle Mistigri. Toutes

mes chattes se sont appelées Mistigri. Allez savoir pourquoi !

— C'est une gravosse, dit Loulou, elle a un de ces ventres !

— Elle attend des petits une fois de plus. Vont pas tarder à arriver.

La Cuistance prit une pincée de tabac à priser dans son cornet de papier et la répartit entre ses deux narines. Olivier se demanda si elle allait éternuer et attendit vainement. Puis, il se lança dans une entreprise diplomatique :

— Quand ils vont naître, les petits chats, vous appellerez le père Grosmalard ?

— Pas besoin de cet outil-là. Je fais ça moi-même, bien que...

— C'est pas marrant !

— Chaque fois, ça me retourne les sangs, mais pourquoi les chattes font autant de petits, je vous le demande !

Loulou s'interrogeait sur ce qui se passerait si les femmes concevaient autant de bébés que les chattes. Cela donna lieu à des considérations sur la nature et la vie en attendant l'éclosion d'une idée qui lancerait le projet encore bien vague. En veine d'inspiration, Loulou, le plus imaginatif dès lors qu'il s'agissait d'un gros mensonge, se lança dans un discours persuasif :

— C'est drôle, vous trouvez pas ? Rue Hermel, je connais une dame, je sais plus son nom, qui a une chatte. Hier, ses petits sont morts, on sait pas pourquoi. Et elle voulait les garder pour des amis à la campagne. Alors, maintenant, sa chatte, elle a plein de lait et pas de petits...

— J'ai une idée..., l'interrompit Olivier.

— Moi aussi, reprit Loulou. Si vous voulez, madame Cuistance, quand les petits Mistigri vont naître, on pourrait les lui filer...

— Et même qu'elle serait drôlement contente ! dit Olivier.

— Et comme ça, y'aura pas de maccabes ! compléta Capdeverre.

La Cuistance accepta. Cela lui éviterait une corvée. Et si en plus les enfants s'en amusaient...

— Si vous voulez. Venez demain soir. Je crois que ce sera pour cette nuit. Je la connais, ma Mistigri. Je les lui laisserai un peu, le temps qu'elle se remette...

Olivier dit à ses amis : « La jungle va être pleine de tigres ! »

En fait, il fallut attendre le surlendemain. Chacun passait chez La Cuistance avec cet air angoissé qu'ont les pères lorsque leur femme attend un bébé.

Le moment arriva enfin où l'équipe emporta dans un panier d'osier garni de chiffons six petites vies aveugles pour les installer dans leur jungle privée, six tigres qui allaient prendre la dimension de leurs rêves. Ils avaient préparé, à l'aide de cageots, de planchettes, de toile cirée, une maisonnette à chats fort convenable. Les tigres furent placés sur un vieil oreiller découvert dans une poubelle.

Ils passèrent beaucoup de temps à les regarder,

émus par la vie mystérieuse de ces petits tas de fourrure qui aspiraient à devenir de vrais chats. La grande affaire fut de les nourrir. Ils achetèrent à la boulangerie ces minuscules biberons contenant des bonbons ronds, les vidèrent de leur contenu pour les remplir de lait. Leur entreprise échoua : les chatons refusaient la tétine et le lait coulait autour de leur bouche.

— Ils doivent pas aimer le lait de vache, suggéra Loulou.

— J'espère qu'ils vont pas clamser ! dit Capdeverre.

— On sait pas quoi faire, dit Olivier, faut trouver une idée. C'est une question de vie ou de mort !

Ils en oubliaient la jungle et le jeu. Ils se trouvaient face à des responsabilités nouvelles. Que faire ? Toute leur énergie devait se consacrer à ces chatons si difficiles à sauver. Et, brusquement, Olivier trouva la bonne solution : « Il faut leur apporter leur mère ! »

Pour cette nouvelle expédition, La Cuistance les accueillit mal : « Qu'est-ce que vous voulez encore ? Z'avez eu les chats, non ? » Comme il était impossible de lui demander Mistigri, il fallut ruser. Quand la chatte sortit de la pièce, ils dirent à La Cuistance qu'ils étaient venus pour la remercier. Elle répondit : « Ça va, ça va ! Caltez, volaille... »

Ils rattrapèrent la chatte dans l'escalier. Docile, elle se laissa emporter. Comme si elle comprenait. Dans la jungle, elle alla droit à ses petits. Elle les lécha longuement et bientôt, en grappe autour de son ventre, ils tétèrent.

— Ouf ! dit Loulou. Les tigres l'ont échappé belle !

***

Les sauveteurs connurent de nouvelles difficultés. Voilà que Mistigri tenta d'emmener ses petits vers le bercail fatal, cette idiote ! Il fallut monter la garde. Pour conquérir cette chatte au caractère difficile, chacun lui apportait ce qu'il distrayait des repas familiaux. Ainsi, Olivier, à table, faisait glisser en cachette la viande ou le poisson du repas dans la boîte en métal de son goûter posée sur ses genoux. Loulou se chargeait du lait. Capdeverre fouillait dans les poubelles du tripier.

Bien allaités par Mistigri, elle-même bien nourrie, les chatons grandirent vite, chacun affirmant sa personnalité. Les quatre petits gouttières au pelage rayé furent des tigres, un tacheté fut panthère et on appela lion celui au poil fauve. En compagnie des chats, les enfants étaient heureux. Bien cachés dans leur jungle, ils pouvaient jouer en paix. Ils éprouvaient aussi l'impression d'avoir changé l'ordre des choses.

L'idée d'aventure s'était éloignée. Les explorateurs en herbe se transformaient en pères de famille. Bientôt, les chatons savourèrent du poisson, de la viande, tandis que Mistigri, mère indigne, se désintéressait de ses petits.

— C'est parce qu'ils n'ont plus besoin d'elle, observa Capdeverre, les bêtes sont comme ça...

— Moi, j'aurai toujours besoin de ma mère, confia Olivier.

— Les humains, c'est pas comparable, affirma Loulou.

Déjà, les « fauves » les plus hardis cherchaient à franchir la palissade. Qu'adviendrait-il d'eux s'ils se perdaient dans un monde étranger ?

Chacun avait tenté de convaincre ses parents d'adopter un chat. Olivier et Capdeverre se heurtèrent à un refus. Seul Loulou gardait quelque espoir, sa mère ayant dit : « Peut-être, on verra plus tard ! »

— Il faut trouver des gens qui les adoptent, dit Olivier.

Ils firent de porte à porte tant de démarches, ils en parlèrent tant et tant qu'ils finirent par en placer deux chez un épicier de la rue Ramey, cela après des discours persuasifs sur la multiplication des souris et leurs ravages dans l'alimentation générale. Ils se séparèrent ainsi d'un « tigre » et de la « panthère » Restaient trois « tigres » et un « lion ».

Mais le jeu avait pris un tout autre tour. Le rêve de la jungle s'effaçait devant la réalité. Que de soucis ! Ils profitèrent du jeudi où comme chacun sait, il n'y avait pas d'école, pour emporter dans un cageot de fruits les quatre rescapés.

Ils s'installèrent sur le terre-plein du boulevard de

Clichy près de la place Blanche. A la craie, ils inscrivirent sur le trottoir : *Très beaux chats offerts gratuitement.* Des passants s'approchaient, s'attendrissaient, caressaient, disaient que les chats étaient mignons. Les enfants vantaient leur intelligence, leur fidélité, leur propreté, mais ne parvenaient pas à convaincre. Il s'écoula ainsi une partie de l'après-midi.

Alors que le découragement les accablait, Capdeverre, esprit industrieux, eut une idée. Il effaça la craie et écrivit en grosses lettres : *Chats de race, tigrés de la Butte, à vendre.* Le meilleur de son idée était d'avoir indiqué « à vendre ». Curieusement, cela raviva l'intérêt des badauds. Certes, un mauvais plaisant dit :

— Chats de race, ah ! ah ! tu parles ! Des bâtards, oui !

— Si vous aimez pas ça, n'en dégoûtez pas les autres ! dit Olivier.

— Et vous, z'êtes de race ? demanda Capdeverre.

— Vendez-les au restaurant, il en fera du civet de lapin, jeta un gosse qui passait.

Ils préférèrent ne pas répondre. Une vieille femme en fichu et en charentaises, toute courbée, leur dit :

— C'est des gouttières, vos chats de race. J'en prendrais bien un, mais j'ai pas les moyens de payer...

— On fait crédit, annonça Capdeverre.

— On vous en fait cadeau, dit Olivier en lui

277

tendant un des « tigres », mais il faudra bien le soigner...

— Quand on aime les bêtes, la question se pose pas, dit la vieille. Ma chatte est morte. Je l'ai soignée dix-sept ans !

Elle emporta le chat. Ils étaient rassurés sur son sort en même temps que tristes de s'en séparer. Il n'en restait que trois. Qu'allaient-ils devenir ? Ils en discutaient quand une dame de haute taille se pencha sur les chatons et demanda :

— C'est vrai ? Ce sont des vrais « tigrés de la Butte » ?

— Authentiques ! affirma Olivier.

— De pure race, renchérit Capdeverre. On les appelle aussi des « tigrés de Montmartre », des vrais, aussi vrais que je vous le dis, des vrais poulbots...

Près d'elle, son mari paraissait hésitant. Il demanda le prix. Ils répondirent que cela se discutait. Le couple parla dans une langue étrangère, puis le monsieur proposa :

— Vingt francs pour les deux ?

— Oui, oui, c'est d'accord, dit Olivier un peu vite.

Mais Loulou fit le difficile. Il exigea des références. Ainsi apprirent-ils que les deux « tigres » vivraient en Hollande, au bord de la mer, dans une grande maison entourée d'un jardin.

Alors, Capdeverre proposa pour une somme un peu plus élevée le tout dernier, le « lion », mais, à sa surprise, Loulou annonça qu'il n'était pas à vendre.

Nouvelle scène déchirante des adieux. Loulou dit aux Hollandais qu'il faudrait qu'ils parlent aux chats en français et ils promirent en souriant. Le Hollandais prit le cageot contenant les deux « tigres » sous son bras tandis que le « lion » se perchait sur l'épaule de Loulou. La dame dit qu'il fallait acheter un panier en osier, demanda s'ils avaient été nourris, posa des questions sur leur santé, etc. Le Hollandais tendit deux billets de dix francs que les enfants prirent avec gêne, mais comment faire autrement ?

— On les a drôlement possédés, ces deux-là, dit Capdeverre en les regardant s'éloigner.

— Ils ont l'air content, dit Olivier.

— C'est peut-être vrai que c'est des chats de race, ajouta Loulou en embrassant le « lion » sur le museau.

Assis sur un banc du boulevard, ils se sentirent abandonnés, tristes, envahis par un sentiment vague de culpabilité. Ils avaient de l'argent, ils pouvaient acheter des gâteaux, des bonbons, et même des jouets, mais, pour l'instant, ils n'en avaient pas envie.

Seul, Loulou paraissait heureux. Il ne cessait de câliner son chaton.

— C'est vrai, il reste celui-là, dit Capdeverre.

— Il est pas à vendre ! clama Loulou.

Il expliqua : il l'apporterait chez lui car il savait que sa mère, après des protestations, finirait par se laisser séduire : comment résister à un si joli chat, et qui ronronnait d'aise ?

Ils remontèrent la rue Caulaincourt. Leur jungle

de la rue Nicolet serait bien déserte. Ils ne savaient pas encore qu'ils l'abandonneraient parce qu'elle portait trop de souvenirs. Capdeverre dit :

— On pourrait avoir une tortue...

Ses amis restèrent muets. Olivier regarda vers le ciel et dit avec mélancolie :

— C'est bientôt l'hiver... ils auraient eu froid !

Vingt-sept

QUE de livres chez M. Stanislas ! On en trouvait partout, même dans la cuisine, même dans les toilettes. Les avait-il tous lus ? Olivier se le demandait. Parfois, les titres étaient bizarres, incompréhensibles. Pour les lire, il fallait être calé et on l'était encore plus quand on les avait lus. M. Stanislas appelait son grenier « le capharnaüm ». Olivier croyait que ce mot venait de « cafard », peut-être parce que les livres attiraient ces insectes ou parce qu'on les prenait quand on « avait le cafard ».

Olivier lisait tout ce qui lui tombait sous la main : illustrés, magazines, journaux, et même les romans sentimentaux qu'adorait sa mère. Certains livres comme *Sans famille*, *Les Trois Mousquetaires* ou *Un bon petit diable* avaient été trois fois lus.

Un matin qu'il montait la rue Nicolet chargé d'un filet à provisions gonflé de pommes pour la compote, M. Stanislas lui toucha l'épaule et l'appela « mon jeune ami ». Olivier lui offrit une pomme qu'il accepta sans façon. Comme pour le remercier, il

281

désigna un pavillon derrière une cour fermée par une grille. Il dit :

— Sais-tu, Olivier, qu'un poète a vécu ici...

— Un poète... qui écrit des vers ?

— En général, c'est ce que font les poètes. Celui dont je te parle s'appelait Paul Verlaine. Il vécut là durant son mariage avec une jeune femme qui se nommait Mathilde. Un matin, un autre poète, tout jeune, a monté cette rue (M. Stanislas montra le bas de la rue et parut rêveur comme s'il s'attendait à voir monter « l'autre poète » dont il parlait) pour lui rendre visite. Il venait de Charleville et son nom était, tiens-toi bien !... Arthur Rimbaud !

Ces noms n'évoquaient pas grand-chose pour Olivier. M. Stanislas répéta : « Oui, Verlaine et Rimbaud. Ils ont marché là où nous marchons, tu imagines ! » Olivier se promit de retenir ces noms pour en parler à son instituteur. M. Stanislas demanda à Olivier de lui citer les noms des poètes qu'il connaissait. L'enfant ne fut pas en peine : il indiqua les noms de ceux dont il apprenait les poèmes par cœur. M. Stanislas écouta : La Fontaine, Corneille, Victor Hugo, Théophile Gautier... et il approuva de la tête. Quand Olivier cita Jean Aicard et André Theuriet, il fit « Pfft ! Pfft ! » avec un air dédaigneux.

— Quel est ton préféré ?

— Théophile Gautier ! répondit spontanément Olivier.

— Ah bah ?

Olivier récita des vers : « Tout près du lac filtre

une source... » et « Mars qui se rit des averses prépare en secret le printemps... » Il cita même le titre du recueil : *Émaux et Camées* qu'il ne comprenait pas et que M. Stanislas lui expliqua avant de lui proposer :

— Si tu n'es pas pressé, viens chez moi. Nous allons boire du *Phoscao*.

— Miam ! Miam ! dit gentiment Olivier.

Il grimpa donc avec son hôte jusqu'au capharnaüm. Olivier grignotait un boudoir qui accompagnait le breuvage quand M. Stanislas prit un livre, le feuilleta et lut à voix haute le début d'un poème de ce M. Verlaine qui avait habité le quartier :

Voici des fruits, des fleurs, des feuilles et des branches,
Et puis voici mon cœur...

Olivier, son bol entre les mains, s'immobilisa. Il ignorait pourquoi mais les mots de ce poème fleuri, lus d'une voix grave et chantante, le ravissaient. Comme c'était joli ! Et cette rime qui lorsqu'elle rencontrait sa sœur semblait sonner comme une petite clochette... Lorsque M. Stanislas posa le livre, Olivier se retint d'applaudir. Il n'avait pas tout compris, il savait seulement qu'il s'agissait d'amour, mais cette musique de mots apportait du bonheur. Il répéta : « Voici des fruits, des fleurs, des feuilles... »

— Tu connaissais donc ce poème ? demanda M. Stanislas.

— Non.

— Tu l'as entendu une fois et tu peux déjà réciter le premier vers, mais tu as une mémoire d'acteur, mon garçon !

— Non, m'sieur, mais c'est... c'est si beau !

Olivier quitta son ami un peu inquiet parce que sa mère attendait les pommes. Sa rêverie le conduisit à unir le mot « pomme » et le mot « poème ». Il répéta à voix basse : « Voici des fruits, des fleurs... » Il croyait être resté longtemps chez M. Stanislas et s'étonna de ne pas recevoir de reproches.

Il aida Virginie à peler les pommes et à les couper en quartiers. Elle prépara un caramel au fond de la marmite en ajoutant au sucre des écorces de citron. Quand elle ajouta les pommes, une bonne odeur se répandit. Dans sa tête, comme si cela s'accordait à la préparation, Olivier continua à entendre : « Voici des fruits, des fleurs... »

Dans les jours qui suivirent, il ne cessa pas de répéter ces mots. Achetant chez Mme Klein ce pain rayé qu'on appelait « pain saucisson », il déclama : « Voici des fruits, des fleurs... », et la suite revint à sa mémoire : « Et puis voici mon cœur qui ne bat que pour vous ! » La boulangère éclata de rire. Plus tard, elle confierait à Virginie que son fils lui avait fait une déclaration d'amour.

Il recommença à l'intention de Mme Haque qui le pria de cesser de dire des bêtises. Ses copains ne furent pas plus sensibles à la beauté du poème. Capdeverre se demanda pourquoi son copain apprenait des « récitations » sans y être obligé et conclut

qu'il « yoyotait de la touffe ». Au récitant, Loulou
déclara : « Arrête de faire le zouave, tu nous les
casses. » Quant à Virginie, elle demanda à Olivier si
c'était une chanson dont il avait oublié l'air.

M. Stanislas lui fit la surprise de recopier pour lui
le poème d'une belle écriture à l'encre violette. Il lui
montra que, dans un poème, les syllabes sont comp-
tées. Olivier qui ne s'en était guère avisé s'en
émerveilla. Il lut d'autres poèmes, remarqua la place
des rimes et envisagea la manière dont ils étaient
construits. De là à composer un petit poème lui-
même, le chemin était court et il montra à M. Stanislas une chanson naïve que ce dernier améliora. Ils
jouèrent ensemble à faire des bouts-rimés. Olivier
ignorait pourquoi cela lui plaisait tant et pourquoi il
voulait en garder le secret. Ce fut là l'origine d'une
déception.

Le vendredi matin, M. Gambier, l'instituteur,
donnait un sujet de composition française. Les
écoliers disposaient d'une heure pour la rédiger et
rendre leur copie. La semaine suivante, avant que soit
donné le nouveau thème de « rédac », il lisait la
meilleure copie de la précédente « compote ». Olivier, par ailleurs élève passable, connaissait son heure
de triomphe. Dès que le maître prenait les copies en
main, tous se tournaient vers lui et il prenait un air
faussement modeste avant de se tortiller d'aise et
faire le malin. Oui, en rédaction, il triomphait. Même
les plus forts ne lui arrivaient pas à la cheville.

Ce vendredi-là, il subit une défaite. La meilleure

rédaction était celle d'un autre. Cela provoqua des ricanements. Bien qu'il prît un air lointain, cela ne changea rien à l'outrage. De plus, M. Gambier lui jetait des regards ironiques en regardant par-dessus son lorgnon.

Le sujet choisi avait été « Le Mendiant ». Il s'agissait de décrire un malheureux ainsi que les sentiments qu'il inspirait. Or, ce présomptueux d'Olivier avait écrit sa rédaction... en vers ! Oui, en vers, avec des rimes : « C'est un pauvre vieux sourd-muet / Qui racle un violon fausset / Au seuil d'une porte cochère... »

Quand le maître lui rendit sa copie, il trouva en marge la note de 4 sur 10 et cette appréciation tirée de La Fontaine : « Ne forçons point notre talent. Nous ne ferions rien avec grâce. »

Lorsque, à onze heures trente, les élèves, rang par rang, quittèrent la classe, M. Gambier retint Olivier :

— Dis-moi, ce poème où l'as-tu copié ?

— Je l'ai pas copié, m'sieur, je l'ai fait moi-même en vers, mais je sais pas pourquoi...

— Hum ! Dois-je te croire ?

— M'sieur, je le jure ! Même que j'ai compté les syllabes sur mes doigts. C'est quelqu'un qui m'a appris. Et ça s'appelle des vers de huit pieds...

— Ah ? Après tout, tu as peut-être des dispositions, mais ne recommence pas !

Olivier, penaud, mais ayant vaguement conscience d'une injustice, se dit simplement : « Encaisse, mon pote ! Et mets-toi en veilleuse ! »

Cependant, les copains de la classe racontèrent l'histoire de la rédaction en vers dans la rue. Olivier fit l'objet d'une « mise en boîte » qui devait se prolonger durant quelques jours. Loulou déclamait volontiers :

> *Olivier fait des vers*
> *Sans en avoir l'air*
> *Comme Victor Hugo*
> *Quand il est sur le pot.*

Capdeverre, lui, chantait cette chanson idiote : « Je te fais pouett-pouett, tu me fais pouett-pouett... »

Olivier pensait alors à M. Stanislas et jetait à ses amis : « Vous n'êtes qu'une bande de cloches ! »

En effet, Olivier trouva plus de compréhension chez son ami le zoologue. Quand il lui montra sa copie corrigée, son ami lui dit, à propos de la citation de La Fontaine, que son maître ne manquait pas d'humour. Il confia à Olivier que, lui aussi, dans sa jeunesse, avait écrit des poèmes et qu'il avait subi les mêmes railleries.

— Je n'ai jamais connu la raison, dit-il, de l'agacement que ma douce manie faisait naître dans mon entourage. C'était comme si j'avais voulu me différencier ou faire preuve d'une supériorité imaginée, je ne sais...

— C'est pareil pour moi, confia Olivier, même mes bons copains se fichent de ma fiole !

— Et pourquoi cette rédaction en vers ?

— Je ne sais pas, répondit Olivier, ça s'est fait tout seul, comme si j'écrivais... heu ! sans moi.

— Serait-ce une définition de la poésie ? demanda M. Stanislas avec un léger sourire.

Il conseilla à Olivier d'écrire ses rédactions en prose : « Sois naturel, applique-toi, fais chanter tes phrases et tu auras ta revanche... » Il lui donna des exemples, lui conseilla des lectures et ajouta :

— Quant à la poésie, si tu le veux bien, nous n'en parlerons qu'entre nous. Ce sera notre secret...

Il en fut ainsi. Quand Olivier passait rue Nicolet, il s'arrêtait devant la maison où avait habité M. Paul Verlaine. Il se répétait : « Voici des fruits... », et aussi les mots d'un autre poème où il était question d'une « femme inconnue et que j'aime et qui m'aime ». De temps en temps, il écrivait un poème et ne le montrait à personne.

Son secret...

Vingt-huit

L'HOMME AU GILET

« Il ne les attache pas avec des saucisses ! » disait-on du surnommé Gilet, ce qui voulait exprimer qu'il était avare, pingre, radin, rat, près-de-ses-sous. Mme Haque avait trouvé mieux : « Il est avaricieux ! » disait-elle, ce qui fleurait bon le terroir.

Comment savait-on cela ? Gilet marchandait chez les commerçants, il ne donnait jamais d'étrennes à la concierge ou au facteur, il refusait de participer aux collectes en faveur des démunis, et, surtout, il éprouvait une véritable souffrance dès lors qu'il ouvrait son porte-monnaie. Quand on voyait une mouche au cœur de l'hiver, on disait qu'elle s'était réfugiée dans le porte-monnaie récalcitrant.

La carrière de Gilet s'était exercée, selon ses dires, dans des résidences somptueuses et des châteaux. Il avait été valet (il disait : valet-maître, comme aux cartes), valet d'un baron, d'un comte, puis d'un duc, comme pour affirmer sa progression dans la hiérarchie. Il en avait gardé la livrée. On le voyait vêtu de noir, les chaussures toujours bien cirées, des gants blancs, et surtout un célèbre gilet rayé à bandes jaunes et noires. Son attitude montrait sa dignité, bien que ses épaules serviles fussent arrondies. Il aimait citer le nom de ses anciens maîtres, parler des grandes réceptions du début du siècle pour que fleurissent dans sa conversation des noms historiques comme Luynes, Uzès ou Brissac. Atteint par l'âge, il s'était retiré dans un immeuble de la rue Nicolet qui lui appartenait, nanti d'un avoir provenant de ses économies, d'un legs de son dernier maître et d'une pension. De son nom Hector Farine, à cause du gilet étincelant, il était devenu M. Gilet et on ne le nommait jamais autrement.

— J'en ai connu du monde ! disait-il. En ai-je fait des voyages ! Depuis 1914, tout a changé. La grande vie, j'ai connu la grande vie !

— Comme au cinéma ? demandait Olivier.

— Encore mieux, les enfants, encore mieux !

Il parlait de chevaux et d'équipages, d'automobiles somptueuses, de chasses à courre, du *Pré-Catelan* et de l'hippodrome d'Auteuil, de Biarritz et de Cabourg. On entendait :

— Ce jour-là, à Chantilly, il y avait la crème...

— La crème Chantilly ? demandait Loulou.

M. Gilet haussait une épaule, prenait une pose qu'il voulait distinguée, levait un sourcil comme pour y glisser un monocle et s'éloignait, sa canne sous le bras.

Bougras disait :

— Pas de sots métiers ! Ou alors, ils le sont tous. Y'a toujours un moment où l'esclave imite le maître.

On a toujours l'impression qu'il tient un plumeau à la main. Celui-là, il a dû en voler des cigares !

Cela n'empêchait pas Olivier d'être impressionné par M. Gilet. Le mot « valet » avait pour lui la signification des jeux de cartes : on trouve le Roi, la Reine, le Valet, et, à la belote, le Valet est le plus fort. Mais pourquoi cet homme qui avait côtoyé l'opulence se montrait-il si avare ? L'enfant en entretint Loulou et Capdeverre et ce dernier qui avait toutes les audaces demanda à M. Gilet la raison de son manque de générosité :

— M'sieur Gilet, les gens disent que vous lâchez pas facilement l'oseille...

— Tu veux dire l'argent. Et pourquoi je le lâcherais facilement, je te prie ?

— Ben, dit Capdeverre interloqué par ce « je te prie », il paraît que vous êtes rapiat.

M. Gilet leva les yeux au ciel, déclara que les enfants étaient de plus en plus mal élevés, que la petite Luynes ne se serait jamais exprimée ainsi, enfin que s'ils avaient passé par un collège anglais, ils se seraient interdit toute allusion personnelle. Il reprit :

— Mes jeunes amis, je suis la générosité même, mais je n'entends nullement être une poire en jetant l'argent par les fenêtres. J'en connais la valeur car j'ai su me contenter d'une vie spartiate afin de faire des économies pour plus tard...

— C'est quand, plus tard ? demanda Olivier.

— Quand je serai vieux.

Olivier n'osa pas lui dire que, vieux, il l'était déjà.

Il s'en alla, quelque peu confus, habité par le sentiment de s'être mal conduit.

Les enfants participèrent à la « Croisade du Timbre antituberculeux ». De porte en porte, ils vendaient ces timbres et rapportaient l'argent à l'école. Les plus chers, parce que les plus grands, étaient collés par les commerçants sur leur vitrine. Les autres avaient la dimension d'un timbre-poste. Entre les gosses s'établissait un esprit de compétition : c'était à celui qui glanait le plus grand nombre de pièces de monnaie pour lutter contre cette terrible maladie des poitrinaires qui « crachaient leurs poumons » et qu'on ne savait pas guérir.

Pour rendre visite à un personnage aussi réticent que M. Gilet, Olivier et Loulou s'unirent. Ils frappèrent à la porte de son appartement. M. Gilet les reçut en robe de chambre à brandebourgs, mais ne leur permit pas de passer le seuil.

— C'est à quel sujet ? demanda-t-il.

— Les timbres antitu... antitu..., commença Olivier.

— ... berculeux, compléta Loulou.

M. Gilet s'appuya contre le chambranle de sa porte, passa le doigt sur l'arête de son nez, et, sous le coup de l'inspiration, se lança dans un discours sur l'inutilité des quêtes publiques car on ne sait jamais où va l'argent. Il parla de « ceux qui se sucrent » et assura que ce n'était pas aux particuliers de s'occuper de la santé publique, que l'Etat faisait payer assez d'impôts, que les gens étaient des cruches...

Lorsque l'homme, à bout de souffle, eut terminé sa diatribe, Loulou dit :

— Nous, on sait pas...

— C'est à l'école, précisa Olivier. Le maître d'école a dit que c'est pour mieux soigner les malades qui toussent...

— ... et qui ont une poitrine de vélo, ajouta Loulou.

— Ouais, ouais, fit M. Gilet. Attendez-moi...

Il revint avec, ô miracle ! son porte-monnaie à la main en répétant : « Voyons voir », avec un petit sourire en coin. Il fouilla dans les compartiments du porte-monnaie et annonça qu'il n'avait pas de monnaie. Le lendemain, il irait payer son ardoise à la boulangère. Les enfants n'avaient qu'à revenir, mais il aurait peut-être changé d'idée. Les enfants se consultèrent du regard. Ils comprenaient qu'il s'agissait d'un faux-fuyant. Jamais cet avare n'achèterait de timbres. Olivier dit :

— On vous les mettra de côté. Vous en voulez combien ?

— Combien ? Combien ? Comme vous y allez ! On voit bien que ce ne sont pas vos sous. Je n'ai pas la fortune à Rothschild, moi ! D'ailleurs, j'en ai connu un de Rothschild. C'était en...

— Oui, mais vous en prenez combien ? coupa Loulou excédé.

— Un, pas plus, ou même la moitié d'un.

— Vous rigolez ! dit Olivier, on ne coupe pas un timbre en deux !

D'un mouvement brusque, M. Gilet leur ferma la porte au nez. Ils descendirent l'escalier en faisant beaucoup de bruit.

— Pas possible d'être aussi radin ! s'exclama Loulou.

— C'est un ladre, un fesse-mathieu, ajouta Olivier qui avait lu ses classiques à l'école.

Pour le plaisir, ils ajoutèrent des mots vengeurs comme : tête à poux, balai de chiotte, fleur de nave, vieille andouille, et chacun les fit rire.

Il fallait riposter. Loulou eut une idée qu'il confia à Olivier, ce qui fit redoubler leurs rires. On allait voir ce qu'on allait voir !

Les nattes blondes de Mme Klein, la boulangère, ressemblaient aux gerbes de blé figurées sur les céramiques ornementales. Elle accueillit les enfants avec son sourire commercial :

— Alors, les enfants de la France, c'est pour du réglisse ou des roudoudous ?

— On n'est pas des gourmands, nous ! dit Loulou, ce grand menteur. On vient pour une commission de la part de M. Gilet...

— Ah ! l'ancien larbin. Il ferait mieux de payer ses dettes, celui-là !

— Justement, dit Olivier. Il nous a dit de vous prévenir qu'il viendra demain.

— Ouais, espérons toujours. A moins qu'il règle quand les poules auront des dents.

— Voilà, expliqua Loulou, il voulait nous prendre trois timbres antituberculeux, mais comme il n'avait pas la monnaie...

— ... C'est vous qui les payez, intervint Olivier, et vous les ajoutez sur sa facture. Il vous remboursera, même qu'il l'a juré croix de bois croix de fer...

— Et s'il ment il ira en enfer. C'est bien vrai, ce mensonge-là ?

Les deux enfants prirent un air offensé, la regardèrent la main sur le cœur avec un tel air d'innocence qu'elle les crut.

— Si c'est comme ça... J'en prends cinq pour lui. Il peut bien les payer, ce vieux grigou !

— Au poil, dit la mouche ! jeta Loulou.

Il détacha soigneusement cinq timbres du carnet et encaissa un beau billet de dix francs.

Dans la rue, les enfants plaisantèrent, puis ils mesurèrent l'énormité de leur acte. « C'est quand même rigolo ! » dit Olivier. Et Loulou : « J'aimerais voir sa bobine quand Mme Klein lui donnera sa note. Faudra se tenir à carreau ! »

Ils ne se trompaient pas. Par la suite, quand ils rencontraient M. Gilet, ils changeaient vite de trottoir car l'homme leur tendait un poing menaçant. Quant à Mme Klein, si elle affichait sa jubilation, elle agitait quand même son index devant elle comme pour dire : « Gare à vous, petits chenapans ! »

*
**

Loulou et Olivier ne se vantèrent pas trop de leur exploit. Un soir, dans l'arrière-boutique, Olivier regardait sa mère tricoter des mitaines. Il s'émerveillait que ses doigts courent si vite. Il demanda :

— M'man, t'as connu des avares comme M. Gilet ?

— Des avares ? Oh que oui ! Si j'en ai connu ? Plus que tu ne crois. Et pas toujours les plus pauvres...

— Et pourquoi on est avare ?

Cet Olivier ! Il posait toujours des questions auxquelles il était difficile de répondre. Virginie dit : « Y'a des gens ainsi faits... », puis, comme cela lui parut un peu court, elle ajouta : « C'est dans sa nature, à l'avare, d'être avare. Le bon Dieu n'a pas tout bien fait... »

Olivier se dit que ce n'était tout de même pas la faute au bon Dieu si M. Gilet était radin. Peut-être que personne ne lui avait dit que c'est moche d'être avare. Ou bien, ne connaissant pas son défaut, il croyait que tout le monde était comme lui.

Dès qu'une question tournait dans la tête de l'enfant, il ne parvenait pas à s'en détacher. Il allait poser la question à des tas de gens qui ne lui répondraient pas mieux que sa mère. Il pensa à *L'Avare* de Molière et reprit son livre de lecture. Les avares, tout le monde se moquait d'eux. S'il leur arrivait des malheurs, cela faisait rire. La conclusion d'Olivier se résuma à cette phrase :

— Au fond, ça doit pas être marrant d'être avare !

— Et surtout pas pour les autres.

Elle posa son ouvrage sur la table, leva les yeux, chercha l'inspiration dans le petit lustre à trois ampoules, puis la sagesse populaire lui rappela un cliché, un de ces lieux communs qui rendent tout plus facile.

— Que veux-tu, Olivier, dit-elle, il faut de tout pour faire un monde !

Olivier pensa que cela ne voulait rien dire. Il se replongea avec délices dans les aventures de Félix le Chat.

Vingt-neuf

LA RUE APPARTIENT A TOUT LE MONDE

OLIVIER tentait d'édifier une grue au moyen des pièces vertes de son Meccano. Il consultait le modèle sur le catalogue, mais il se trompait souvent et devait recommencer. Sa mère lisait un roman d'amour. Parfois, elle levait une tête rêveuse et regardait son fils. Elle attendait le moment où une question serait posée à laquelle elle s'efforcerait de répondre. Cela ne manqua pas.

— M'man, on jouait aux billes devant le 78, et la pipelette, cette rosse de Grosmalard nous a virés. Elle nous a dit d'aller jouer ailleurs mais pas sur *son* trottoir.

— Et c'est ce que vous avez fait ?

— Capdeverre lui a tiré la langue, Loulou lui a fait les cornes et moi je lui ai dit : la rue appartient à tout le monde ! C'est pas vrai, m'man, que la rue appartient à tout le monde ?

— A tout le monde et à personne. C'est vrai que les concierges disent *mon* trottoir. Pas tout le trottoir, mais la partie devant l'immeuble qu'elles balaient.

Olivier délaissa son Meccano et ouvrit un livre intitulé *Les Gosses dans les ruines,* illustré et avec une couverture en couleurs par Poulbot. Mme Haque le lui avait prêté. Si cette lecture ne le passionnait pas, il désirait aller jusqu'au bout, dans l'espoir d'une surprise. Au bout de quelques pages, il affirma :

— M'man, c'est chouette d'habiter Montmartre !

— C'est pas mal, mais si tu vivais ailleurs, tu dirais aussi que c'est bien.

— Oui, mais à Montmartre, on est beaucoup plus à la coule, comme dit le père Lapin, on est plus marioles...

— Si tu cessais un peu de parler argot ?

— Ça veut dire qu'on est plus malins, plus débrouillards, plus...

— N'en jetez plus, la cour est pleine ! l'interrompit Virginie en riant.

Olivier s'attacha aux illustrations de son livre. Ces enfants d'un Montmartre du passé ressemblaient aux contemporains d'Olivier, mais en plus déguenillé. Dès qu'il s'agissait de la Butte, les gens se montraient chauvins. Bougras disait qu'il y a trois Montmartre : celui des fêtards, celui des artistes, celui des gens simples, des braves gens « comme vous et moi ». Il parlait de choses lointaines, celles qu'on voyait dans le livre de Poulbot, d'une période historique qu'il appelait avec respect « la Commune » en ajoutant : « C'est pourquoi je me plais dans cette rue ! »

Olivier se souvint d'une conversation entre deux commères, un de ces dialogues qui tournent à l'aigre pour des riens.

— Moi, madame, disait la précieuse Mme Papa (c'était le raccourci du nom grec de son feu mari) en touchant ses bigoudis, moi, je vis dans cette rue depuis trente et un ans. Alors, inutile de me raconter des histoires...

— Ah ah ! s'esclaffait Mme Vildé en serrant son sac à provisions en moleskine sur son ventre, faut pas me la faire, ma petite dame, vous me faites bien rire ! Moi, cette rue, j'y suis née !

— Je reconnais que ça doit faire longtemps alors..., rétorqua Mme Papa d'un ton pincé.

— Non mais sans rire, non mais sans blague, non mais blague dans le coin, vous vous prendriez pas pour une « jeunesse », vous ?...

De cet échange, Olivier avait retenu qu'elles étaient toutes les deux fières de la rue puisqu'elles se disputaient l'ancienneté de leur résidence.

Il aimait grimper les escaliers Becquerel, se hisser sur la rampe centrale et regarder Paris, la ville voisine de Montmartre. Que de boulevards, que d'avenues, que de rues ! Elles semblaient creusées entre les immeubles comme le lit des rivières. Les passants étaient transformés en points imperceptibles, en petites poussières. Cette immensité de la ville, grisante, faisait ressortir la petitesse des formes vivantes. A califourchon sur sa rampe, Olivier chevauchait Paris.

Alors, un enthousiasme inexprimable l'envahissait. Toute l'énergie de la ville montait vers lui. Ce Paris, il en connaissait certains quartiers aux noms de villages : Batignolles, Belleville, Ménilmontant. Il avait parcouru les Halles, l'Opéra, le Châtelet. Monter les escaliers de la tour Eiffel se présentait comme un défi. Il connaissait l'existence de musées, de bibliothèques, de salles de concerts. Les journaux offraient des listes interminables de théâtres et de cinémas. Il eut l'âme d'un explorateur qui rêverait à ses futures découvertes.

Les rumeurs de la ville se dissolvaient et composaient une musique douce. En bas, tout en bas, des gens marchaient, se promenaient, travaillaient, s'amusaient, des milliers et des milliers de personnes qu'il ne connaîtrait jamais. Aimaient-ils leur lieu d'habitation comme ceux des rues Labat, Nicolet, Lambert, Bachelet, Ramey appréciaient leur « coin » ? Cela ne lui parut pas possible. Son amour pour sa rue lui cachait son aspect vieilli, misérable. Il ne voyait pas la vétusté, les lèpres, les fissures. La rue était un théâtre dont il fréquentait tous les acteurs, ceux qui tenaient un rôle dans une pièce sans cesse renouvelée.

Et pourtant, la rue, peu de ses hôtes y étaient nés. Des gens étaient venus d'Espagne, d'Italie, de Pologne, d'Afrique du Nord ou d'Afrique noire, d'autres, de plus près, Bretagne, Alsace ou Auvergne, et si chacun chérissait le souvenir d'un pays, d'une province, d'une ville ou d'un bourg lointains, tous avaient pris possession de la rue qui les protégeait.

Ils parlaient, dans ce caravansérail, du passé, des ancêtres, d'us et coutumes villageois, d'artisanat, d'agriculture, et ils s'apercevaient que, par-delà les apparences, des points communs les unissaient, ceux de la vie simple, de la tribu, du métier. Comme en Grèce, en Provence, en Afrique, partout, le soir, on posait une chaise devant le gîte pour la veillée, simplement pour être là, pour s'approcher des autres comme on s'approcherait du feu durant l'hiver. Chacun respectait le silence ou la parole de l'autre. Ce qui était important : vivre ensemble dans le combat du quotidien.

Olivier qui vivait dans cette chaleur se doutait-il que tout cela pouvait disparaître, que les gens resteraient chez eux le soir, recevant et ne donnant plus tandis que la rue, envahie par la mécanique, serait un immense garage et que les enfants ne pourraient plus jouer aux billes parmi les pavés moussus ?

Dans ses moments de méditation, Olivier ne se perdait pas dans le vague. Il ne cessait de revoir, dans leurs particularités, les gens de la rue, de penser à eux, à leurs habitudes, leurs tics, leurs qualités et leurs défauts, tout ce qui faisait de chacun une présence unique.

Tonton Larbi descendait les escaliers Becquerel. Son surnom, d'où venait-il ? Ce Tunisien, marchand de tapis, carpettes, descentes de lit, portait un fez rouge avec une mèche noire. Il riait tout le temps. Son plaisir était de rouler entre ses doigts des boulettes de mie de pain destinées aux pigeons. Avec M. Boccara, le « Cuirs et Peaux », face à face, assis sur des tabourets, ils jouaient d'interminables parties de trictrac. Venus à Montmartre de la même ville, de l'autre côté de la Méditerranée, de communautés différentes, l'une musulmane, l'autre juive, ils avaient découvert que leurs souvenirs étaient proches et ils les recréaient par leur manière de vivre, dans la rue, si loin de la mer.

Les parents de Loulou étaient des Russes blancs (Olivier avait pensé que, des Russes, il en existait de toutes les couleurs). Chez eux, Olivier avait remarqué des peintures appelées icônes illustrées de lettres bizarres qui ressemblaient à celles qu'on voyait chez Mme Papa, la Grecque. Ils mangeaient des plats de chez eux tout comme le tailleur Zober ou d'autres anciens étrangers. Pourquoi Virginie, en bonnes relations avec le boucher kascher, achetait-elle sa viande chez Linde rue Ramey ? Quand on passait devant certaines fenêtres, d'agréables fumets vous mettaient l'eau à la bouche. Ces « fricots » venus d'ailleurs, si différents de ceux qui mijotaient un peu partout apportaient une heureuse diversité. On aurait cru que le monde entier s'était donné rendez-vous dans la rue.

Olivier entendait les voix de chacun, les accents, les particularités de langage. Il semblait merveilleux à l'enfant que chacun eût sa voix bien à lui, que personne ne ressemblât à personne. C'était comme les instruments d'un orchestre. Malgré la pauvreté, les nostalgies, les regrets, chacun rêvait un avenir. Oui, la rue était pleine de rêves. En ce temps-là, le monde croyait au bonheur.

Le dernier tronçon de la rampe des escaliers Becquerel était le plus propice aux glissades car les pitons centraux avaient été sciés. Olivier se laissa glisser, un peu trop vite : en bas, il se retrouva, comme on dit, les quatre fers en l'air. Le môme Riri qui passait lui fit les cornes, affirma que c'était bien fait pour sa poire et que les types de la rue Labat étaient tous des cloches, à quoi Olivier répondit : « Aux chiottes, ceux de la rue Bachelet ! » mais c'était seulement un jeu. Olivier dit à Riri : « Approche si t'es pas un lâche. J'ai des trucs à te dire... »

Il s'agissait de l'affaire Grosmalard. Une alliance s'imposait pour faire échec aux prétentions territoriales des concierges. De leur côté, Loulou, Capdeverre et Jack Schlack avaient ameuté tous les copains des rues voisines.

Le soir même, une trentaine d'enfants s'asseyaient

devant la loge Grosmalard. Cette occupation du trottoir se fit en silence, puis les jeux et les cris commencèrent.

La fenêtre de la loge était fermée. A travers les rideaux, les enfants distinguaient des formes. Le père Grosmalard, sous une lampe, lisait son journal. La Grosmalard allait et venait. Ils entendirent : « Fais donc quelque chose, espèce de larve ! » et suivirent les éclats d'une scène de ménage. La femme traita son mari de toutes sortes de noms vilains. Il répondit par d'autres qui se terminaient tous par « asse » : putasse, grognasse, poufiasse. De quoi réjouir les jeunes auditeurs.

Jouant les indifférents, les enfants chantèrent en chœur des refrains populaires dont ils déformaient les paroles. Ils ignoraient que les Grosmalard, subitement silencieux, préparaient une riposte.

La femme avait convaincu son mari d'entrer en guerre contre les enfants et leur double colère allait se détourner sur eux. Si Olivier et les autres avaient connu le Père et la Mère Ubu (mais on n'étudiait pas Alfred Jarry à l'école), ils en auraient vu la parfaite représentation.

Ils durent l'avouer plus tard, les enfants terribles : ils furent décimés, battus à plate couture. La qualité et la rapidité de l'attaque s'avérèrent redoutables. Il n'y eut pas de quartier. Les armes du couple furent celles de leur profession : seaux d'eau et balais. La fenêtre s'ouvrit brusquement et ils furent aspergés tandis que les attaquants surgissaient par le couloir et continuaient le combat à grands et vigoureux coups de balai. Certains tombèrent et furent secoués d'importance. Aucun d'eux n'osait riposter contre des grandes personnes avec la même vigueur. Pour les Grosmalard, ce n'était pas « pour de rire ».

Au plus fort de la bataille passèrent à bicyclette deux agents en pèlerine, des « hirondelles » qui mirent pied à terre. Les Grosmalard se plaignirent du mauvais comportement de ces voyous, de ces gibiers de potence, de ces graines d'apaches. Ils ne réagirent guère qu'en leur conseillant de rentrer chez eux et en jetant aux enfants : « Allez, cirrrculez, cirrrculez ! »

Olivier, dégoulinant d'eau, échevelé, pénétra dans la mercerie de sa mère, sa fureur s'exprimant par une répétition abusive du mot interdit : « Merde, merde, merde... », ce qui choqua Virginie.

— Olivier ne répète pas ce mot, je te l'interdis ! A la rigueur, on peut dire « zut ! » ou « flûte ! » mais pas le mot de Cambronne, pas les cinq lettres !

— M'man, c'est dans le *Larousse* ! Et pis, l'autre jour, quand tu as renversé le sucrier, tu l'as dit...

— Tu as mal entendu.

Il raconta à sa mère la bataille du trottoir, répéta que « la rue appartient à tout le monde », jeta son indignation contre ces Grosmalard de malheur. Virginie lui dit que tout cela était ridicule et Olivier pensa qu'elle se conduisait comme Raminagrobis. Elle ajouta :

— Moi, si j'étais à votre place..., et elle développa

une argumentation conciliante qui eut le mérite de donner quelques idées à Olivier.

Il s'en entretint avec Loulou et les autres. Alors, Loulou poussa le raisonnement d'Olivier à l'extrême : il s'agissait de donner une apparente satisfaction aux Grosmalard, de faire semblant d'abonder dans leur sens jusqu'à les ridiculiser. Les autres gosses furent réunis afin que l'on prît des mesures collectives.

Le dimanche matin, tous les emplacements disponibles de la rue furent couverts d'affiches artisanales, de panneaux et de papillons. Les trottoirs étaient blanchis d'inscriptions à la craie. Ainsi, entre la rue Lambert et la rue Bachelet, toute la portion de la rue Labat côté numéros pairs faisait l'objet d'une interdiction. On lisait : *Défense de passer. — Prenez l'autre trottoir ! — Ici, c'est aux Grosmalard !* On lisait encore : *Chiens méchants* et *Dangereux ! Coups de balai et seaux d'eau...* Le service d'ordre des enfants invitait les passants à faire un détour. Pour cela, ils employaient toutes sortes de prétextes et les gens, pour leur faire plaisir, suivaient leurs directives.

Bougras, un pain de quatre livres sous le bras, demanda des informations à Olivier. La réponse le fit bien rire. Il s'en entretint avec Mme Haque, le père Poulot, Fil de Fer, Lulu l'aveugle et quelques autres. Pour attendre l'épilogue de la farce, un groupe d'adultes se mêla aux petits conspirateurs, juste en face du 78. Des fenêtres s'ouvrirent. Des curieux affluèrent. Une vraie manifestation !

Intrigués, les deux Grosmalard qui occupaient tout l'espace de leur croisée se demandaient ce qui se passait et pourquoi tant de regards goguenards se fixaient sur eux. Dès qu'ils étaient apparus, comme au théâtre, les enfants les avaient acclamés, puis ils s'étaient écriés : « Guignol ! Guignol ! » Loulou tendit la main et cracha sur le côté.

— C'est promis, c'est juré, m'sieurs-dames, on jouera plus sur *votre* trottoir !

— Non mais sans charres, rugit le Grosmalard, ils se paient notre fiole !

— Sûr qu'on n'oserait pas ! dit Capdeverre.

Les deux brocardés sortirent dans la rue, se suivant d'une démarche pachydermique. Ils lurent les inscriptions, jetèrent des insultes, arrachèrent les affiches et bousculèrent les panneaux. Le père Grosmalard criait : « Attendez un peu ! Attendez un peu ! » et brandissait des poings menaçants. Ce fut un beau moment de rigolade. Puis l'intérêt s'atténua, les Grosmalard rentrèrent chez eux et les groupes se dispersèrent.

Quand les enfants se retrouvèrent sur les marches de la rue Bachelet, Olivier remarqua :

— On s'est drôlement vengés. Peut-être qu'on a été un peu vaches...

— Oui, mais on s'est fendu la pêche ! dit Loulou.

— C'est bien fait pour leur poire ! conclut Capdeverre.

Ayant remporté une victoire si complète, ils se sentaient en état de vainqueurs prêts à la magnanimité. Ils arrachèrent les dernières affiches et les jetèrent dans la bouche d'égout. Jack Schlack affirma : « On s'en tamponne le coquillard de leur trottoir à la gomme. On n'y jouera plus. D'ailleurs, il cocotte le caca de chien... »

Alors, Olivier, jetant un dernier coup d'œil vers la fenêtre des vaincus, dit : « N'empêche que, n'empêche que... » Et il ajouta en levant un doigt de justicier :

« ... *La rue appartient à tout le monde !* »

Trente

LE CADEAU DE CLÉMENTINE

Cette petite dame ronde répondait au prénom de Clémentine. Dans la rue, on l'appelait plus volontiers « la Chiffonnière » bien qu'elle ne pratiquât pas ce métier du petit matin. Simplement, elle aimait les chiffons, les guenilles, les restes de ce qui avait été chemise, robe, jupe, veste ou manteau, de cette parure des corps vivants, chérie tout d'abord, puis usée et oubliée. Elle en emplissait des sacs de jute et de grands cartons qui encombraient tout l'espace de la soupente de la rue Bachelet où elle habitait.

Petite, ronde comme la mandarine d'automne qu'évoquait son prénom, sans âge, on aurait pu lui trouver une vague ressemblance avec ses chiffons. Un « visage chiffonné », c'est cela. Elle s'habillait aussi de morceaux de loques cousus les uns aux autres, ce qui donnait ce curieux assemblage qu'on appelle patchwork, mais elle ne connaissait pas ce mot. Comme elle avait l'art de choisir les formes, les couleurs, les dessins pour mieux les unir, cela donnait des ensembles gracieux.

Parfois, Virginie, après avoir mis de l'ordre dans sa boutique de mercerie, disait à Olivier : « Ramasse ces morceaux de tissu, ces chutes et ces rubans. Donne-les à Clémentine. C'est mieux que de les jeter et elle sera tellement heureuse ! »

Olivier portait le baluchon au grenier de Clémentine. Elle poussait des cris de joie, se précipitait sur la modeste offrande comme sur un trésor. Elle caressait les tissus, les étoffes, distinguait les écrus, les teints, les imprimés de laine, de coton ou de soie. Elle les répartissait dans ses cartons en émettant des roucoulements de joie, des gloussements de bonheur, des ronronnements de plaisir.

Olivier pensait : « Elle est un peu toc-toc, Clémentine ! » mais le spectacle de son enthousiasme lui plaisait. Par reconnaissance, elle ne savait que faire. Elle lui offrait un bonbon, un morceau de chocolat, le cajolait, le disait « bon garçon » et il regardait évoluer cette étrange dame qui semblait sortie d'un livre de contes pour enfants.

Sans doute, dans le quartier, Clémentine était-elle la personne dont la garde-robe était la plus variée. Haillons, oripeaux, certes, mais quel spectacle ! Vêtue comme un épouvantail à moineaux, elle n'effrayait pourtant pas ses fifis dans leur cage, et non plus les pierrots qui venaient picorer le chènevis dans la gouttière courant devant sa fenêtre.

Sa chiffonnaille n'était pas destinée à la revente, mais dévolue à son seul plaisir. Subsistant par la faveur d'une modeste pension, elle parvenait à ne pas franchir la limite entre pauvreté et misère. Quelques travaux de ménage, la confection de tricots et de gants de laine lui permettaient de survivre.

— Puisque tu es bien sage, dit-elle à Olivier, un jour, je fabriquerai une poupée pour toi.

— C'est pour les filles, les poupées, observa Olivier.

— Alors, on l'appellera autrement, une marionnette ou un poupard. Tiens ! il te ressemblera.

Olivier n'y croyant guère se contenta de sourire. Les jours passèrent. Lorsque Clémentine apercevait Olivier dans la rue, jouant à la marelle ou à la balle au chasseur avec ses copains, elle venait lui pincer l'oreille ou le menton en lui disant : « Je ne t'oublie pas, tu sais ! Mais il me manque un tissu s'assortissant au gilet, car tu porteras un gilet, et il sera rouge, bien entendu... »

Olivier se demandait bien la raison du choix de cette couleur mais, comme il trouvait Clémentine « marrante », il répéta : « Oui, bien entendu ! »

Pour l'anniversaire de ses dix ans, Olivier reçut un petit train mécanique composé de la locomotive, du tender supposé contenir le charbon et de deux wagons. Il y avait aussi des signaux et une petite gare en métal. Virginie l'aida à monter les rails courbes et le train se mit à tourner. Après avoir voulu être marin, boxeur, chanteur, l'enfant décida que, lorsqu'il serait grand, il conduirait une locomotive.

Cet anniversaire fut fastueux : un autre cadeau arriva. Virginie tendit à son fils un carton entouré d'un ruban. Sur une carte postale d'anniversaire, Olivier lut : « Pour Olivier, de la part de Clémentine. » Il dénoua le ruban et le plaça autour de son cou. Il pensa que le carton lui servirait pour ranger ses illustrés. Quelle ingratitude ! Il s'attachait à l'emballage plutôt qu'au contenu. Il trouva un mannequin en tissu, habilement fabriqué, avec pantalon, chemise, chapeau, chaussettes, chaussures, cravate, et le fameux gilet rouge. Le personnage portait des lunettes en fil de fer et une pipe était encastrée dans sa bouche.

— C'est un travail extraordinaire ! dit Virginie. Quel beau travail ! Quelle patience !

— C'est drôlement bien fait ! reconnut Olivier.

— La pauvre a dû y passer des heures et des heures. Tu iras la remercier et, dans quelques jours, je lui ferai, moi aussi, un beau cadeau. Quelle délicieuse personne ! Ce serait bien que tu lui écrives une belle lettre, toi qui aimes écrire...

Ainsi fut fait. Olivier composa sa lettre comme il le faisait pour ses rédactions. Il choisit l'écriture de ronde pour l'enveloppe. Virginie ajouta un petit bouquet de roses.

La poupée resta longtemps sur le comptoir de la mercerie où les clientes l'admirèrent. Puis, elle fut placée dans l'arrière-boutique sur une étagère. Elle risquait d'être oubliée, mais, de temps en temps, Olivier la regardait. Sans qu'il sache pourquoi, elle le fascinait et l'inquiétait un peu. Lorsqu'il avait remercié Clémentine, elle avait précisé :

« J'ai voulu que mon petit bonhomme te ressemble ! »

Olivier pensa : « Je ne suis pas comme ça. J'ai l'air d'un vieux pépé ! » mais il se garda bien de le dire. Et puis, cette pipe en bois, lui qui n'aimait que les pipes en sucre ! et ce gilet rouge ! quelle idée de porter un gilet, et rouge en plus ! Il avait quand même osé dire à Clémentine :

— C'est moi ? C'est peut-être pas moi, à cause que j'ai pas de lunettes et pas de pipe...

— Mais si, avait affirmé Clémentine contre toute évidence, c'est toi, Olivier, c'est bien toi, mais plus tard... Un jour, tu t'en apercevras.

— Ah bon ? Oui, peut-être. En attendant, c'est drôlement joli, c'est vachement chouette...

Olivier avait pour habitude de ne jamais contrarier les grandes personnes. Elles disaient des choses étranges, parfois même n'importe quoi. Olivier disait : « Oui, oui... », et n'y pensait plus. Pour les lunettes, Olivier avait dit à sa mère : « Pas possible, elle croit que je suis miro... » Enfin, Clémentine était une originale, une fantaisiste perdue dans ses rêves de chiffons.

Il s'écoula peu d'années avant que le malheur se manifestât. Virginie mourut. Olivier resta orphelin. Il traîna les rues durant quelques semaines avant d'être adopté par l'oncle Henri et la tante Victoria, de découvrir un autre monde. Il quitta la rue, son ami Bougras, les copains Loulou, Capdeverre, Jack Schlack, et Mme Haque, la belle Mado, tant d'autres ! Adieu la rue, adieu le paradis de son enfance, adieu Clémentine ! Une sorte de couvercle se posa sur ces jours heureux. Il ne devait se soulever que beaucoup plus tard dans sa vie.

Et, dans tout cela, que devint la poupée de Clémentine ? Elle fut oubliée, promise à l'agonie, à la mort. Et le temps passa, glissèrent les années. Olivier, le petit garçon de la rue Labat, devint un adolescent à la veille d'une guerre, un maquisard quelque part en Auvergne, là où il cueillait des noisettes sauvages, un jeune homme, un homme mûr... selon les rites de l'existence.

Son destin fut tout autre que celui qu'il avait imaginé puisqu'il ne fut jamais ce marin, ce boxeur, ce chanteur, ce conducteur de locomotive qu'il avait rêvé d'être.

Par parcelles, les menus événements de la rue Labat lui revenaient en mémoire. Il aimait à se les rappeler et comme il avait peur de les perdre, il en fit des livres en s'appliquant et en tirant la langue comme autrefois lorsqu'il rédigeait ses rédactions. Parfois, le hasard d'une rencontre faisait surgir un visage lointain, disparu, celui d'un camarade d'école comme le petit David, ou bien une coutume oubliée, une expression populaire, une chanson. Parce que le temps les avait magnifiés, il les recueillait comme des trésors et les années de plomb devenaient des années de fleurs. Il parcourait sa vie comme les folkloristes parcourent les campagnes à la recherche des vieux usages et des mythes.

Il retournait rue Labat où vivaient toujours ses cousins Jean et Élodie. Il parlait, il écoutait, revivait les heures de l'enfance brisée. Et un jour, rue Labat, survint un éclair dans une parole du cousin Jean : « J'ai profité des vacances pour ranger ma cave. On trouve de drôles de choses dans les caves. J'avais récupéré la chose à la mercerie. Sans doute l'as-tu oubliée... »

Olivier vit qu'il cachait un objet derrière son dos pour préparer une surprise. S'agissait-il d'un livre, d'un album pour enfants, d'un illustré ?

— Devine ce que j'ai retrouvé dans un vieux carton ?

— Mon petit chemin de fer ? suggéra Olivier.

— Non, cette poupée en chiffon, dit Jean en la lui montrant.

— Oh ! mais c'est... la poupée de Clémentine.

Si défraîchie, si vieille, ce n'était pas une poupée, mais, en quelque sorte, le souvenir d'une poupée, une momie qui représentait du temps préservé, un message venu de loin dans le passé, un miracle redécouvert.

Avec un respect timide, des gestes précautionneux, comme s'il craignait de détruire un être vivant, Olivier recueillit le petit bonhomme de chiffon. L'enfant de dix ans n'y avait prêté qu'une attention distraite, l'homme le recevait comme un message

317

d'outre-tombe, celui de la petite dame ronde, Clémentine, disparue depuis si longtemps.

Ses cousins, les témoins de sa petite enfance montmartroise, Jean et Élodie, étaient aussi émus que lui. Olivier s'attarda à admirer la richesse de l'invention, le choix des tissus, l'harmonie des couleurs, la finesse du travail de couture.

— Tu te souviens ? demanda Jean. On l'appelait « la Chiffonnière ». Elle vivait de rien. Elle est morte sans qu'on s'en aperçoive. Elle n'avait aucune famille.

— Il ne reste rien d'elle que cette poupée, dit Olivier.

— Regarde comme elle te ressemble, dit Élodie. Tout y est : les lunettes, la pipe, le gilet, le même que celui que tu portes...

— Mais, c'est extraordinaire, dit Jean. Quand tu étais petit, tu ne portais ni lunettes ni gilet...

— ... et je ne fumais pas la pipe, ajouta Olivier avec un sourire.

La poupée était poussiéreuse, son tissu usé, ses couleurs ternies. Le temps avait opéré ses dégradations — « comme sur les êtres, comme sur moi », pensa Olivier. Jean reprit :

— On croirait qu'elle avait deviné comment tu serais plus tard, qu'elle t'a fait comme tu es aujourd'hui...

Olivier, figé, se sentit habité par une sorte de tremblement intérieur comme lorsque l'étrange, l'inexplicable vous rejoint. Pour fuir une sensation de malaise, il haussa les épaules, parla sur un ton désinvolte, et se voulut ce qu'il n'était guère : un esprit rationnel. Il affirma que c'était une simple coïncidence, un hasard...

— Un hasard ? Quand même..., dit Élodie, moi je n'y crois pas au hasard !

— Qui sait ? admit Olivier.

Clémentine la Chiffonnière. La poupée de Clémentine qui voulait faire plaisir à un enfant et dont le message parvenait à un homme. Clémentine, la magicienne...

La composition de cet ouvrage
a été réalisée par l'Imprimerie BUSSIÈRE,
l'impression et le brochage ont été effectués
sur presse CAMERON dans les ateliers de B.C.A.,
à Saint-Amand-Montrond (Cher),
pour le compte des Éditions Albin Michel.

Achevé d'imprimer en février 1993.
N° d'édition : 12724. N° d'impression : 3547-92/665.
Dépôt légal : mars 1993.

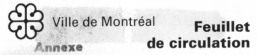

Ville de Montréal
Feuillet de circulation

Annexe

À rendre le	
Z 15 JAN '96	Z 19 FEV 1999
Z 25 JUIL 1996	Z 31 MAR 1999
Z 06 MAI 1997	
Z 11 AOU 1997	Z 23 SEP 1999
	Z 27 OCT '99
Z 11 SEP 1997	Z 28 AVR 2000
Z 23 SEP 1997	Z 26 SEP '00
Z 02 DEC 1997	
	Z 29 MAI '01
Z 10 JAN 1998	
Z 19 FEV 1998	
Z 21 JUIL 1998	Z 17
Z 01 SEP 1998	
Z 09 FEV 1999	

06.03.375-8 (05-93)